3 €
C2
∪ 2
(3)

Le zombie et le fanatique

DU MÊME AUTEUR

Les Sept Scénarios de l'Apocalypse, mars 2000, Flammarion

Guillaume Bigot

Le zombie et le fanatique

Flammarion

Ouvrage publié sous la direction de
Perrine Simon-Nahum

© Flammarion, 2002
ISBN : 2-08-068308-X

« Et la vie avec la pensée cède la place doucement au face-à-face terrible et dérisoire du fanatique et du zombie. »
La Défaite de la pensée,
ALAIN FINKIELKRAUT

INTRODUCTION
La fin de l'Occident

> « L'avenir, allez-y voir, si cela vous chante. Je préfère m'en tenir à l'incroyable présent et à l'incroyable passé. Je vous laisse à vous le soin d'affronter l'Incroyable même. »
>
> CIORAN

En 216 avant notre ère, Hannibal infligea à Rome l'une des plus cuisantes défaites de l'histoire. Mal soutenu par Carthage, à la tête d'une armée de mercenaires, le triomphe de Cannes avait été celui d'un homme seul. Incompréhensible, inconcevable, injuste presque était cette déroute qui frappait la première puissance du monde. Et lorsque Varron revint à Rome, la cité n'eut pas un mot de reproche pour le responsable de ce désastre. Le Sénat se contenta de refermer ses lourdes portes et délibéra sur la conduite à tenir. Quelques jours plus tard, un de ses membres lut une brève déclaration : « Nous avons été vaincus après une grande bataille. »

Ce constat d'échec était aussi l'aveu d'une défaite sans appel. Une défaite telle qu'elle n'appelait aucun commentaire. Ni un homme en particulier, ni un choix précis, ni le hasard ne pouvait en être tenu responsable. Rome en assumait seule le poids. Après une telle débâcle, aucun empire, pas même le plus conquérant, aucune armée, pas même la mieux aguerrie, ne saurait faire l'économie d'une profonde introspection. Lorsque la réalité donne à ce point tort à un peuple, c'est son aptitude à avoir raison qui est en cause. Une douloureuse réflexion poussa effectivement les Romains à de déchirantes révisions. Ayant revu leur tactique, relevé leur commandement, levé de nouveaux impôts, enrôlé des esclaves, ils arrachèrent bientôt Syracuse des griffes d'Hannibal. La défaite conduit à l'humilité et l'humilité mène à la victoire. Telle est la dure morale de Cannes. La crainte qu'elle ait été oubliée justifie seule les pages qui vont suivre.

Le 11 septembre 2001, l'homme le plus puissant de la planète quitta précipitamment sa capitale pour se terrer dans un bunker antiatomique. Ressortant à l'air libre, il expliqua au monde médusé : «Autrefois, au far-west, on recherchait les criminels *dead or alive*.» Au-delà de la différence de style, la démocratie américaine aura, elle aussi, promptement réagi. Bien que sonnée, elle ne s'est nullement laissée abattre. La bannière étoilée ne fut pas longtemps en berne. «Le monde entier vous entend», lança G. Bush aux pompiers de Manhattan clamant leur colère, «et ceux qui ont fait ça ne tarderont pas à entendre parler de nous!» Parole tenue. Moins d'un mois plus tard, le régime taliban était renversé. Les USA n'ont pas flanché. La main de

Introduction

leurs dirigeants n'a pas tremblé. Leur vengeance fut terrible. Les quatre cents combattants d'Al Qaeda écroués peuvent se considérer comme des rescapés. Mais l'empire a fait mieux que contre-attaquer, il s'est réformé. Mis en cause par la presse et par l'opposition démocrate, l'appareil de renseignement fédéral fut remis à plat. Dans un État décentralisé, aux traditions bien ancrées de laisser faire, la sécurité aérienne fut nationalisée en un tournemain. Les budgets de la défense furent accrus de 15 %. L'avant-poste de l'Occident aura donc tenu.

Un an après, tout paraît rentré dans l'ordre. Des attaques du 11 septembre, seules les traces volontairement laissées pour la postérité restent visibles. Ce retour à la routine, que le Président américain appelait de ses vœux au lendemain de l'assaut, est devenu une réalité tangible. Désastre évité, débris balayés, la tragédie ressemble de plus en plus à un mauvais souvenir. Mais justement, tout a été effacé si vite et si facilement que cela semble trop beau pour être vrai. Un an après, une étrange atmosphère flotte au-dessus de *ground zero*. Chaque Occidental éprouve une sensation de malaise. Une sourde angoisse nous étreint. Au fond, nous en sommes persuadés : rien ne sera jamais plus comme avant. Mais en surface, rien ne transparaît. De temps en temps, l'annonce d'attentats imminents trouble notre apparente quiétude. Rapidement, les commentateurs nous rassurent. Il s'agit moins d'une nouvelle apocalypse que de basses intrigues politiciennes.

Preuve que l'Occident est retourné célébrer son *happy end* festif, quelques mois à peine après la tragédie, une société privée vendait des tickets pour accéder au *terror site*. *Business as usual*. On visite bien les décors de *Godzilla*, alors pourquoi pas ceux de la superproduction d'Al Qaeda? Les touristes peuvent y acheter des cartes postales et les expédier à Ben Laden avec un ironique « J'y étais » au dos. Celui qui se prenait pour le lieutenant de Mahomet aura donc fini en partenaire de tour-operator. Lui qui espérait changer la face du monde n'aura modifié que les guides touristiques. En lieu et place du World Trade Center se dresse désormais un nouveau World Entertainment Center. *No big deal!* La mondialisation blanchit peut-être l'argent sale mais elle recycle les fins dernières avec la même aisance. *That's all folk(s)*. Le milliardaire saoudien savait déjà que là où il y a du dollar, il ne peut y avoir de gêne. Il aura appris que partout où l'Occident passe, les croyances trépassent. Cet épilogue confirme que dans notre monde désenchanté, tout commence en mystique et tout finit en profits. Et si justement la logique de son *djihad* reposait sur le pari, peut-être pas si insensé, que nous ne croyons plus en rien de sacré? Et si son fanatisme n'était que l'envers de notre zombisme?

De la Méditerranée au Pacifique, un voile d'incompréhension s'est levé sur le monde. De notre côté, les croyances s'étiolent. De l'autre, elles deviennent incandescentes. La dernière de nos certitudes, c'est qu'aucune idée ne vaut la peine de mourir. Pour nos ennemis, la seule question qui vaille est : suis-je digne d'offrir ma vie en holocauste? Le rideau de fer partageait deux jeux d'alliances clairement identifiés, deux empires strictement parallèles, rigoureusement mais raisonnablement défendus. Désormais c'est une bar-

Introduction

rière virtuelle qui sépare deux races d'hommes. Ceux qui croient trop et ceux qui ne croient plus. Frontière à la fois ténue et opaque, imperceptible et infranchissable. Un voile qui sépare la connaissance de l'ignorance ? Voire. Un *hidjab* qui sépare la prospérité de la misère ? Sûrement pas. Le zombie et le fanatique appartiennent au même monde diurne. Le jour, ils placent leur argent dans les mêmes banques et le virent avec les mêmes ordinateurs. Ils suivent les mêmes leçons... De pilotage. *A priori*, les deux ennemis se ressemblent bien plus que les Soviets et les capitalistes. Il arrive au fanatique de se muer en businessman avide comme il arrive au zombie de vider son chargeur sur un conseil municipal.

La planète est trop petite pour qu'ils coexistent. Un duel à mort oppose deux contemporains qui n'ont pas le même âge historique, telle est l'hypothèse sur laquelle repose ce livre.

Car un an après les attaques, ce qui ne laisse pas d'inquiéter, ce n'est pas que leur commanditaire court toujours. Ce qui crée un malaise, ce n'est pas que Ben Laden donne de temps à autre quelques interviews. Douze mois plus tard, ce qui glace le sang, c'est que son *djihad* est sorti de l'actualité. Lui qui est rentré dans l'Histoire en direct soit en passe d'être purement et simplement oublié traduit moins son insignifiance que la nôtre. Ce n'est pas lui que nous oublions, c'est nous qui sommes en train de nous égarer. Cette amnésie n'est pas la preuve d'une insouciance juvénile mais le symptôme de l'Alzheimer précoce qui frappe notre civilisation. Vivre dans l'éternel présent, tel est le privilège des enfants. Telle est aussi la consolation des vieillards. Oh, il est toujours possible de justifier l'effacement de cet affront. Il est cependant à craindre qu'il corresponde à celui de notre disque dur collectif.

Nul n'ignore le caractère «politico-dégradable» d'une information. Historiques ou pas, les événements connaissent nécessairement un délai de péremption de plus en plus bref. «*Mort ou vif*», avait promis George Bush. «S'il n'est plus en mesure de commettre des attentats, nous avons gagné», précisait la Maison Blanche en avril dernier. Comment justifier ce manque de suite dans nos idées? L'overdose? Au sortir de la période dite de l'émotion, la sensation d'écœurement était aisément compréhensible. L'argument ne porte donc que pour les deux mois qui suivirent le 11 septembre. L'écran noir? Le téléspectateur aura vu la chute des *Twins* puis celle de Kaboul. Et après quoi? L'absence d'images et l'impossibilité de recueillir le moindre scoop expliquent, à défaut de le justifier, le silence des micros. Mais l'objection n'est guère recevable. Car ce qui choque c'est moins l'épaisseur de la couverture médiatique que sa banalité. Là aussi, on répondra par la loi du genre. Sur CNN, les pubs pour produits amaigrissants suivent les reportages sur les squelettes de Mogadiscio. L'info en continu n'est pas la meilleure propédeutique à sa hiérarchisation.

Mais c'est moins l'incapacité du 11 septembre à ralentir le débit médiatique qui pose problème que sa capacité à se maintenir à flots. Mais même majoritairement riches, américains et blancs, 2 700 morts ne justifiaient pas une année de deuil télévisuel. Même un tel carnage n'obligeait pas à déprogrammer le Mondial. Simplement, passées les premières semaines, à la certitude d'avoir assisté au premier acte d'un drame s'est substituée l'impression d'avoir vécu un crime odieux.

Introduction

Le premier jour de la guerre était devenu la date du terrible accident. Sans même que nous nous en apercevions, un fait historique majeur se transformait en banal fait divers. La place accordée à l'onde de choc du 11 septembre aurait dû être très supérieure à celle accordée à un conflit israélo-palestinien qui, en comparaison, fait figure de querelle de clochers. Sans même évoquer le cas Moussaoui, sept Français sont détenus à Guantanamo. Le fameux enjeu électoral de la sécurité n'est hélas pas sans rapport avec le *djihad*. La guerre à outrance déclarée à l'Occident n'aura pas réussi à se tailler la plus petite place dans le débat présidentiel en France.

Après l'incroyable *blitz*, les Occidentaux n'ont pas jugé utile de se remettre en question. Oh bien sûr, les éditorialistes n'ont pas manqué de demander des comptes à la Maison Blanche ou à la CIA. D'anciens agents fédéraux ont dénoncé les cafouillages de leur hiérarchie. Tous les faits ont été abondamment commentés. Toutes les images ont été diffusées : forces spéciales chevauchant dans les plaines afghanes ; villa du mollah Omar ; Tadjiks dépenaillés entrant dans Kaboul ; équipes du FBI en combinaison stérile. On aura tout montré au téléspectateur, même ce qui n'existait pas comme le plan des grottes de Tora Bora, dignes du docteur No, et tout droit sorties de l'imagination des communicants du Pentagone. Le lecteur des quotidiens sait tout des mécanismes physiques ayant transformé les plus hauts gratte-ciel de Manhattan en châteaux de cartes inflammables. La presse a tout expliqué sauf ce qui pourrait arriver. Force experts furent convoqués sur les plateaux afin de débattre de la possibilité d'emploi d'armes de destruction massive par les terroristes. La presse a tout commenté, même ce qui se passait de commentaire.

À de rares exceptions près, jamais les conséquences géopolitiques de ces attaques ne furent réellement abordées. Du moins, car tel était l'intérêt bien compris des services de presse des ambassades américaines, revenait-on sur la crise afghane et sur elle seule. Le triste exploit du Saoudien dépasse, hélas, le simple cadre d'une crise régionale. Comme si Pearl Harbor n'avait réellement troublé qu'un bras du Pacifique Sud. Comme si les crises de Tanger et d'Algésiras, en 1905 et en 1911, derniers coups de semonce avant la Grande Guerre, avaient été réduites à l'opposition locale des intérêts français et allemands au Maroc. Les fils du destin se dénouent et nous ne prêtons attention qu'aux petites ficelles. Le détail passionne, le tout indiffère. De même, une abondante littérature fut consacrée aux attentats. D'innombrables biographies nous ont renseignés sur Ben Laden. Ni son enfance, ni sa famille, ni sa personnalité, ni ses appuis, ni sa fortune, ni son parcours n'ont plus de secret pour nous. Nous en savons désormais aussi long sur lui que sur Sharon Stone. Mais en apprenant qu'il est né riche, aimé et puissant, ses motivations s'obscurcissent encore un peu plus. Pléthore d'ouvrages fut également publiée à propos de l'islamisme. La plupart détaillent ce qu'a été cette force politique, peu se hasardent à pronostiquer ce qu'elle pourrait devenir. Ou alors, avec un curieux unanimisme, leurs auteurs prophétisent son inéluctable déclin. Conjuration quand tu nous tiens… Rien de ce qui avait trait aux mécanismes de l'attentat, à son mode opératoire, du détournement d'avion aux

Introduction

réseaux de financement, ne fut laissé dans l'ombre. Une improbable polémique a même surgi autour d'une thèse délirante. Contre le Pentagone : avion ou camion ? Question fondamentale qui en soulevait d'autres non moins existentielles : faut-il colporter des âneries à des heures de fort audimat ? Les causes des attaques furent systématiquement scannées. Le grand jeu des pétroliers sur la Caspienne, celui imprudent de l'équipe Bush menaçant le régime taliban, rien de ce qui mécaniquement et immédiatement enclencha l'engrenage du 11 septembre n'a été oublié. À ce sujet, toutes les vérités, mêmes les plus interdites, furent couchées noir sur blanc. Par contre, les véritables objectifs poursuivis par Ben Laden, sa stratégie d'ensemble, les raisons poussant des centaines de millions de musulmans à soutenir sa cause, tout cela ne fut jamais abordé. Les motifs furent tous énumérés, les mobiles, systématiquement négligés. Dans les rares tentatives de conceptualisation de la portée du 11 septembre, une même tendance au consensus s'observe.

Les kamikazes ont perdu la tête. Bref, ils n'ont pas seulement des mauvaises raisons, ils n'ont pas de raison. Les hôpitaux psychiatriques sont pleins de fous qui se prennent pour Napoléon. Mais Napoléon avait beau être fou, il a bel et bien franchi le pont d'Arcole. Un illuminé qui percute deux 747 sur le centre de la finance mondiale est à prendre très au sérieux. Son cas ne relève plus de la psychiatrie mais des forces spéciales. Et croire que ceux qui l'ont suivi seront automatiquement désarmés par les prouesses du Nasdaq, c'est jouer l'avenir de la planète à la roulette russe. À la Kalachnikov, avec un chargeur plein. Risque qu'assume implicitement François Heisbourg lorsqu'il compare les soldats de Ben Laden aux membres de la secte Aoum. André Glucksmann voit dans le geste des intégristes une nouvelle version de la propagande par le fait des anarchistes du début du siècle. Ce n'est pas le Coran que ces *Possédés* auraient trop lu mais *L'Idiot*. Quant à Philippe Muray qui promène sa mélancolie caustique dans les ruines de Manhattan, il n'est pas loin de penser que Ben Laden n'est qu'un situationniste ayant eu la main un peu lourde. Au total, on peut à bon droit affirmer que si le comment de cette attaque a été intégralement éclairé, son pourquoi est demeuré obscur. Invraisemblable carence si l'on songe qu'en politique comme en physique, les mêmes causes produisent inéluctablement les mêmes effets. Surtout si l'islamisme n'est pas la seule force révolutionnaire qui ambitionne de culbuter notre mode de vie. En résumé, tout a été montré, dit, disséqué à propos et autour du 11 septembre. Tout sauf l'essentiel. Notre monde a bien tremblé sur ses bases, mais cela ne lui a pas suffi pour remettre en cause sa vision du monde. Jusqu'à présent, Ben Laden n'a guère été pris au sérieux. Au mieux comme terroriste, jamais comme personnage historique. Mais comment en aurait-il été autrement, puisque nous ne croyons plus à l'histoire ?

Si nous ne croyons plus que les idées mènent le monde, alors nous sommes incapables d'avoir peur de l'islamisme. Incapables de concevoir les forces de pénétration et de subversion qui sont les siennes. Incapables de comprendre que mort ou vif, qu'importe puisque si rien ne change, demain, cent Ben Laden fleuriront. « Ces maquis que la Gestapo ne trouvera jamais car elle ne croit qu'aux grands arbres. » Malraux aurait à coup sûr compris ce qui nous arrive. Non que les Marines

Introduction

soient des SS et les *djihadistes* des résistants mais que la force qui l'emporte est toujours celle de la croyance sur le doute. Qu'à la fin, ce sont toujours ceux qui s'estiment meilleurs qui gagnent. Le pape, combien de divisions ? Question type que pose le looser. Le Kremlin, combien de fidèles ? Et l'Occident, combien d'années à vivre ? Croyons et nous serons sauvés. Aidons-nous et le ciel nous aidera. Si par contre, nous nous estimons être les plus forts parce que jusqu'ici nous avons été les plus forts. Alors, *Inch Allah*, autant commencer tout de suite à faire nos prières. En arabe.

Avancer que l'attaque du 11 septembre n'a pas été intégrée dans une grille globale n'est cependant pas tout à fait exact. Au contraire, toutes les analyses produites à ce sujet s'insèrent dans l'un des deux grands schémas de pensée enfermant les Occidentaux en ce début de millénaire. Car il n'échappe à personne que les Américains dominent le monde. En revanche, vérité autrement plus douloureuse, le monde est également pensé par eux. Grâce à Fukuyama et à Huntington, puissance dominante, les États-Unis produisent les pensées dominantes. Les thèses de ces auteurs ont souvent suscité ironie et scepticisme. À tort. Car tout ce qui a été écrit en Occident à propos du 11 septembre se range dans l'un ou l'autre de ces deux tiroirs. Les esprits ayant accueilli *La Fin de l'Histoire*[1] et *Le Choc des civilisations*[2] avec condescendance n'échappent pas à la règle. Indéniablement, leur érudition laisse à désirer. Incontestablement, leur argumentation manque de finesse. Assurément, leur « œuvre » forme des articles délayés. Mais à l'amateurisme américain dans la conduite des affaires de la planète correspond le débraillé dans l'exploration de son avenir. Le style, c'est le héros. Aristote écrivait pour Alexandre. Marx pour Napoléon III. Camus pour Mitterrand. Huntington et Fukuyama pour les Bush, père et fils. Chaque auteur s'adapte à son lecteur. La «vérité» de l'ère posthistorique marchande a été marketée pour plaire aux cadres de l'OCDE. L'esprit d'une époque ne peut que lui ressembler. Le fond épouse la forme. Par une planète rapetissée, seules des solutions simples peuvent êtres admises. La nouvelle téléologie doit être comprise du comité de direction, plaire au client et rassurer l'actionnaire. Dans cet exercice, Francis Fukuyama excelle. Sa théorie de la fin de l'Histoire est en effet aussi simple à résumer que réconfortante à ressasser. L'Histoire aurait atteint sa destination finale avec l'*american way of life*. L'odyssée de l'espèce a donc consacré les USA hyperpuissance. Leur mode de vie consumériste mais aussi leurs valeurs individualistes s'accordent pleinement avec la nature humaine.

Par la grâce conjuguée de Marilyn Monroe et d'Abraham Lincoln, l'homme a été réconcilié avec luimême. Quelque part entre Philadelphie et Hollywood, l'humanité a trouvé son assiette naturelle. Bref, le capitalisme démocratique anglo-saxon constitue l'horizon indépassable de toutes les époques, présentes et à venir. Tout système de valeurs concurrent s'en trouve disqualifié, tout projet alternatif, d'avance condamné. Preuve par le limogeage de Gorbatchev, toute velléité de dépassement s'avère vaine. Preuve par le suicide d'Hitler, toute tentative de régression est vouée à l'échec. Dans ce schéma, Ben Laden, qui espère revenir à l'Hégire, ne saurait être considéré comme un chalengeur crédible. Son idéologie n'offre rien d'autre que de

Introduction

faire marche arrière. Qui serait assez fou pour régresser *volontairement*? Bref, nous autres Occidentaux, n'avons rien à redouter d'un tel *has been*. Les musulmans risquent de perdre encore quelques siècles avant de nous rejoindre. Même réussies, même sanglantes, même appelées à se renouveler, les frappes des islamistes sont autant de tentatives désespérées. Humainement, l'Amérique a été poignardée. Historiquement, elle a été piquée par un insecte en voie de disparition.

Davantage préoccupé par les *raves* que par les cauchemars éveillés des adolescents de Peshawar, Philippe Muray intègre inconsciemment cette vision. Gilles Kepel qui voit l'islamisme s'allier aux démocrates contre les despotes du Moyen-Orient, l'étaye sans s'en apercevoir. André Glucksmann, pour qui Oussama Ben Laden n'est qu'un Richard Durn doté d'un solide compte en banque et d'un QI hors pair, l'épouse sans s'en rendre compte. Pour Fukuyama et tous ses enfants, légitimes ou non, le futur ressemblera à une extension indéfinie du présent. En dépit de toute la rage qui l'anime, de toute l'intelligence qu'il déploie, Oussama n'y changera rien. Le scénariste est génial. Sans scrupule. Soit. Mais il n'éjectera jamais notre DVD, image numérique, son *thx* pour imposer sa sinistre bobine. Si ce renversement est impensable, ce n'est pas simple affaire de technologie. L'islamisme ne changera pas sa chute, tout simplement car le film est terminé. Pour l'instant, seuls les Occidentaux ont vu la fin. C'est justement là que le bât blesse. Fukuyama célèbre la fin des temps mais oublie la diversité de l'espace. Obnubilé par la chronologie, il a négligé sa géographie. La fin de l'Histoire n'aura pas lieu car le choc des civilisations commence.

Le zombie et le fanatique

Moins philosophe mais plus terre à terre, le géopoliticien Huntington réfute l'astrologue Fukuyama. Cette histoire qui nous a conduits à tenir la séparation des pouvoirs et le libre marché pour des solutions définitives aux problèmes de l'homme en société, comment ne pas voir qu'elle est notre histoire? Ces solutions, comment ignorer qu'elles sont nos solutions? Qu'elles apportent des réponses aux questions que nous seuls nous sommes posés? En Occident, plus personne ne conteste rationnellement la démocratie de marché. Non moins rationnellement, celle-ci n'a fait que tenir les promesses de l'Évangile. C'est parce qu'ils espéraient le retour du Messie que nos ancêtres bâtirent un monde meilleur. En attendant Jésus, nous adulons Bill Gates. Nous sommes seuls à croire en la possibilité d'améliorer le sort de l'humanité dans le temps. Nous ne sommes plus les seuls à accroître nos PNB, nous restons les derniers persuadés que la croissance économique, c'est l'ADN politique de l'espèce enfin décodé. Car cette notion d'humanité nous est propre. L'islam n'est pas totalement réfractaire à l'idée d'une fraternité par-delà les races ou les cultures, certainement pas par-dessus les cultes. Il y a le *Dar-el-Islam*, la maison de l'islam au sein de laquelle règne une réelle concorde. Au-delà, on ne saurait admettre que des relations de bon voisinage avec les adeptes des autres religions du Livre. C'est le monde de la trêve conditionnée par la soumission des juifs et des chrétiens à l'ordre juridique coranique. Par contre, ceux qui ne reconnaissent pas Abraham pour ancêtre, ceux-là peuplent le *Dar-el-Gharb*, la maison de la guerre. Trois milliards d'Hindous, de bouddhistes, d'animistes sont ainsi désignés par le credo musulman comme ennemis potentiels. Ainsi, il n'y a que pour les Occidentaux que tous les hommes sont frères. C'est même l'un de nos principaux préjugés. Même si Huntington s'en défend, il relativise nos valeurs. Les droits de l'homme sont surtout ceux du citoyen judéo-chrétien. Surtout, sa théorie prévient du risque de heurts entre cultures, sinon antagonistes du moins incompatibles et irréductibles. Les civilisations peuvent commercer, elles l'ont toujours fait. Elles peuvent s'étudier, l'Occident a joué les entomologistes, en Égypte et ailleurs, épinglant les croyances comme autant de papillons bigarrés. Les civilisations peuvent se copier, le Japon s'en est fait une spécialité. Il n'en reste pas moins qu'elles ont une fâcheuse tendance à se battre. D'où le succès de sa thèse au lendemain du 11 septembre. Lorsqu'un conflit met aux prises deux systèmes, il devient insoluble.

Aux bordures des grandes civilisations, les frontières sont partout des cicatrices. Replacée sur cette carte intellectuelle, l'attaque du 11 mérite d'être prise au sérieux mais la menace qu'elle incarne doit être relativisée. L'absence de messianisme propre à l'islam implique que les chances d'assister à l'avènement d'État intégriste menaçant, c'est-à-dire nécessairement moderne, sont proches de zéro. L'idéologie qui enflamma l'esprit des kamikazes n'aspire qu'à restaurer l'âge d'or du prophète. Leurs moyens inquiètent, leurs fins rassurent. La cité idéale de Mohammed Atta s'apparente davantage à la mollarchie des Talibans décorant les arbres avec des bandes magnétiques qu'à l'Allemagne de l'ingénieur Braun qui lança ses V1 et ses V2 sur Londres.

En apparence angoissant, le diagnostic du docteur Huntington réconforte le patient occidental brutalement sorti de sa torpeur par les images de Manhattan vacillant et qui se demande angoissé s'il vient de faire un cauchemar ou si la réalité lui échappe. Le professeur est certes partisan de dire la vérité au malade : il faut vous amputer mais vous vous en tirerez. Vous devez renoncer à vos rêves les plus fous. Une Afghane ne sera jamais élue miss Univers, mais la *first lady* ne sera pas obligée de porter le *hidjab*. Avec Huntington, narcissiquement, nous jouons gros. Stratégiquement, nous ne risquons rien. Le Che de l'islamisme ne souhaite que rétablir le califat dans la péninsule et, si possible, dans le reste de l'*oumma*. Aussi délirant que soit ce projet, il n'exclut nullement une sorte de coexistence pacifique. De même, la Chine, éternel empire du Milieu, donc puissance autocentrée, ne deviendra jamais expansionniste au-delà du raisonnable. L'Inde cherchera peut-être querelle à ses voisins, l'Union ne mettra jamais le monde à feu et à sang au nom de vérités révélées auxquelles elle n'a jamais cru. Le grand Braudel aurait souscrit à une thèse dont il est le véritable inspirateur. De nombreux auteurs, du meilleur au pire, d'Alexandre Adler à Oriana Fallaci, adhèrent plus ou moins consciemment à cette vision remaniée de la fin de l'Histoire. Car Huntington n'invalide pas Fukuyama. Seules des nuances opposent le professeur au diplomate. Nous avons gagné le match, assure Fukuyama. Les autres ne jouent pas, rectifie Huntington. *Game over*, donc. Ni l'un ni l'autre ne garantissent que la stabilité internationale ne sera pas compromise. Aucun ne prophétise la paix perpétuelle. Tous les deux contestent que des ruffians puissent conquérir le monde.

L'Occident n'est finalement menacé que de rétractation, de repli sur son pré-carré de l'hémisphère Nord.

Introduction

So what ? Il suffit de monter le pont-levis. De là-haut, grâce à nos satellites, nous aurons nos ennemis à l'œil. Ce nouvel état du monde nous fait-il perdre notre supériorité militaire ? Compromet-il notre avance technologique ou menace-t-il notre niveau de vie ? En rien ! Mauvaise nouvelle pour les dictateurs du Moyen-Orient qu'elle pourrait emporter, la vague islamiste n'aboutirait, au pire, qu'à des changements formels. Les dirigeants seront d'accord avec leur peuple. Grâce à Al Qaeda, base et sommet partageront les mêmes préjugés. Faux. Archaïques. Tant pis pour eux. Qu'ils vivent leur vie. On le sent, cette vision prône l'isolationnisme réaliste lorsque Fukuyama poussait à l'interventionnisme idéaliste. Avec le premier, on rêvait au droit d'ingérence. Avec le second, on redescend sur terre et l'on redécouvre les vertus de la souveraineté. Nous voyons désormais les autres peuples comme de dangereux lambins dont il convient de ménager la susceptibilité mais qu'il semble vain d'attendre. Les persuader de qui nous semble juste n'est plus très prudent. Constat amer, déprimant, qui agit comme un acide. Sommes-nous si sûrs de détenir la vérité au moment même où nous perdons tout espoir de la répandre ? Beaucoup de citoyens des pays développés continuent de vivre sur le petit nuage posthistorique dessiné par Fukuyama. Sans réaliser que l'horizon s'est obscurci et que, derrière le vacarme des réacteurs, on entend déjà rouler l'orage. Ils ne comprennent pas que nous n'avons plus affaire à des démocrates contrariés, à des « malgré nous » de la barbarie, à des consommateurs frustrés mais à des ennemis qui rejettent *en connaissance de cause* notre mode de vie et nos valeurs. Ils imaginent que même si certains indigènes sont mauvais, la plupart restent de bons sauvages.

L'ennui c'est que nous n'avons plus affaire qu'à de méchants modernisés.

Dans les deux cas, nous sommes sortis de l'histoire. Sans bruit. Sur la pointe des pieds. Sans nous en apercevoir et sans mesurer les redoutables conséquences de ce choix inconscient qui transforme notre civilisation en force sinon réactionnaire du moins conservatrice. Un petit effort de mémoire suffirait pourtant à nous secouer. Notre *success story* le prouve : les esclaves finissent toujours par renverser leurs maîtres. Aucune puissance ne maintient jamais aucun ordre à son profit exclusif. Un dominant qui s'endort devient un privilégié. À oublier sa tête, on finit par la perdre. Tranchée par l'avenir.

Mais il y a plus grave, ne croyant plus en l'histoire, nous ne croyons peut-être déjà plus en nous. Il se peut que nous fussions défaits avant d'avoir livré bataille. La fin de l'Occident est désormais pensable.

PREMIÈRE PARTIE

Le zombie

« Je ne sais pas ce que je suis,
je ne suis pas ce que je sais. »
Angelus SILESIUS.

Ce n'est pas la première fois que l'Occident est attaqué. Le nazisme, le communisme avaient contesté l'économie de marché et la démocratie. Mais ils l'avaient fait de l'intérieur. Ben Laden est le premier esclave à défier la maîtrise des Blancs. Depuis la circumnavigation des Portugais, jamais un indigène n'avait retourné contre la modernité ses propres armes dans le but de l'abattre. Jusqu'au 11 septembre, nous comprendre, c'était nous admirer. Le premier acte de cette croisade à l'envers nous a soulevé le cœur. Nous avons été et nous sommes encore en état de choc. Mais l'agression n'aura pourtant pas suffi à nous remettre les idées en place. Nous nous refusons toujours à considérer la nature de la menace. Nous minimisons sa gravité. Niant jusqu'à leur existence, nous sommes incapables de concevoir que nos ennemis puissent gagner. La guerre qui commence est bien une guerre. C'est un conflit asymétrique mais pas au sens où nous l'imaginons. Nos ennemis nous connaissent infiniment mieux que nous ne les connaissons, peut-être mieux que nous ne nous connaissons nous-mêmes. Exactement comme Hegel l'a décrit dans sa célèbre dialectique, les maîtres ne peuvent imaginer que leur monde s'écroule. Incapable de penser l'altérité et l'adversité, l'Occidental est devenu un zombie.

Chapitre I

Malaise dans la mondialisation

Le zombie hébété

« Nous avons été pareils à ces voyageurs de wagons-lits qui ne se réveillent qu'au moment de la collision. »
Robert MUSIL, 1919.

« Un plan de bataille ne résiste jamais à la première heure de l'engagement », répétait Bismarck. L'attaque, perpétrée sur le territoire des États-Unis le 11e jour de septembre, a bien failli lui donner tort. Un avion de plus et l'ennemi de Ben Laden ne résistait pas à la première heure de l'engagement. L'Académie militaire de Berlin formait les officiers en leur faisant jouer des parties d'échecs les yeux bandés. Un exercice destiné à développer cette aptitude qui signe le génie stratégique : le coup d'œil aquilin dans la pénombre. Or, l'assaut du 11 septembre semble avoir été lancé par un adversaire extralucide. Par un joueur capable de lire dans nos pensées comme dans les siennes propres. Ben Laden n'a percé notre cuirasse que parce qu'il connaissait parfaitement ses défauts. Or, ces brèches qu'il a exploitées sont si profondes, qu'il n'est pas certain que nous soyons en mesure de les colmater.

Le grand détournement

Selon un sondage[1] commandé, un an après l'offensive, par *Time Magazine* et CNN, plus d'un Américain sur deux se dit « persuadé que le livre de l'Apocalypse avait prédit le 11 septembre ». À considérer de près le *blitzkrieg* d'Al Qaeda, on lutte effectivement contre l'impression que des forces surnaturelles s'en sont prises à l'Amérique. La rigueur avec laquelle l'opération fut pensée, l'extraordinaire précision avec laquelle elle fut préparée, le sang-froid inhumain avec lequel elle fut exécutée sont proprement effarants. Rien n'aura été laissé au hasard. Les Boeing furent détournés très près de leur point d'impact, de façon à éviter leur interception par des chasseurs.

Ils furent déroutés juste après leur décollage afin de s'assurer que leur réservoir était plein. Le diable est dans les détails. Jamais dicton ne s'était autant vérifié. Le *timing* fut parfait. Acte I, la première tour est touchée. Nous sommes à New York, l'une des villes les plus touristiques du monde, la probabilité pour que quelqu'un filme la scène était donc très élevée. Mais avant d'entamer son deuxième acte, les terroristes attendront d'être sûrs que les télévisions arrivent sur le lieu de la tragédie. Acte II, le deuxième avion percute la deuxième tour.

Cette fois, l'impact psychologique est mille fois plus violent et une holà d'effroi parcourt la planète. Acte III, les structures métalliques fondent, les immeubles s'effondrent. Pour le quartier de Wall Street, cœur battant de l'économie monde, c'est l'arrêt cardiaque. Médusé, l'univers apprend alors l'existence d'un épilogue. Acte IV, le Pentagone brûle. Après la force économique, la force militaire de l'Amérique, le colosse est au tapis. Et si l'acte V avait eu lieu ? Le Congrès, la Maison Blanche et leurs illustres occupants auraient été réduits en cendres. Gendarme et tête pensante du monde, l'Amérique eut été décapitée. *Nec pluribus impar*. À nul autre pareil. C'est la devise des États-Unis que les intégristes ont détournée. Ce n'est pas la première fois que ce pays subit les affres des combats sur son sol. La guerre de sécession fut la première boucherie de l'ère moderne et la Maison Blanche fut même bombardée par les Anglais ! Ce n'est pas non plus la première fois que des terroristes transforment des avions de ligne en missiles. Une grande partie de la flotte civile sri-lankaise, appareil, passagers et équipages, a ainsi été anéantie par les tigres tamouls. Le choix de cibles spectaculaires ne constitue pas davantage une nouveauté. En décembre 1994, le commando du GIA qui s'était emparé d'un Airbus projetait de le kracher sur la tour Eiffel ! Mais même la vieille dame de l'Exposition universelle tordue comme une cuillère de Youri Geller aurait eu moins d'impact. Ce ne sont pas seulement les deux plus grands gratte-ciel de New York qui sont tombés. Avec Wall Street et le Pentagone, ce sont les deux mamelles de l'Amérique qui furent déchirées. L'US dollar et l'US Army : les deux piliers de l'ordre occidental venaient de démâter. Nombre de commentateurs estimèrent que Ben Laden avait mis à terre des symboles[2]. Erreur ! C'est la réalité de la puissance occidentale qui était atteinte, le saint des saints du pouvoir économique, le tabernacle de l'ordre politico-militaire qui étaient renversés. Éventrant notre coffre-fort et pulvérisant notre blindage, le fanatique a donc tapé là où ça fait peur, frappé là où ça fait mal. « Tous Américains ! », ce cri du cœur du zombie réveillé n'exprimait pas seulement sa solidarité naturelle avec un pays endeuillé. Si ceux qui, à longueur d'éditos, répètent « plus jamais ça », n'ont jamais hurlé « tous Rwandais » lorsqu'un génocide, un vrai, décima un million et demi d'âmes, ce n'est pas par racisme. Si nos belles âmes n'ont jamais clamé « tous Algériens » après que deux cent mille femmes, enfants et vieillards ont été égorgés, ce n'est pas par cynisme. Certes, les Occidentaux qui périrent à New York nous ressemblaient. Certains étaient même des nôtres. Mais ce n'est pas le « km-douleur » qui a joué à plein. La métropole étant touchée, l'irréfutable preuve de notre vulnérabilité était faite. Aussi vrai que deux et deux font quatre, si le *Number one* n'est plus à l'abri, nous sommes tous dans la ligne de mire. Logique aussi viscérale que ce « Tous Américains », puisque c'est à la fois notre niveau de vie et notre police d'assurance qui se consumaient sous nos yeux.

Le plus terrifiant dans tout cela, c'est que ce sont nos parts d'ombre, nos faiblesses et nos maux que ces démons avaient utilisés.
Satan n'a pu réapparaître avec une si déconcertante facilité qu'avec notre complicité. Ce sont des sociétés surconnectées, surmédiatisées, livrées pieds et poings liés à la dictature des marchés et à la tyrannie de l'opi-

Malaise dans la mondialisation

nion que les terroristes ont prise à leur propre piège. Les kamikazes ont joué au judo, transformant nos forces en faiblesses et leurs faiblesses en forces. Ce n'est pas uniquement notre système aérien qu'Atta a piraté, c'est notre système tout court. Plus que quelques appareils, c'est notre tour de contrôle dont ils se sont, l'espace d'un instant, emparés. En encombrant nos médias, l'ennemi s'est servi de nos émetteurs. Que l'on songe au redoutable machiavélisme de cette macabre opération marketing transformant l'imagerie d'Hollywood en boomerang contre Hollywood. Vous voulez du film catastrophe, je vais vous en donner, mais cette fois, sans *happy end!* Hier, nous nous pensions insubmersibles parce que reliés les uns aux autres comme les habitants d'une effervescente mais pacifique ruche planétaire? En quelques minutes, nous fûmes ligotés par notre interconnexion. Notre don d'« ubiquité » s'est révélé être une arme à double tranchant. Arme de propagande pour l'idéologie des kamikazes bénéficiant ainsi d'une publicité à la gloire du *djihad*, arme de subversion grâce au vent de panique qui s'est mis à souffler sur le monde... À coup de *e-mails*, de *sms*, de retransmissions satellites, nous avons fait son jeu. Nous nous sommes affaiblis de nous-mêmes. Ben Laden a joué sur notre voyeurisme, sur notre ubiquité, sur notre hystérie afin de miner ce qui faisait notre force et ce qui fait celle de tout empire marchand : la confiance. *In US, we dont trust anymore!* Ce n'est pas seulement parce que le quartier de la Bourse était touché que les cotations furent suspendues quatre jours durant. C'est parce que, à l'évidence, les marchés allaient paniquer.

Et d'ailleurs, ils paniquèrent. Entre le 10 et le 20 septembre 2001, 3 500 milliards d'euros[3] de capitalisation boursière s'évaporèrent. C'est bien un krach *soft* auquel on assista. Selon Reuter, quelques heures après l'attaque du 11 septembre, les places asiatiques perdront l'équivalent de la grande dépression de 1997. L'interconnexion, le temps réel, la spéculation, autant de raisons d'espérer en un monde meilleur, autant de raisons de désespérer d'un monde incontrôlable. Ben Laden connaissait-il l'économiste américain Rudiger Dornbush et sa théorie de l'*overshooting*, la suréaction des marchés financiers ? C'est peu probable même si son attaque prouve qu'il aura assimilé son principal enseignement : on peut demander beaucoup de choses aux cambistes, sauf d'être patriotes à chaud ! Quant à l'auteur du best-seller *Die Broke*, conseillant aux Américains de spéculer pour vivre et non de vivre pour spéculer en cédant leurs actions tant qu'il était encore temps, le Saoudien semble avoir suivi son conseil à la lettre. Avant de passer à l'offensive, Ben Laden et ses complices liquidèrent l'essentiel de leur portefeuille américain. Plus diaboliques encore, les financiers d'Al Qaeda spéculèrent à la baisse sur les valeurs des compagnies aériennes et des sociétés d'assurances. En frappant le cœur de l'économie monde, c'est bien un infarctus que Ben Laden voulait provoquer. L'attaque fut sévère. Car si on ressasse le nombre de ses victimes, on rappelle rarement l'ampleur des dégâts matériels qu'elle occasionna.

Alain Bauer et Xavier Rauffer[4] ont tenu cette édifiante comptabilité.

Soulignant l'étendue des destructions directes, ces deux auteurs ont également mis en évidence l'existence d'un gigantesque effet de boule de neige. En eux-mêmes, les dégâts sont déjà colossaux. L'année suivant la catastrophe, la ville de New York déboursa 105 milliards de dollars pour panser ses plaies. À titre de comparaison, le séisme de Kobé au Japon en 1995 n'a coûté « que » 2,8 milliards de dollars. À cela s'ajoutent les dépenses publiques rendues indispensables par l'attaque : 55 milliards pour l'effort de guerre, 75 milliards de soutien à l'économie pour atténuer l'impact récessif, 2 milliards pour protéger les services postaux des attaques à l'anthrax. Si l'on en croit l'Economic Strategy Institute, Ben Laden aurait ponctionné 100 milliards de dollars sur l'économie américaine. Au total, le PIB des États-Unis a chuté de 1,1 % au troisième trimestre 2001. Or, mondialisation oblige, le séisme a dépassé les frontières américaines. Dans des pays dépendant du tourisme comme la Jordanie, la Turquie ou l'Égypte, 70 % des réservations furent annulées. Touchées de plein fouet par les Boeing, des entreprises comme Nortel supprimèrent 20 000 postes dans le monde. Les importations américaines se contractant de 14 %, un ralentissement économique s'ensuivit mécaniquement chez leurs partenaires commerciaux. En France, il égala celui de 1993, année de récession. Selon la Banque mondiale, 10 millions de personnes repassèrent sous le seuil de pauvreté (moins de 1 dollar par jour). Pays riches et pays pauvres, multinationales comme PME, actionnaires ou salariés, personne ne fut épargné. Au total, le FMI a estimé les effets de l'attaque à 0,2 % du PIB mondial. 0,2 % du PIB mondial : la taxe Tobin était moins gourmande que la taxe Ben Laden, comme le remarquent astucieusement Bauer et Rauffer[5] !

Ce qui fait la spécificité de ces attentats, c'est finalement leur incroyable bilan coût/avantage. Si l'on retient qu'entre le 10 et le 20 septembre 2001, 3 500 milliards d'euros de capitalisation boursière disparurent, il faut ramener ce chiffre au coût maximal de 500 000 euros estimés par le FBI pour le montage de toute l'opération. Le chef d'Al Qaeda s'est donc comporté en agent rationnel maximisant son profit et minimisant ses coûts. Le Saoudien n'a pas seulement frappé le capitalisme en plein plexus, il a montré que le vrai capitaliste, c'était lui. Il a apporté la preuve pornographique que l'*homo economicus* n'est pas toujours apôtre du doux commerce. Le fanatique a montré que la mondialisation pouvait avoir d'autres visages que ceux de moines tibétains « cool » dialoguant en ligne avec des cadres occidentaux zen. Qu'un indigène mondialisé peut en cacher un autre. *One world, one future,* répétaient les firmes avant le 11 septembre. *One world, no future,* rectifia la multinationale du crime théologique. Souvenez-vous de cette poétique image d'avant le 11 septembre : l'aile de papillon dont le froissement à Buenos Aires provoque un orage à Moscou. Elle était supposée rendre compte de notre « interdépendance croissante », comme répétaient les Pavlov d'alors. Nous percevions la mondialisation comme génératrice d'un nouvel ordre si complexe que nous ne pouvions en saisir toutes les subtilités. Désormais, c'est moins le froissement des billets verts qui retient notre attention que le chaos qu'il engendre.

Car si nous n'avons pas pu récupérer les boîtes noires des appareils dans les ruines de *ground zero,* nous aurons au moins retrouvé celle de la globalisation.

LE GRAND RETOURNEMENT

Les soldats d'Allah ne purent atteindre aussi précisément leur cible que parce qu'ils avaient préalablement, systématiquement et impitoyablement analysé nos failles. Or, ces fissures, nous semblons incapables de les arrêter. La première de ces faiblesses, c'est l'argent sale. Les liquidités alimentent notre système. L'argent, c'est notre sang, c'est lui qui fait circuler notre oxygène. Or, ce sang, il est parfois empoisonné, cet air, il lui arrive d'être vicié. Cet argent qui irrigue tous nos tissus, c'est celui que nous gagnons. Mais pas seulement. Cet argent que faisons prospérer est celui qu'investissent nos alliés et leurs entreprises légales. Mais pas uniquement. C'est l'impossibilité de faire le tri entre argent propre et argent sale, c'est « l'absence de membrane entre les deux » comme l'écrit fort justement Alain Joxe[6] qui signe notre faiblesse. Oh ce n'est pas que le talon d'Achille n'ait pas été repéré, mais il paraît hors d'atteinte. Faire la chasse au blanchiment ? Vœux pieu et qui le restera comme le prouvent les résultats dérisoires du système Tracfin[7] mis en place sur recommandation de l'OCDE. En France, en l'an 2000, à peine 160 dossiers ont été transmis à la justice en application de ce mécanisme d'alerte et de répression. Moins d'une dizaine de condamnations seulement. Espérer tarir le flux de 15 000[8] milliards de dollars d'argent louche qui circulent chaque année dans le monde est tout simplement absurde. Mais espérer, ne serait-ce que le ralentir, pousse ceux qui en sont chargés à hausser les épaules. « À quoi servent les magistrats ? » s'interroge un juge[9] chargé de traquer la délinquance financière. Le rapport d'enquête consacré par l'Assemblée nationale au blanchiment constate : « Les dossiers s'enlisent, se perdent, on assiste à des dessaisissements inhabituels. » Leurs auteurs n'ignorent donc rien de la profondeur du mal. Mais ce ne sont pas seulement quelques brebis galeuses dans le Sud-Est de la France ou dans les faubourgs de Miami qu'il suffirait d'isoler. Endémique et systémique, le mal paraît incurable. Car c'est toute notre société qui en croque. Il y a bien sûr les professions directement « intéressées » : notaires, agents immobiliers, conseils juridiques. Ces investissements douteux profitent à des régions entières, voire à des pays. Comment reprocher aux élus d'accueillir capitaux et emplois ? Parfois, de prestigieuses maisons font la preuve de leur corruption. La Citybank fut accusée de recycler des fonds issus du trafic d'armes. Mais toutes les institutions financières sont nécessairement impliquées. Toutes les banques possèdent des filiales dans les paradis fiscaux. La plaidoirie [10] de l'avocat chargé de défendre deux dirigeants de la Société Générale est on ne peut plus éclairante : « Il n'existe aucune charge personnelle contre mes clients […], il s'agit de failles systémiques qui concernent l'ensemble de la profession bancaire. » C'est donc moins l'honnêteté que la logique qui empêche l'Occident de couper l'herbe sous les pieds de Ben Laden.

Estimation basse de la délinquance économique : 5 % du PNB mondial d'après le FMI ! Si les « places » faisaient la fine gueule, elles mettraient en danger un fragile mikado. Indirectement, c'est la raison d'être de la mondialisation qui est en cause. Ce sont, en effet, le volume, la vélocité et l'enchevêtrement des actifs qui posent problème. Il faudrait pour y remédier revenir sur la désintermédiation financière. Asphyxier Al Qaeda? Rien de plus simple, il suffit pour cela d'arracher le cœur battant de la mondialisation néolibérale! Car si la spéculation s'est emballée, si la bulle a démesurément gonflé, si les capitaux sont devenus fous, et les États faibles, c'est parce que les pays les plus riches ont retiré les coupe-feu qui assuraient l'étanchéité du système financier mondial. C'est parce que les capitaux peuvent s'investir dans tous les sens que les investissements sont risqués et donc que la couverture des risques double, triple et, pour finir, centuple le volume des échanges monétaires. Démanteler les paradis fiscaux? Chiche! La corruption de la plupart des chefs d'État et de gouvernement, non seulement dans les pays développés mais surtout dans les pays du Sud, éclaterait alors au grand jour. C'est le secret bancaire et le secret d'avocat, bref le secret des affaires qui est sur la sellette. On demande de retirer l'huile, mais elle est indispensable au bon fonctionnement du moteur. Et cela évidemment Ben Laden et les siens l'ont d'autant mieux compris qu'ils en vivent. Qu'ils sont payés pour le savoir. Qu'ils sont les premiers initiés de ce système partiellement délictueux. Les avoirs de Ben Laden et de plus de deux cents sociétés ont bien été gelés par le Trésor américain, mais outre qu'ils constituent sans doute une piètre partie de sa fortune, aucune remise à plat de la «globalisation» n'a été, ni ne sera, entreprise. Elle est impossible.

L'argent sale ronge et finit par dissoudre les États les plus fragiles. Les zones grises forment notre deuxième faille et celle-là fut non moins impitoyablement exploitée par la nébuleuse islamiste. Exception au Nord, la concussion est érigée en règle dans les pays pauvres. La corruption grippe les systèmes parlementaires occidentaux. Ailleurs, elle métastase dans toutes les couches de la société. Administré à des constitutions robustes comme le Japon, le Royaume-Uni ou l'Australie ou à des corps politiques fragiles menaçant de se rompre comme Madagascar, la Colombie ou le Pakistan, ce traitement de cheval que l'on appelle « la mondialisation » ne produit pas les mêmes résultats. Nous pouvons jouer à démembrer nos États, à vider la souveraineté nationale de son contenu, à tourner la démocratie en ridicule, ce spectacle est passablement affligeant mais nos sociétés tiennent encore debout. Lorsque l'on retire ses béquilles à un grabataire, il s'écroule. Parfois, il meurt. Là où règnent les tribus, les chefs de guerre, l'ordre en place n'est pas celui du FMI, c'est celui de la jungle. En imaginant que le système mondialisé tient des zones où l'État n'est qu'une coquille vide, nous nous payons de mots. Qui ne peut pas le moins, ne pourra jamais le plus. Ces zones grises commencent à gagner nos frontières. Partout où les inconvénients de la mondialisation sont supérieurs à ses avantages, le chaos se développe. Nos zones de non-droit n'ont pas, pas encore, basculé dans l'anarchie, mais elles n'appartiennent plus totalement à la République qui, elle-même, a cessé de totalement s'appartenir. Preuve qu'il a retourné nos œuvres contre nous, c'est justement là que Ben Laden a recruté certains de ses kamikazes. C'est dans ces zones qu'Al Qaeda a préparé ses attentats. Au Soudan jusqu'en 1998. Puis en Afghanistan. C'est probablement là que ses chefs ont trouvé asile après la réduction des dernières poches de résistance en Afghanistan. Dans sa guerre contre la terreur, George Bush se garde bien d'évoquer les refuges possibles pour

Malaise dans la mondialisation

ne pas dire probables d'Al Qaeda. Puissance nucléaire au bord de l'implosion, gouvernement ne contrôlant pas ses zones tribales, le Pakistan du général Mousharraf ne risque guère de devenir une cible. Au Yémen, le gouvernement de Sanaa peut bien arguer de sa bonne volonté. Son chef est lui-même le vassal d'un suzerain tribal allié de Ben Laden. En Somalie, le « camp du bien » survole le nid de vipères, se gardant bien d'y poser le pied. Officiellement, la coalition internationale y mène des opérations de surveillance des côtes. Le commandant allemand[11] du groupe aéronaval chargé de cette mission souligne son haut degré de réalisme : « Ce n'est pas comme si on pouvait apercevoir par le hublot des hommes en train de sautiller sur le pont des bateaux, vêtus de tee-shirts indiquant : "Je suis le numéro deux d'Al Qaeda, venez m'attraper" » !

La troisième faille de notre système est de reposer ou plutôt de se reposer sur la technologie. Ce qui nous perd c'est cette idée naïve que la technique suffira seule à résoudre nos maux. La dissémination de bacilles du charbon au lendemain des attentats aura au contraire réveillé la crainte que notre avance scientifique se retourne contre nous. Nous manipulons bactéries, gênes et virus, mais le malin génie qui manipulera ses chimères nous tiendra à sa merci. Frankenstein peut être étranglé par sa créature. Les virus sont aussi informatiques. Et le pire ne s'est peut-être pas produit le 11 septembre. Imaginons que, dans la foulée, les terroristes aient lancé une attaque coordonnée contre nos infrastructures informatiques. Que se serait-il passé ? Le *bug* du millénaire, avec un an de retard ! Impossible de retirer de l'argent, de prendre de l'essence, d'emprunter les transports en commun, de payer ses courses, les terroristes seraient rentrés par effraction dans notre quotidien.

Prodigieux magiciens et invisibles envahisseurs, nos ennemis auraient ainsi créé l'illusion de leur omnipotence et de leur omniprésence. L'effet de panique était garanti. En plus de la désorganisation directe de la société, il aurait fallu compter avec la psychose. Notre matière première n'est plus le pétrole mais l'information. Couper les circuits, c'est nous étouffer. Ainsi, ce qui, hier, nous laissait croire que notre société était invulnérable, la rend aujourd'hui incroyablement fragile, intégralement poreuse, trouée comme un gruyère. Tout terminal d'ordinateur devient un pont-levis abaissé, tout réseau, une fenêtre grande ouverte, toute banque de données, une porte entrebâillée. Hier encore phares resplendissants, indiquant leur avenir aux autres peuples, ces écrans impossibles à éteindre nous rendent désormais visibles de partout. Cette luminosité excessive nous éclaire à présent comme une cible. Et même nos armes intelligentes nous paraissent bien dérisoires face à l'intégriste au cutter entre les dents. Le plus sophistiqué n'est pas le plus malin. Un bouclier antimissile, combien déjà? Lorsqu'un simple détecteur de métaux ne nous met pas à l'abri du pire. Le plus court chemin entre deux points, mettons l'aéroport de Boston et les tours jumelles, c'est encore la ligne droite. À quoi bon toute notre panoplie satellitaire pour intercepter les conversations du général Aïdid alors que ce dernier utilise des faucons? À quoi bon survoler la tanière de Ben Laden avec des forteresses volantes embarquant des dizaines de millions de dollars d'électronique? En bouchant l'ouverture de sa grotte avec un linge humide, il se met à l'abri de nos caméras thermiques. S'ils veulent nous massacrer, rien de plus simple. *Depluged & play.* Il leur suffit de se débrancher de notre monde pour en disparaître. Ces illuminés semblent tirer profit de leur archaïsme pour mieux nous atteindre. Les dieux semblent avoir envoyé *Les Visiteurs* pour punir Prométhée. Car leurs *modus operandi* sont si rudimentaires, que nos défenses *high-tech* s'en trouvent mises hors circuits. *Low tech, high concept,* commentera, admiratif, un haut gradé américain.

Un livre[12], dont la parution était programmée avant les événements, sortit opportunément à la fin de l'année 2001. Son titre, *La Chute de la CIA,* son sous-titre, *Les mémoires d'un guerrier de l'ombre sur les fronts de l'islamisme,* ne pouvaient manquer d'attirer l'attention. Mais sa thèse, les États-Unis ne savent strictement rien de la nébuleuse islamiste, aurait dû le transformer en bombe politique ! On y apprenait qu'une telle cécité était le prix à payer pour cette obsession du tout technologique. On y découvrait les ravages inouïs du « politiquement correct » frappant de paralysie les services américains. Cet ouvrage fut suivi par beaucoup d'autres. Tous démontraient de manière implacable que la politique extérieure de Washington avait été aussi suffisante qu'insuffisante. Ainsi, *Les Dollars de la terreur*[13] révélaient le caractère inextricable des liens financiers noués entre sponsors de l'islamisme radical et *Big Business. La Vérité interdite*[14] démontait les intrigues des argentiers de la campagne Bush auprès des Talibans. Après ce qui s'était passé à New York et à Washington, la baudruche américaine aurait dû se dégonfler. Un État impuissant à protéger ses centres névralgiques ne peut plus être réputé capable d'assurer seule la paix du monde. Une force aussi balourde ne pouvait être abandonnée à elle-même plus longtemps. On connaît la célèbre formule du général de Gaulle, « les États n'ont pas d'amis, ils n'ont que des intérêts » ! Au vu de la tragédie du 11 septembre, l'intérêt vital des États commandait à leurs dirigeants de rechercher les moyens d'assurer seuls la sécurité de leurs concitoyens. La France et les autres pays occidentaux auraient dû chercher à reprendre au plus vite leur place sur la scène internationale. Il s'agissait moins de tirer profit de la situation que d'étayer un ordre mondial aussi cynique qu'instable. Armer des fanatiques fut pire qu'un crime, une erreur. Pourtant, les USA ne sauraient en êtres blâmés. Ne rencontrant aucun frein, comment a-t-on pu imaginer que l'hyperpuissance s'autolimiterait ? Depuis Montesquieu, nul ne devrait ignorer que seul le pouvoir arrête le pouvoir. Un tel réalisme n'excluait aucunement de témoigner au peuple américain une solidarité sans faille. C'est de Gaulle, toujours, qui apportera au Président Kennedy son plus inconditionnel soutien pendant la crise des missiles, en octobre 1962. Il n'était donc pas incompatible de tancer l'Amérique et de l'aider. Au contraire. Mais attendre de la part des autres États une telle volte-face, c'était parier qu'ils avaient encore suffisamment d'instinct de survie, de latitude stratégique et d'esprit critique. Les réactions auxquelles on assista démontrèrent au contraire que les « alliés » des États-Unis étaient à présent incapables de distinguer leurs intérêts de ceux de la « métropole ». Tandis que certains ne cherchaient même pas à dissimuler leur joie face à la tragédie qui endeuillait Washington,

Malaise dans la mondialisation

d'autres se mirent au garde à vous. Partout dans l'hémisphère Nord, une minute de silence fut consacrée aux victimes du 11 septembre. Un rituel, qui, depuis l'Antiquité, honore les morts tombés pour la patrie ! En mettant le feu à la bannière étoilée, Ben Laden avait ainsi dénudé la mondialisation, américanisation déguisée de la planète !

Régis Debray[15] tenta de réveiller ses compatriotes, les invitant, avec ironie, à demander le passeport américain. En vain. Une fois de plus, les islamistes avaient mis dans le mille. La plupart des « américanouillards[16] » ignoraient les faiblesses de leur modèle. Les plus lucides voulaient croire à sa réforme. Leur idole allait changer, changeait, était en train de changer. Jusqu'au bout ces midinettes espéraient que l'Amérique ferait un effort, au moins pour ne pas briser leur rêve ! Mais une vaste majorité d'Occident partagea cette aliénation, que résume parfaitement Alessandro Barricco[17] : « Pendant ces jours-là, les gens ont appris ce que veut dire être citoyen du monde : sans ce sentiment particulier, aucune globalisation n'est possible [...] Le 11 septembre a fait en quelques jours ce que des années de propagande patiente n'auraient jamais espéré obtenir. Il a fallu des décennies pour que nous nous sentions, au moins un peu, européens. En quelques jours, nous étions tous américains. » Nous avoir enferrés dans cette méprise, voilà un autre point, décisif, marqué par les ennemis de l'Occident.

Argent sale, zones grises, religion du tout technologique, croyance en la toute-puissance de l'Amérique, ces quatre failles en révèlent une cinquième : de loin la plus grave, la plus béante et la plus douloureuse, la fêlure éthique. Elle découle des précédentes puisque nous profitons de l'argent qui finance les terroristes, que nous adulons l'Amérique qui les a couvés, que le sort des autres peuples nous fait bâiller d'ennui, que le « tout technologique » nous évite de risquer notre peau. Mais ce n'est pas seulement notre mauvaise conscience que le fanatique a réveillée. Jusqu'au 10 septembre, comme tout être humain d'ailleurs, l'Occidental s'accommodait de son misérable petit tas de secrets.

Ce qui est proprement insupportable dans cette attaque, c'est qu'elle a transformé notre vague à l'âme en arme de guerre. L'année où il se décida à passer à l'action, le docteur No de l'islamisme aura cueilli un Occidental parfaitement mûr. C'est ce personnage insouciant qu'a croqué Philippe Nassif sous le titre de *Jean No*[18]. Voici comment notre zombie aura vécu la tragédie : « Alerté par les messages confus qui se bousculaient sur son téléphone portable, Jean No a saisi sa télécommande et allumé LCI, lorsque sentant cogner son sang sans encore comprendre, il a assisté à la mise à feu [...] Lorsqu'il a vu le déluge de pierre et de métal s'abattre sur New York, alors, lentement, Jean No s'est tourné vers sa copine stupéfaite, a mis sa bouche en croissant et a laissé jaillir de sa gorge un tonitruant : "Génial !" » Quel Occidental aura l'outrecuidance de nier que, ne serait-ce que l'espace d'un instant, il n'a pas éprouvé que « dans ce génial épilogue [...] s'engouffraient tous les fantasmes, les désirs inavoués, les vœux secrets ». Qui ne s'est pas senti frémir, et pas seulement d'horreur, en apprenant qu'il venait, enfin, de se passer quelque chose ? Sûrement pas les journalistes qui avaient parfois du mal à masquer leur émerveillement face à ce miracle de l'info ! La blessure éthique sauvagement fourraillée par Ben Laden, c'est celle qui consiste à savoir que l'on s'accommode de vivre dans une semi-torpeur. Une somnolence d'où l'on ne voit plus la souffrance humaine que comme un élément du décor. Car à cette joie sans fin d'avoir été, enfin, tiré de notre coma, a rapidement succédé une écœurante sensation de dégoût.

*

« À 16 h 42, Jean No a vu un type rouler contre la paroi. Les étoffes qu'on agite aux fenêtres des bureaux incendiés juste avant que les plafonds ne percutent les planchers. Et les hurlements d'effroi. Jean No a refermé sa bouche et senti une grosse boule qui dévalait lentement, difficilement, du sommet de sa gorge au bas de son ventre [...] L'horloge digitale de LCI n'affichait pas 16 h 43 lorsqu'une bouffée de honte a irisé le visage de Jean No. » Pousser l'Occident à se regarder, au moins un instant, sans complaisance : voilà l'incroyable exploit réussi par Ben Laden. Faire s'écrouler les tours sur elles-mêmes, c'était aussi permettre notre effondrement interne, notre collapsus intime. Au moment où les tours ont fondu, Ben Laden a dû éprouver ce plaisir malsain que Jean-Claude Brisville[19] prête à Foucher : « Ah Monsieur, quel plaisir de mettre un homme en face de l'inavouable. Il faut voir sa figure à mesure qu'on le découvre : épouvantée, méconnaissable... Une bougie qui coule. » La figure de proue d'Al Qaeda ne s'est pas privée d'enfoncer le clou. Dans un enregistrement vidéo, diffusé le 7 octobre 2001 par la chaîne qatarie Al-Jazira, Bern Laden martelait : « Ce que vous éprouvez maintenant n'est rien comparé à ce que nous avons enduré depuis tant d'années. » Dans la guerre psychologique qu'il a déclenchée, le fanatique détient plus d'une longueur d'avance sur le zombie.

Nous savions que nos technologies étaient duales. Nous avons découvert que l'Occident tout entier était ambivalent. Car si Ben Laden nous a révélé la réversibilité de notre monde, il nous aura aussi prouvé que nous sommes largement impuissants à le contrôler. L'esclave nous a appris que nous ne nous maîtrisons plus complètement. Cette sensation d'être à l'origine d'un gigantesque maëlstrom fait d'incessantes découvertes scientifiques et d'innovations techniques, de placements, de modes et d'espérances aussi éphémères les unes que les autres nous remplissait d'orgueil. Ce que le sociologue Karl Polanyi avait nommé « la grande transformation de nos sociétés » semblait garantir notre invincibilité. Ce dieu du capitalisme, Shiva décapitant et ressuscitant sans cesse nos valeurs, nous apparaissait jusqu'à son dernier avatar comme une puissance bienveillante. Le grand retournement de Ben Laden a semé le trouble dans nos esprits. Nous avons alors éprouvé la vertigineuse sensation que l'Histoire s'ouvrait sous nos pieds comme un précipice. Rapidement, la brèche s'est refermée. Comme si notre édifice était trop lézardé, nous avons détourné le regard. Le 12 octobre 2001, Alain Minc[20] écrivait dans son journal : « Les kamikazes auront déréglé nos sociétés, laissant la violence se diffuser en elle ; ils n'auront même pas besoin de monter un deuxième et hypothétique coup d'éclat. » Le Prophète de la mondialisation heureuse, prophète repenti, paraissait entrevoir la terrible vérité : le ver s'était infiltré dans *Big Apple*. Vérité apparemment trop cruelle, car le même auteur, le même jour, se ressaisit :

«L'Occident apprendra à vivre dans ce nouveau climat; ses ennemis sous-estimeront sa plasticité, sa capacité d'absorber les chocs, sa flexibilité [...] Peut-être est-ce inconsciemment cette force qu'a l'Occident de tout ingurgiter et d'être à la fois immensément perméable et totalement imperméable qui est à l'origine de la haine anti-occidentale : il est insubmersible, donc insupportable.» Cette faiblesse qui est la nôtre et qui consiste à se croire «totalement imperméable», à s'imaginer «insubmersible» n'est pas seulement «insupportable», elle risque de nous perdre. C'est parce qu'il en a douté que notre zombie attend d'être consolé.

Chapitre II

Guerre asymétrique

Le zombie consolé

> « Qui veut mourir ou vaincre
> est vaincu rarement. »
> CORNEILLE, *Horace*, Acte II, Scène I.

Ébranlé par le tremblement de terre bien réel déclenché à Manhattan, le zombie s'est, plusieurs semaines durant, retrouvé en état de choc. Dans tout l'hémisphère Nord, les mines étaient effarées, l'asthénie universelle. Les téléspectateurs restaient interdits devant les images des attentats diffusées en boucle. Hagard, le zombie ne savait plus quoi penser. Et puis rapidement, une armée de psychologues a surgi pour le tranquilliser. Leurs premières paroles suffirent à l'apaiser : « Ben Laden n'était qu'un accident ! » Accident de la circulation des idées ? Sûrement pas ! La mondialisation remise en cause ? Moins que jamais ! Les *Twins* étaient à terre mais l'arrogance des «experts» restait intacte. Leur conviction que la démocratie ferait le tour du monde demeurait inentamée. Leur foi dans les vertus pacificatrices du marché paraissait inébranlable. Simplement, à l'avenir, pour éviter un tel choc, l'Occident veillera à réorganiser ses services, approfondir la coopération de ses policiers et de ses magistrats et serrer les rangs derrière l'Amérique. Bref, pour prévenir des répliques, le plus sûr serait encore d'accélérer la globalisation. Quoiqu'il arrive, selon les «spécialistes», le troisième conflit mondial n'aurait pas lieu. Si tant est qu'une guerre ait débuté sous nos yeux, celle-ci était la première d'un nouveau genre : la guerre asymétrique. Rassurez-vous, braves gens, cette guerre-là, on ne la perdra que si on le décide. Manhattan fumait encore lorsque les docteurs Coué se ressaisirent : «On vous l'avait bien dit!»

ILLUSIONS ASYMÉTRIQUES

Le milliardaire saoudien a perdu une bataille mais il n'a pas perdu la guerre. C'est vrai, reconnurent les experts, d'ailleurs, la guerre risque d'être interminable. Guerre? Le gros mot était lâché. Car c'est bien d'un acte de guerre dont il s'est agi le 11 septembre. C'est ce fléau qui a refait surface à la pointe sud de Manhattan et sur les rives du Potomac, c'est-à-dire là où il était réputé à jamais éradiqué. Les commentateurs ont tout imaginé pour taire l'indicible, les «responsables» ont déployé une incroyable inventivité pour dissimuler ce retour en force de l'impensable. L'objectif des vaudous était moins de minimiser ce qui s'était produit que d'en

Guerre asymétrique

réduire la portée. Le choc des images, oui. L'onde de choc géopolitique, non. L'attaque du 11 septembre relève du terrorisme, telle fut la première trouvaille qui tenta de dissimuler la vérité au malade. Hélas, les symptômes démentaient par trop le diagnostic.

Car si le terrorisme se définit bien comme un acte de terreur, celle-ci s'exerce toujours dans un but précis : prendre en otage les opinions publiques afin d'infléchir la volonté des États. Problème : les kamikazes ne sont plus là pour infléchir quoi que ce soit ! Plus ennuyeux : la monstruosité de leur crime prouve qu'avec eux, rien n'était négociable. Les candidats au suicide qui embarquèrent sur les vols American Airlines ne nourrissaient qu'un projet : supprimer l'État américain ! Atta et Cie souhaitaient moins terroriser qu'exterminer. Et même dans l'hypothèse où des revendications auraient été formulées, les satisfaire eût été insensé. Continuation de la diplomatie par d'autres moyens, le terrorisme n'interrompt pas la négociation. Or, si entre Ben Laden et les officiels américains, tous les ponts n'étaient pas coupés le 10 septembre, plus aucun contact n'est désormais possible. Les quatre avions ont fait plus de 2 700 victimes. Le 7 décembre 1941, l'attaque japonaise contre Pearl Harbor causa la mort de 2 403 aviateurs et marins. Le 11 septembre a donc fait « mieux » que le début de l'offensive nippone dans le Pacifique. Il faut, hélas, garder à l'esprit que le « score » déjà édifiant des « terroristes » les aurait certainement déçus.

Initialement, leur plan prévoyait de décimer les 25 000 personnes présentes dans les tours ce matin-là. Assurément, tout terroriste sort du cadre normal des négociations pour faire un coup bas. Au poker diplomatique, ils trichent. Les guerriers du 11 septembre, eux, ne voulaient plus jouer. La guerre se caractérise précisément par l'absence de règles entre protagonistes. Sur le champ de bataille, tous les coups sont permis. Ce que l'un et l'autre recherchent, c'est de mettre leur adversaire KO. Il faut donc se rendre à l'évidence : nos assaillants ne voulaient pas discuter. Pour tenter de sauver la face riante de la mondialisation, un nouveau concept fut forgé. Une catégorie *ad hoc* : l'hyperterrorisme ou terrorisme de masse, terreur à grande échelle, attentat *king size*. Inventé par François Heisbourg[1] ce terme avait tout pour rassurer le zombie. Il rendait à la fois compte de l'énormité du 11 septembre et, en même temps, permettait d'en limiter l'impact. Avec l'hyperterrorisme, nous serions en présence d'actes à la fois incommensurables dans leurs effets, comme le sont les actes de guerre et, en même temps, isolés et circonscrits, comme le sont les attentats. Théorie séduisante mais fausse car elle recèle une contrefaçon logique. Par définition, le terrorisme n'est jamais «hyper». En utilisant des armes de destruction massive, «l'hyperterroriste» indique qu'il est prêt à tout. En montant illico aux extrêmes, il assume le risque de ne plus pouvoir redescendre. Or, même si une forte dose de haine et de ressentiment arme son bras, le terroriste garde la tête froide, sa violence demeure sous contrôle. L'hyperterrorisme est donc ce que l'on appelle une oxymore, terme forgé par l'assemblage d'idées contradictoires. Le zombie est, il est vrai, coutumier du fait. Afin de décrire le processus de construction européenne vidant progressivement les États-nations de toute substance, il avait déjà inventé la «fédération d'États-nations». L'hyper-terrorisme ne relève pas davantage du terrorisme que la fédération

Guerre asymétrique

d'États-nations de la nation. L'hyperbole cache un euphémisme. Au contraire, ce qu'il y a de nouveau avec le 11 septembre, c'est la tournure extrémiste immédiatement prise par ce qu'il faut bien appeler un conflit. Il n'y a plus surenchère progressive, comme dans le modèle de Clausewitz, mais tentative pour gagner du premier coup. Ne frapper qu'une seule fois mais si fort que l'adversaire cédera. Ainsi, quelles que soient les contorsions destinées à expliquer que l'Amérique n'était pas militairement agressée mais victime d'un gros attentat, l'attaque du 11 relevait bien d'une logique guerrière. Selon un ancien du Mossad, ce nouveau septembre noir resterait même comme l'un des plus extraordinaires succès dans l'histoire des conflits. Un acte de guerre donc et pas n'importe lequel.

Aussitôt, les sorciers profitèrent de cet amer constat pour réensorceler notre zombie. Une guerre, certes, mais pas n'importe laquelle. Nous serions en effet en présence d'une nouvelle forme de combat. Le premier acte belliqueux du XXIe siècle. Or, cette mutation du phénomène guerrier confirmerait intégralement les intuitions de l'*establishment* militaro-industriel américain. Le *potato coach* peut se réaffaler tranquille, les adeptes de la « stratégie vaudou[2] » avaient tout prévu. Plus réconfortant encore, la nouvelle menace prouve que la mondialisation est en marche, plus inéluctable que jamais. Admettons que l'on soit contraint de revisser quelques boulons : nos satellites ne peuvent tout voir. Concédons que nous avons peut-être péché par optimisme : la doctrine du zéro mort (surtout chez l'ennemi) était, sans doute, un peu excessive. Reconnaissons que nous sommes allés un peu vite en besogne : la traduction de *Catherine M.* en Arabie

Saoudite, ce ne sera pas pour tout de suite. Mais à quelques ajustements près, nos dogmes sortent indemnes de la tragédie. Comme l'écrit l'inénarrable Alessandro Baricco[3] juste après le 11 septembre : « Que la globalisation produise la modernité et la paix, c'est quelque chose sur quoi tout le monde est plus ou moins d'accord. » La guerre « globale » qui commence mettra encore plus de monde d'accord. Ce schéma unanimement plaqué par les experts sur « les événements », cette théorie miraculeuse, c'est la guerre asymétrique ! La formulation est récente, la chose ancienne. Bonaparte, qui avait soigneusement évité de croiser les fourches des paysans vendéens, affrontera, le premier, la *guerilla* en Espagne. Depuis, la plupart des armées occidentales firent la désagréable expérience d'avoir à combattre des civils. La guerre asymétrique part du constat qu'une armée régulière peut être mise en échec par une poignée d'indigènes. Goliath peut être vaincu par David. Cette conception souligne que la sophistication d'une armée entraîne parfois sa vulnérabilité. Ce qui est vrai des troupes ne l'est pas moins des sociétés. Plus une organisation est complexe, plus elle offre de failles. Le développement engendre de multiples dépendances : les pays de l'OCDE, gourmands en énergie, ne peuvent tolérer une trop longue interruption de leur approvisionnement. De même, la complexité implique la rationalisation, souvent synonyme de concentration. La distribution énergétique (pétrole, gaz, électricité) est ainsi fortement centralisée en Occident. Les logiciels administrant les *pipe-lines* offrent donc des cibles idéales. Une population immense se trouve ainsi à la merci de quelques *hackers*. Notre richesse induit en outre un désavantage dissua-

Guerre asymétrique

sif. En s'attaquant à une société prospère, un agresseur rudimentaire risque de détruire plus de valeur qu'il n'en possède. Que l'on songe à l'implacable mathématique du 11 septembre : jamais les États-Unis n'obtiendront réparation. En rasant Kaboul, l'Amérique n'aurait pas infligé aux Talibans le centième des dommages qu'elle a subis. Les théoriciens de la guerre asymétrique relèvent également que la « déterritorialisation » de la puissance entraîne son affaiblissement. Car si les cibles sont désormais transnationales, les assaillants tendent également à le devenir. Le plus efficace pour frapper des multinationales consiste à mettre sur pied d'autres multinationales. Une firme mondialisée, voilà exactement ce que fait voir Al Qaeda. Sa structure souple, son organisation en réseau, l'extrême mobilité de ses ressources et de ses dirigeants, la « nébuleuse » islamiste ressemble comme deux gouttes d'eau aux sociétés de la nouvelle économie. Basée nulle part, « la base » est bien l'organisation combattante de l'âge postétatique.

Apatride dans sa nationalité, cosmopolite dans son recrutement, elle possède des succursales partout. En parfait directeur de franchise, Ben Laden accorde sa *licence to kill* aux audacieux qui, de Jolo à Alexandrie, remplissent son cahier des charges extrémiste. Il ouvre des succursales du *djihad* et attend les dividendes. Le magnat de la peur finance les opérations et, une fois l'irréparable accompli, se contente d'apposer son logo. En mobilisant la technique du zéro défaut contre l'idéologie du zéro mort, en pratiquant la terreur juste à temps, ce *djihad express* se révèle redoutable. Cette privatisation de la guerre (qui en soi n'est pas nouvelle) et le détournement du capitalisme en réseau ont en effet été analysés avant même que la menace ne se matérialise. La globalisation gomme les États mais ses ennemis deviennent non étatiques. Hier, la France guerroyait contre l'Allemagne pour le contrôle de l'Alsace-Lorraine. À présent, le cartel de Cali se bat contre l'empire de Bill Gates. Les résolutions du Conseil de sécurité ne peuvent plus ignorer les ONG combattantes. Les entreprises licites n'ont-elles pas conquis une forme de souveraineté ? Les États ne prétendent-ils pas défendre des intérêts commerciaux, partout dans le monde ? Il y a mondialisation du bien. Symétriquement, il y aurait globalisation du mal. À la manière d'un virus, la menace terroriste se serait ainsi adaptée. Mais le *djihad* global livré par Ben Laden ne joue pas seulement à front renversé avec le capitalisme, il abolit le front.

Avec Al Qaeda, la mutation stratégique efface toute barrière entre civils et militaires, entre avant et arrière, entre guerre interne et guerre externe. Une fois de plus, les analystes de la guerre asymétrique confirment les tendances lourdes de l'évolution des conflits. De 1914 à 2001, les non-combattants sont de plus en plus exposés. Autre tendance de l'histoire militaire vérifiée par la guerre asymétrique, c'est la constante augmentation de la puissance de feu. Le terroriste transnational cherche lui aussi à monter en gamme. Les nihilistes du nouveau millénaire ont abandonné le revolver qu'affectionnaient leurs ancêtres, au début du siècle dernier, ils préfèrent désormais employer le gaz sarin. Lors de l'offensive menée par la secte Aoum dans le métro de Tokyo, seul un léger dysfonctionnement avait empêché la mort de 50 000 personnes. La guerre asymétrique envisage donc la possibilité d'un « micro-emploi » d'armes de destruction massive. Tôt ou tard, l'un de ces engins,

Guerre asymétrique

même artisanal, atterrira entre des mains fiévreuses. Prévision conforme à ce que l'on a vu dans le ciel de Manhattan ? Oui, si l'on songe que 300 tonnes de kérosène heurtant un gratte-ciel à 600 kilomètres heure dégagent davantage d'énergie qu'une centrale nucléaire en un an. ADM plus système D, les 747 transformés en missiles ont donc confirmé le changement d'échelle pronostiqué par la guerre asymétrique. Aux États-Unis, la crainte que des « privés » emploient les grands moyens a été rapidement vérifiée par la dispersion de poussière d'anthrax et par l'arrestation d'un terroriste[4] s'apprêtant à faire exploser une bombe radiologique. Le fait que nous ne nous battions plus contre des États mais contre d'insaisissables pirates de l'ordre international engendre d'autres conséquences, non mois redoutables. Diffuse, la menace n'en paraît que plus imparable. L'ennemi étant non désigné, mal localisé, imparfaitement identifié, les représailles contre lui risquent d'être d'aussi injustes qu'aveugles punitions. En effet, sur qui, où et comment riposter ? Après les attentats de 1998, le Président Clinton avait ordonné des tirs de missile de croisière contre des bases de Ben Laden au Soudan et en Afghanistan. Or, certains de ces engins s'écrasèrent sur un village pakistanais, donc, du moins officiellement, en territoire allié. À l'âge asymétrique, on risque à tout moment la bavure.

Du temps de « l'ancienne politique », celle du *brick and mortar* des souverainetés, il suffisait d'occuper l'ennemi pour l'atteindre. À présent, comment s'assurer d'avoir démantelé des réseaux qui repoussent comme de la mauvaise herbe ? Au lendemain du 11 septembre, c'est une chance que le régime taliban ait si clairement affiché sa complicité avec Ben Laden. Comme l'écrit Salman Rushdie[5], l'Amérique ressemble tout de même à « ce géant borgne de la mythologie grecque se faisant crever l'œil par Ulysse et ses compagnons d'exode ; abandonné à ses hurlements de rage impuissante, il lance à l'aveuglette de grosses pierres en direction de la voix du fugitif qui continue à le défier. » Non étatique, la menace asymétrique est donc, par définition, non éradicable. On ne décapite pas un ennemi sans capitale. C'est pour cela que George Bush a prévenu ses compatriotes et alliés : la campagne sera longue, voire interminable. À l'âge asymétrique, la guerre contre la terreur est une guerre sans fin(s).

Ainsi, le cauchemar asymétrique est bien devenu une réalité. À tout moment, des armes de destruction massive peuvent être employées par des terroristes transnationaux. Pourtant, à y regarder de plus près, cette mauvaise nouvelle a quelque chose de rassurant. Car ce qui distingue les réseaux légaux, des réseaux parallèles, c'est ce qui sépare le professionnel de l'amateur, l'Internet du Minitel et l'original de la copie. Face aux multinationales et aux « services » des grandes nations occidentales, les fanatiques jouent forcément les petits bras. Ils ont la cruauté, la surface leur fait défaut. Ils possèdent la détermination, il leur manque la masse critique.

Toute la fortune de Ben Laden, pourtant estimée à trente millions de dollars, ne représente que la moitié du prix d'un seul de nos chasseurs supersoniques. Même si le second a appris à boxer et porte des coups bas, zombie et fanatique n'appartiennent pas à la même catégorie. Quant aux technologies, là encore, quelle nébuleuse fera le poids face aux 14 000 mathématiciens

Guerre asymétrique

américains. La logique du fanatique asymétrique ne peut donc qu'être celle du détournement, détournement d'avion, de plutonium, de serveurs informatiques ou de virus. Sa seule force, c'est notre force. Sans nous, il n'est rien. Le guerrier asymétrique est donc condamné, le système est fort pour lui. L'ennemi *new age* peut nous faire mal, très mal même. Il peut nous suffoquer, au moins temporairement, mais il ne sera jamais de taille à nous abattre. Le fossé technologique, financier et humain qui sépare les agresseurs des agressés fait que ces derniers ne peuvent qu'être perdants. Sa stratégie ne peut être que celle du *one shot*, sa tactique a tout intérêt à être celle du *hit and run*. Les assaillants asymétriques ont en effet peu de chance de survivre à leur agression. Dès lors que le monde devient un village interconnecté, «*he can run but cannot hide*», comme dirait Clint Eastwood. C'est pourquoi les raisons qui, d'après ces stratèges, rendent l'attaque asymétrique possible font qu'elle demeurera nécessairement limitée. Super attentat probable, guerre impossible.

Il n'est d'ailleurs que de dresser le portrait-robot de cet ennemi du troisième millénaire, pour constater qu'il n'est pas aussi inquiétant qu'il en a l'air. Derrière sa mine patibulaire, on reconnaît facilement les traits d'un *looser*.

La figure la plus courante du guerrier asymétrique, c'est celle du mafieux. Sa fiche signalétique désigne un individu trempant dans quelque trafic d'armes ou de stupéfiants, et dont les intérêts s'étendent sur plusieurs continents. Pour un affreux de ce calibre, faire chanter une multinationale voire un État peut être tentant. Par contre, on voit mal notre tycoon de la guerre passer à l'acte. Ce qui pourrait l'inciter à braquer un pistolet (à dissimuler une bombe sale au cœur de nos métropoles) sur notre tempe, l'empêchera d'appuyer sur la queue de détente. *A priori*, ce terrorisme asymétrique-là possède des mobiles «crapuleux». Qu'il s'agisse de protéger un marché, d'en ouvrir de nouveaux ou d'éliminer un concurrent, ses objectifs montrent qu'il est «raisonnable». Ni lui, ni ses cibles n'ont intérêt à faire état de leurs tractations. Ce genre de «menaces asymétriques» peut fort bien se concrétiser mais le grand public n'en entendra jamais parler. Discrètes et contrôlables, on sort assurément du cadre de la guerre, peut-être même de celui du terrorisme. Autrement inquiétante est la perspective d'un *unabomber* nucléaire.

Le forcené fait voir le deuxième visage possible du guerrier postétatique. L'asymétrie exerce là ses effets les plus dévastateurs. Le biologiste américain qui profita, sans doute, du choc créé par le 11 septembre pour disséminer ses fines particules «militarisées» de charbon correspond à ce redoutable profil. Employé par plusieurs entreprises sous contrat du ministère américain de la Défense, il avait accès au laboratoire de Fort Detrick. C'est là qu'il se sera vraisemblablement procuré des souches, particulièrement virulentes, d'anthrax. Il disposait, par ailleurs, de tout le bagage scientifique nécessaire pour conditionner et utiliser son arme. Mais la traçabilité de la bactérie et le recensement rigoureux des personnels habilités à pénétrer dans une enceinte militaire auront permis au FBI de remonter assez rapidement jusqu'au coupable présumé. Plus de vingt années seront nécessaires pour neutraliser *unabomber*, ce physicien fou dont le passe-temps consistait à expédier des colis piégés aux quatre coins des États-Unis! Un criminel également surdi-

Guerre asymétrique

plômé mais menant une existence d'ermite qui rendit son arrestation pratiquement impossible. Elle fut d'ailleurs largement le fait du hasard[6]. Le guerrier asymétrique de cette espèce a donc une fâcheuse tendance à ressembler à une aiguille dans une meule de foin. Plus effrayantes encore, les motivations de ces déséquilibrés nous échappent. *Unabomber* se voyait comme un «écowarrior» tandis que l'homme à l'antrhax espérait alerter (*sic*) ses compatriotes sur les dangers des armes bactériologiques! Par définition, ce type de combattant de la guerre nouvelle est incontrôlable, comme l'étaient les adeptes de la secte Aoum. Là encore, la guerre asymétrique brandit une menace elle-même asymétrique : terrorisante d'un côté et rassurante de l'autre. Car qui ne voit pas que ces illuminés sont, par définition, extrêmement minoritaires? En rendant les technologies plus accessibles, la globalisation augmente statistiquement le risque qu'elles tombent entre les mains de fous, elle tend surtout à rendre le monde plus prospère, plus intégré, plus intelligent, bref, plus raisonnable. Les fous isolés seront donc plus dangereux que par le passé mais ils seront surtout de plus en plus isolés.

Les théoriciens de la guerre asymétrique croient assez volontiers à une dialectique entre pacification du marché et extension du chaos. Le vrai risque, selon eux, serait représenté par l'inversion de l'ordre global. Le mafieux ou le dément sont donc les désagréables effets secondaires d'un univers plus aseptisé, plus normé et plus juste. Partiellement inévitable, le risque asymétrique a bien quelque chose de glaçant. Réduisant nos ennemis à des *desperados* de Mc World, à des ruffians du village global, réduits à se faire sauter le caisson pour nous porter préjudice, il tend aussi à démontrer que nous avons définitivement gagné la partie. Or, si la globalisation est le poison, elle possède aussi l'antidote. En effet, il ne tient qu'à nous de rester sur nos gardes : « Soyons attentifs, ensemble ! » D'où aussi la tendance du vaudou stratégique à réduire tout débat sur le 11 septembre à la question : « Que font les services ? » D'où encore cette formule rabâchée jusqu'à l'écœurement : « Dur avec Ben Laden, dur avec les causes de Ben Laden. » Sous-entendu, les Salafistes nous reviennent en pleine figure, à la vitesse d'un avion à réaction, car nous avons négligé de les surveiller, de les considérer et de les instruire. Bref, le 11 septembre ne serait qu'une affaire d'inattention. À nous de balayer devant leur porte qui, globalisation oblige, est déjà la nôtre. Ben Laden, ce serait un peu notre déchet politique. Désemparés face à la mondialisation, « tentés par le repli frileux », recroquevillés sur leur « identité », les islamistes ressemblent furieusement à nos beaufs. Gueule cassée de la modernité, éclopé de la tolérance, leur chef, Ben Laden, serait une sorte de Le Pen basané, de meneur populiste, version sudiste. André Glucksmann[7] remarque que l'on pouvait lire sur un site de l'extrême droite américaine, quelques heures après les attentats : « Nous ne voulons pas qu'ils épousent nos filles, tout comme ils ne veulent pas que nous épousions les leurs ("ils", les Arabes) ». Entre les auteurs de l'attentat d'Oklahoma City qui firent 168 victimes et ceux de Manhattan et de Washington qui causèrent la mort de 2700 personnes, il n'y aurait donc qu'une différence de degré, pas de nature. Timothy Mc Veigh et Ben Laden, mêmes frustrations, David Korech et Mollah Omar, même combat ! Car si

Guerre asymétrique

notre capitalisme produit ses « exclus » à domicile, sa « mondialisation » étend ses dégâts humains à l'échelle planétaire. Idéologie toxique, l'islamisme serait le prix à payer pour notre mépris d'un monde musulman retardataire. Solutions pour remédier à ces « effets secondaires » ? Naturellement garder un œil sur les plus remuants mais, surtout, les intoxiquer et les transformer le plus rapidement possible en gentils consommateurs.

D'abord, nous gagnerions à soigner notre image car, pour le zombie, tout ce qui est réel est télévisuel. De plus, si les Ben Ladenistes nous détestent, c'est forcément qu'ils nous connaissent mal. « Relooker » la civilisation judéo-chrétienne, voilà la priorité. Sitôt dit, sitôt fait. Au lendemain du 11 septembre, George Bush donnait une attachée de presse à l'Amérique. Considérant l'argent[8] comme un droit de l'homme, l'Amérique n'a logiquement aucun scrupule à essayer de « vendre » ses valeurs ! Pour redorer le blason de l'Oncle Sam auprès des *colored people* du Moyen-Orient, G.W. a sûrement pensé que la carrière de la femme qu'il avait choisie, au sein de la firme *Uncle Bens*, serait précieuse ! Au lendemain de la tragédie, Karl Rove, proche conseiller du Président, convoquait 40 cadres de l'industrie cinématographique. Avant de pouvoir compter sur le patriotisme d'Hollywood, l'heure était grave. Depuis, on respire : Pakistanais et Saoudiens verront bientôt, sur écran géant, comment meurt un Marine, au service du Bien ! La Maison Blanche eut aussi l'idée de favoriser, *via* Internet, l'amitié entre jeunes musulmans et adolescents américains. Sur ABC-News, des lycéens égyptiens, participant à ce programme, avouèrent leur mépris de l'Amérique !

Notre zombie a du pain sur la planche mais il en faudrait plus pour le décourager.

Après le marketing, la vente! C'est entendu, au Nord, la planète se réchauffe. Au Sud, les esprits s'échauffent. Tâchons de surveiller notre langage, effaçons la dette du tiers monde et tout rentrera dans l'ordre. Quelques délocalisations, un petit coup de *good governance*, et, dans quelques décennies, il n'y paraîtra plus. Le Moyen-Orient sera alors devenu un vaste marché commun et l'Oumma tout entière, une union économique. Une injection de dollars, des autoroutes de l'information, un abonnement au câble et vous verrez, tout ce monde-là va se calmer.

La guerre asymétrique explique donc le *bug*, par et à l'intérieur du système. Elle caresse ainsi l'espoir de rationaliser l'irrationnel. Elle tente surtout de nous dissimuler la gravité du mal. Car pathologiser Ben Laden revient à nous persuader que notre normalité n'est pas menacée. Le criminaliser, c'est faire comme si notre légalité était à l'abri.

Ces deux figures du dément et du criminel ne correspondent, hélas, que très imparfaitement, à Ben Laden. Pourtant, la tentation existe de réduire notre agresseur à l'un ou l'autre de ces paradigmes. Présenter sans cesse Al Qaeda comme une structure hors la loi relève, en partie, d'un réflexe sain. C'est de bonne guerre, pourrait-on dire. C'est politiquement tentant pour l'Occident car c'est aussi juridiquement correct. Massacrant des innocents, Al Qaeda est une organisation criminelle, cherchant à saper les fondements de l'ordre international, elle se place une seconde fois au ban des nations. En 1992, à la demande de la Libye

Guerre asymétrique

menacée de déstabilisation, Interpol a d'ailleurs lancé un mandat d'arrêt contre Ben Laden. Mais le réduire à un simple bandit, c'est aussi refuser de voir qu'il mène une véritable guerre. En cherchant à le faire passer pour l'ennemi public de la mondialisation, la propagande occidentale se refuse à admettre qu'il conteste notre désordre économique au nom d'un ordre théocratique. Un ancien ministre de l'Intérieur remarquait justement après le 11 septembre : « Les kamikazes sont des illuminés mais Ben Laden, c'est un type intéressé ! » Imaginer qu'un fils de famille qui préfère les cavernes du pays pachtoune aux suites des palaces est motivé par l'argent relève d'une incorrigible cécité. Comme l'ont parfaitement analysé Alain Bauer et Xavier Rauffer[9], l'Occident a commis de graves erreurs d'appréciations psychologiques à propos de ses ennemis : « On les croit capables de négocier, d'écouter, on leur envoie des émissaires, on tente de les amadouer en faisant du business avec eux. Mais les supposés partenaires sont des guerriers fanatisés, des fauves survivants de vingt ans de guerre et de combat clandestin. » En considérant comme indifférent de combattre un idéaliste plutôt qu'une crapule, nous n'avons pas mesuré le danger : Ben Laden ne se laissera ni corrompre, ni acheter.

Car ce que le zombie refuse d'admettre, c'est bien que la guerre ne se pense pas en termes moraux. Bien ou mal, avec ou sans Dieu, ces catégories sont hors sujets. Si l'ennemi gagne, c'est votre morale qu'il remplace, vos idoles qu'il brise. Il ne s'agit donc pas de savoir si Ben Laden est bon ou mauvais, s'il a raison ou tort. Ben Laden est et cela suffit. Les tours jumelles se sont écroulées. Point. On ne brûle pas le Parlement pour y faire voter de nouvelles lois. On incendie le Reichstag pour incinérer le parlementarisme.

On comprend alors le dilemme du zombie, si Ben Laden n'est pas «intéressé», s'il n'est pas «raisonnable», c'est forcément qu'il est dingue. Cette tentation de réduire notre ennemi à un illuminé n'est pas moins dangereuse que la précédente. Elle paraît surtout plus forte. Avant les «événements», un lycéen américain qui avait massacré ses camarades projetait de détourner un avion et de l'écraser sur... le *World Trade Center*! Après le 11 septembre, un autre «enfant perdu de la mondialisation» précipita un avion sur un immeuble d'Austin. Ainsi, le geste «fou» de Mohammed Atta vérifierait, que inévitablement, la globalisation produit son lot de détraqués. Hélas, Ben Laden est parfaitement sain d'esprit. Hélas, il n'est pas isolé. Hélas, sa religion n'est pas sortie d'un cerveau malade, c'est le culte de plus d'un milliard d'êtres humains. «Par bien des côtés, nous l'avons vu, Al Qaeda ressemble moins à l'islam tel qu'il est pratiqué dans le monde qu'à une secte millénariste comme Aoum», objecte François Heisbourg[10]. Objection retenue : les partisans de Ben Laden déforment l'islam, leur religiosité est incontestablement sectaire. Mais est-on absolument certain que seule une poignée de déséquilibrés succombe aux sirènes de ce «millénarisme»? Selon André Glucksmann[11] : «Une violence à drapeaux amovibles et à convictions tournantes sort de l'abri, prétexte des grandes causes de jadis et essaime sans contrôle.» Mais sommes-nous vraiment aux antipodes des «grandes causes» de jadis? Comment qualifier une secte Aoum qui, des *tribal agencies* pakistanaises jusqu'aux faubourgs du Caire, compterait des millions de supporters enthousiastes? Une force révolutionnaire! Comment appelle-t-on un regroupement «millénariste» doté d'un bureau politique, d'un service action et d'un gigantesque réseau financier? Une internationale! Comment considérer un gourou chapeautant un tel ensemble? Un leader politique! Comment nommer une vision du monde «sectaire», partagée par des chefs de partis, des banquiers, des généraux et capable de mobiliser les masses? Une idéologie!

Cependant, André Glucksmann juge notre monde trop désordonné pour fabriquer des armes intellectuelles aussi aiguisées qu'antan. «Loin d'avoir largué nos idéologies centenaires, les Grands du jour ne se sont émancipés que du principe de non-contradiction», estime le philosophe. Ce jugement s'applique, sans doute, à Bill Clinton, certainement pas à Ben Laden et à ses partisans. «La prochaine fois, ce sera très précis et le Worl Trade Center continuera d'être une de nos cibles aux États-Unis, si nos demandes ne sont pas satisfaites», promettait déjà l'islamiste Nidal Ayyad[12], lors de son procès en février 1993. Jurant devant Dieu que Ben Laden serait mis hors d'état de nuire, après l'attaque de l'USS Cole, Bill Clinton s'était contenté de tirer quelques missiles sur les bases d'entraînement d'Al Qaeda, en 1998. «Pour chacun d'entre nous blessé ou tué dans cette lâche attaque, au moins cent Américains seront tués. Je serais peut-être mort quand ça se produira, mais souvenez-vous de mes paroles», avait aussitôt répondu un moujahid[13]. Contrairement aux maîtres occidentaux, les esclaves d'Allah ont une fâcheuse tendance à tenir parole.

Il faut que nous nous fassions une raison : les motivations du fanatique ne sont pas les nôtres mais cela ne l'empêche pas de se montrer nettement plus cohérent que nous. Jugée à l'intérieur de notre système, l'attaque de Ben Laden n'a absolument aucun sens. Mais en même temps, elle prouve la parfaite rationalité de ses auteurs. Ils possèdent donc un autre système de valeurs. Présupposant que le désordre qui nous menace s'explique par notre propre dérèglement, le « vaudou stratégique » manque totalement l'originalité du 11 septembre. Ce que nous vivons, c'est bien pire qu'une « erreur système » ! Sous les oripeaux du neuf, cette analyse asymétrique consiste, en fait, à ramener l'inconnu au connu. Finalement, il s'agit bien de théoriser la vulnérabilité du pot de fer contre le pot de terre qui vient se briser sur nos villes. La vraie mauvaise nouvelle, celle que personne n'accepte, c'est que la guerre qui commence est bien asymétrique mais que cette asymétrie ne joue pas en notre faveur.

Réalités stratégiques

Le zombie croit livrer une guerre asymétrique. C'est partiellement exact : les moyens dont il dispose sont sans commune mesure avec ceux de son ennemi. Cependant, à l'ère des réseaux, l'asymétrie la plus avantageuse est d'abord celle de l'information. Or, Ben Laden nous comprend parfaitement tandis que lui nous apparaît comme une énigme. Nous sommes incapables de sonder ses forces et ses motivations, lorsqu'il semble capable de nous téléguider. Il nous connaît par cœur, nous ne savons pas ce qu'il a dans le ventre.

Que le fanatique soit capable de lire dans nos pensées, on espère en avoir apporté la démonstration. Allons plus loin. Qui sont nos agresseurs ? Des faméliques, des

Guerre asymétrique

désespérés du Sud, des trompe-la-mort n'ayant plus rien à perdre ? Les nouveaux serfs exploités dans les usines prisons d'Asie ? Les Africains sidéens privés de trithérapies ? La nationalité des kamikazes ? Malgache ? Rwandaise ? Somalienne ? Non, sur les 19 pirates de l'air, 17 étaient ressortissants de pays du Golfe (15 Saoudiens, 2 Émiratis). Les derniers membres du commando, un Libanais et un Égyptien, sont tous deux issus de milieux bourgeois. Ce n'étaient pas des exploités qui nous attaquaient. On a donc eu raison de disqualifier le tiers-mondisme en « patte d'eph » tenté de justifier l'agression du 11 septembre par l'égoïsme des riches. Par contre, ce que l'on a passé sous silence, c'est que leur niveau de vie impliquait leur occidentalisation. Les États du Golfe sont les pays les plus riches du monde. Mais surtout, leurs habitants reçoivent nos images et se connectent sur nos sites Internet. Ils voyagent en Occident et accueillent nos enseignants dans leurs universités. Ce sont donc des « occidentalisés » qui nous attaquent, qu'en déduire ? Que, contrairement à ce qui se passait avec les Soviétiques, ils résistent aux séductions de notre matérialisme. Angoisse : n'est-ce pas ce que nous avons de mieux à offrir ? Que l'on songe à l'entraînement et à la sélection d'hommes capables de fréquenter des *sex shops*, d'inviter les enfants de leurs voisins à des anniversaires Mc Donalds sans que leur foi ou leur détermination soient le moins du monde entamées. Des hommes suffisamment naïfs pour croire qu'ils rejoindraient un paradis gorgé de miel et de donzelles mais assez malin pour échapper au FBI. Leçon vitale mais terriblement inquiétante : disposer de loisirs à profusion, être riche ne transformera pas le fanatique en zombie. La plupart d'entre eux étant déjà plus riches que nous, il va nous falloir trouver autre chose pour les désarmer ! Mais nos ennemis sont aussi plus éduqués que la moyenne des Occidentaux. L'équipe réunie par Mohammed Attef était composée d'hommes capables d'apprendre à piloter et parlant au moins deux langues. D'ailleurs, n'y a-t-il pas un gouffre intellectuel entre le numéro deux d'Al Qaeda, le docteur Ayman Al-Zawahiri, et le numéro un américain, incapable de citer le nom du Président pakistanais, quelques mois avant son entrée en fonction ? De Ben Laden, issu d'une famille de commerçants hadramaouites possédant des liens personnels avec la Malaisie, la Somalie, l'Afghanistan, la Grande-Bretagne et un petit apparatchik franco-hexagonal comme Jean-Marie Messier, dont le cosmopolitisme le pousse à forcer des éditeurs français à se parler en sabyr mondialo-américain, qui des deux est le plus mondialisé ? À l'asymétrie de l'information correspond donc celle de l'infiltration. Il faut nous rendre à l'évidence : nos ennemis connaissent mieux la planète que nous ! Ils sont chez eux dans plus de pays. Leurs « dormants » évoluent comme des poissons dans l'eau dans nos métropoles. Sept Français, cinq Britanniques et deux Américains sont détenus à Guantanamo. Beaucoup de terroristes présumés occidentaux sont, il est vrai, issus de l'immigration. Khaled Kelkal, c'est la « taupe » idéale : milieu défavorisé, délinquance, frustration identitaire. On aurait cependant tort de croire que les islamistes ne recrutent chez nous que des musulmans. Les Français, Jérôme Courtailler, Lionel Dumont et Christophe Caze, l'Australien, David Hicks sont des chrétiens convertis à l'islam ayant rejoint le *djihad*. Tous étaient aussi des exclus. Ce n'était pas le cas de John Walker Lindht, cet adolescent californien

Guerre asymétrique

enrôlé par Al Qaeda. Toutes les recrues potentielles ne sont pas des marginaux. L'islamisme armé peut séduire dans tous les milieux : Nizar Trabelsi était footballeur professionnel avant de rejoindre le réseau Beghal. Avant de devenir l'un des lieutenants de Ben Laden, Ali Mohammed était sous-officier dans les forces spéciales américaines ! Les *djihadistes* se recrutent dans tous les milieux et sur tous les continents. Car si l'ennemi est chez lui chez nous, ses sanctuaires restent largement hors de notre portée. En plus de ses relais bien connus en Égypte, au Pakistan, aux Philippines et en Algérie, Ben Laden peut s'appuyer sur des organisations un peu partout dans le monde : au Kurdistan irakien (Jund Al Islam) ; en Jordanie (Al-Islahwal Tahadi) ; au Yémen (Islah Party), en Libye (Takfir wal-Hijia), en Iran (Ahle sunns wal jama'a) ; au Bangladesh (Harakatul Jihad party), en Ouzbékistan (Hizbut Tahrin) ; au Tadjikistan (IMU), en Somalie (Somali Islamic Union Party), au Nigéria (National Council of Muslim Youth Naconyo), au Kenya (IPK) et la liste n'est pas exhaustive ! À coup de kalashnikov, de pots-de-vin et de solidarité tribale, les islamistes s'incrustent dans les zones de non-droit que nous laissons dangereusement proliférer. Nos soldats d'élite ne s'y aventurent qu'à leurs risques et périls, leur état-major les transforme en confortables bases de repli. À Karachi et à Lagos, les «gorges profondes» de l'Occident risquent à tout moment d'avoir la carotide tranchée, les sbires de Ben Laden ont pignon sur rue. Dans nos banlieues, les *djihadistes* réussissent là où nous échouons. Ils s'implantent là où les services publics sont chassés. Ils imposent leur ordre là où notre loi ne passe plus. Car il n'y a pas qu'en armant les Afghans contre les Russes que l'Occident puisse faire le jeu du *djihad*. Les gouvernants qui tentent de canaliser la délinquance en s'appuyant sur certaines associations « identitaires » ne sont pas moins pyromanes que la CIA. À ce propos, Antoine Sfeir [14] s'inquiète : « Nos policiers et nos magistrats cartésiens les jugent inoffensifs. Savonarole aussi était un non-violent. Cela ne l'empêchait pas d'enflammer les foules et d'entretenir la haine. C'est ce qu'ils font. » À la fois rustiques et sophistiqués, nos ennemis peuvent donc jouer sur deux tableaux. Le nôtre, en utilisant les sociétés *off shore* et en écrasant instantanément leurs « firmes kleenex » ainsi que nous leur avons appris. Le leur, en ayant recours à d'antiques pratiques de virement, reposant tout entières sur la confiance. Notre ennemi est nous et il est lui. Nous ne sommes que nous. Or, ce handicap, nous l'aggravons en déniant à notre agresseur toute existence autonome. Nous préférons croire qu'il est réductible au « désordre » que nous produisons. Le paradigme « asymétrique » est à cet égard très utile car il nous permet d'ériger le cas Ben Laden en exception renforçant nos règles. Nous sommes manifestement incapables de concevoir que les adversaires de l'Occident utilisent la mondialisation comme une tactique et non comme une stratégie.

Que s'ils jouent parfaitement de notre désordre, ils n'en sont moins partisans d'un autre ordre. Ce n'est pas le drapeau noir qu'ils veulent hisser sur le monde, c'est la bannière du Prophète. Nous leur avons déclaré la guerre. Or, « la guerre est un acte de volonté destiné à contraindre l'adversaire » (Clausewitz). Avant d'examiner nos chances de l'emporter, il n'est peut-être pas inutile de vérifier que nous possédons encore quelque chose qui ressemble à une « volonté ». On verra alors le zombie s'agiter.

Chapitre III

Délivrez-nous du Mal
Le zombie agité

> « Une seule chose importante :
> apprendre à perdre. »
> CIORAN

« Qu'ai-je à répondre quand je vois que, dans certains pays musulmans, il y a une haine au vitriol contre l'Amérique ? Je vais vous dire ma réponse : je ne peux pas y croire. Parce que je sais combien nous sommes bons ! » Cet aveu stupéfiant de naïveté, dans la bouche du chef de la plus puissante armée du monde[1], dévoile l'un des deux visages du zombie. Celui du brave type à qui l'on cherche des noises. Agressé, ce zombie-là se persuade qu'il est infiniment bon, nous l'appellerons donc le « boniste ». Détesté, l'Occidental peut aussi se démoraliser au point d'en perdre tout ressort, le zombie devient alors « molliste ».

La croisade s'amuse

« Stupéfait » G. W. ? La haine qu'il suscite lui reste en travers de la gorge. En réalité, elle le surprend moins qu'il ne veut bien l'admettre. S'il avait été tout à fait franc, le Président des États-Unis aurait ajouté : « Je me fiche de savoir pourquoi ils nous haïssent » ! Il sait trop bien pourquoi Ben Laden, les Frères musulmans, les allumés de Jolo, les élèves des Madrasas pakistanaises et *tutti quanti* vomissent l'Amérique. Les fous d'Allah la maudissent comme on déteste le premier de la classe. Ils la jalousent secrètement, ne supportant pas de la voir si puissante, si riche et si juste. Leur haine est celle des *loosers*. C'est aussi pourquoi le boniste croit qu'il a déjà triomphé. À la fin, ce sont toujours les « meilleurs » qui gagnent. Bush le lui a promis : « Dieu n'est pas neutre. » Ben Laden a donc été envoyé sur terre pour éprouver notre héros.

Al Qaeda serait ainsi la dernière trouvaille du Très Haut pour tester son chouchou. Le 11 septembre apparaît comme la nouvelle occasion offerte au boniste de prouver que sa première place de podium n'a rien d'usurpé. Car, n'est-ce pas, ce n'est pas n'importe « où » que c'est arrivé. Qu'elle lui délivre ou non un passeport, l'Amérique est la vraie patrie du boniste, son pays réel et sa terre promise. Mais elle est bien plus que cela. Il est d'accord avec Thomas Jefferson, l'ancienne colonie britannique reste « la meilleure chance de l'humanité ». Berceau de l'avenir, l'Amérique est sacrée. C'est pourquoi nul n'a le droit d'y toucher. Ceux qui ont osé vont devoir payer. Le boniste a donc craché son chewing-gum et retroussé ses manches. « Si ces gens croient nous impressionner, c'est qu'ils ne connaissent

Délivrez-nous du Mal

pas les États-Unis!», assura Bush au lendemain du drame. Le boniste est une bonne pâte mais mieux vaut ne pas le pousser trop loin. Avec le 11 septembre, les limites sont franchies. Le boniste est furieux. Une fois déchaîné, notre homme n'est pas du genre à rester les bras croisés. D'ordinaire si doux, le boniste est bien décidé à ne pas faire de quartier. Début novembre 2001, un éditorialiste de l'hebdomadaire *Newsweek*, pourtant réputé pour son progressisme, intitulait son billet : «Il est temps de songer à la torture»! «Nous allons en tuer un maximum», annonça, plus serein, le secrétaire à la Défense Donald Rumsfeld. Nom de code de l'opération punitive : «Justice sans limite». Le bon géant s'est ainsi mué en brute épaisse. Bien après la chute du mollah Omar, les bavures[2], encore nombreuses, de l'US Air Force l'indiffèrent : Tuez-les tous, Dieu reconnaîtra les siens.

Début juillet 2002, dans la province afghane d'Oruzgan, un bombardement tue cinquante villageois célébrant un mariage. Les malheureux avaient eu la mauvaise idée de tirer quelques coups de feu en l'air! Dans les journaux occidentaux, l'information mérite un entrefilet. La mort d'hologrammes n'est pas une nouvelle. Le même qui ne comprend pas la haine qu'on lui porte laisse son ministre de la Guerre expliquer : «Conformément aux enseignements de l'école de Chicago, il vaut mieux laisser les supplétifs nettoyer les grottes.» Traduction : la vie d'un Américain n'ayant pas le même prix que celle d'un Afghan, laissons les derniers risquer seuls leur carcasse bon marché. En décembre 2001, peu de soldats occidentaux prirent part à l'assaut contre Tora Bora. Trop risqué. D'où la fuite de Ben Laden et de ses lieutenants. En pays pachtoune, le cadavre du « zéro mort » bouge encore. À la mi-juillet, une enquête du *New York Times* révélait qu'erreurs de frappe et incapacité à mettre la main sur Ben Laden procèdent d'une même cause : la volonté systématique d'épargner les vies trop précieuses des militaires américains. Oscillant constamment entre cynisme et mièvrerie, notre boniste fait généralement preuve d'une excessive sensiblerie envers lui-même et d'une absence totale d'humanité vis-à-vis d'autrui. On ne comprend les réticences de Washington à l'égard du tribunal pénal international que si l'on se souvient que plusieurs centaines de combattants d'Al Qaeda qui s'étaient rendus furent massacrés par les forces spéciales. Dans la forteresse de Mazar-i-charrif, l'énergie du désespoir poussa une poignée d'entre eux à se soulever contre leurs anges gardiens et exterminateurs. Mais tous les bonistes ne sont pas aussi impavides. « Au spectacle de ces prisonniers sanglés sur un chariot roulant entourés de gardes, se demande Jean-Marie Colombani[3], peut-on encore se dire solidaire de l'Amérique ? »

Surtout s'ils sont galonnés, les bonistes américains ne partagent guère ce genre d'état d'âme. Ainsi, l'officier responsable de la base de Guantanamo, où sont détenus les combattants d'Al Qaeda, a-t-il tranquillement prévenu la presse : « un texte vieux de cinquante-quatre ans » n'est pas nécessairement applicable. En clair, la Convention de Genève sur les droits de la guerre peut être violée dans l'enceinte du camp. Le boniste aurait pu esquiver la question. Mais sa conscience est aussi nette que sa vue devient floue. Tellement sûr de son bon droit, le zombie perd tout complexe. Qui aurait l'audace de lui en remontrer en matière de droits de l'homme ? L'humanité, c'est moi, se dit le boniste. De

OXFAM
Deutschland

Oxfam Deutschland Shops gGmbH,
Am Köllnischen Park 1, 10179 Berlin
Oxfam Buchshop
Schulstr. 16
64283 Darmstadt

Tel: (06151) 273833

06.01.2020 16:19   Bed. 2   Rg.: 52

Andere Sprachen	2.50
Andere Sprachen	3.00

MWST	Netto	Steuer	Brutto
7.00%	5.14	0.36	5.50

Summe :   **5.50 EUR**

BAR GEGEBEN: 6.00 EUR
RÜCKGELD: 0.50 EUR

Vielen Dank für Ihren Einkauf.
Sie verändern damit die Welt!
www.oxfam-shops.de

Ein Umtausch der Ware ist leider nicht möglich.

UST-IdNr.: DE176650673

Deutschland

JEDER EINKAUF IM OXFAM SHOP VERÄNDERT DIE WELT.

Mit Ihrem Einkauf im Oxfam Shop unterstützen Sie die Arbeit von Oxfam. Oxfam ist eine internationale Nothilfe- und Entwicklungsorganisation, die weltweit Menschen mobilisiert, um Armut aus eigener Kraft zu überwinden.
Mehr Informationen zu Oxfam: www.oxfam.de

Die Oxfam Shops freuen sich über Ihre Sachspenden. Wenn Sie Interesse haben, die ehrenamtlichen Shop-Teams zu unterstützen, sprechen Sie uns gern direkt im Shop an.
Mehr Informationen zu den Oxfam Shops:
www.oxfam-shops.de

EinZIEGartige Charity-Geschenke gibt es auf www.OxfamUnverpackt.de

OXFAM
Deutschland

JEDER EINKAUF IM OXFAM SHOP VERÄNDERT DIE WELT.

Mit Ihrem Einkauf im Oxfam Shop unterstützen Sie die Arbeit von Oxfam. Oxfam ist eine internationale Nothilfe- und Entwicklungsorganisation, die weltweit Menschen mobilisiert, um Armut aus eigener Kraft zu überwinden.
Mehr Informationen zu Oxfam: www.oxfam.de

Die Oxfam Shops freuen sich über Ihre Sachspenden. Wenn Sie Interesse haben, die ehrenamtlichen Shop-Teams zu unterstützen, sprechen Sie uns gern direkt im Shop an.
Mehr Informationen zu den Oxfam Shops:
www.oxfam-shops.de

son point de vue, il faut que l'on soit vicieux pour lui chercher des poux dans la tête. Il exige d'ailleurs que l'on choisisse son camp : bien ou mal, avec lui ou contre lui. Voilà sans doute sa plus notable caractéristique, sa marque de fabrique : le boniste est parfaitement incapable de saisir ses propres contradictions.

Devant le Conseil de sécurité, Washington a invoqué le chapitre VII de la Charte consacré à « la rupture de la paix internationale ». Les États-Unis firent ainsi admettre à la communauté des nations que les kamikazes menaçaient le bien commun de l'humanité. Une position qu'approuve le directeur[4] du *Monde* : « Nous savons qu'en Afghanistan, sur d'autres terrains peut-être, les Américains se battent pour notre compte commun. » En Afghanistan peut-être, sur d'autres terrains, rien n'est moins sûr... Car sitôt les membres d'Al Qaeda arrêtés, il ne fut jamais question de les déférer devant le tribunal de La Haye ni devant une cour internationale *ad hoc*.

À aucun moment, Washington, qui pourtant assimile les combattants islamistes à des criminels contre l'humanité, n'envisagea un nouveau Nuremberg. C'est devant une juridiction cent pour cent américaine que Bush Junior décida de les traduire. Et pourquoi pas ? État de droit, les USA peuvent rendre la justice au nom de tous. Las, c'est une cour martiale, un tribunal d'exception qui tranchera le sort des Talibans. Considérer que la cruauté des terroristes leur déniait le droit à un procès civil, admettons. Mais lorsqu'ils décident que les prisonniers seront traités séparément suivant leur nationalité, il est manifeste que les États-Unis ne jugent plus « pour notre compte commun ». John Walker Lindth, l'Américain du groupe, sera amené devant un tribunal civil. Le déchoir de sa citoyenneté ? L'hypostasie[5] semble proscrite par le bonisme. Ce qui est troublant ce n'est pas qu'un décalage existe entre les principes du boniste et ses actes. Ce qui est proprement assourdissant, c'est qu'il ne s'en rend pas compte. L'injustice de notre zombie apparaît moins comme le reflet de son cynisme que comme un effet de sa bonté. Car le boniste continue d'adhérer aux valeurs universelles de l'Occident. Mais il est tellement attaché à leur pureté originelle, qu'il les veut sans mélange. Sa république « droitdelhommiste » n'est pas de ce monde. Tout ce qui, ici bas, contredit trop ouvertement la démocratie et le marché est purement et simplement nié. Dans l'esprit du boniste, l'Occident ressemble à un immense *loft*, à un gigantesque Center Park. Nos principes n'ont réellement vocation à s'appliquer qu'à l'intérieur du périmètre sécurisé. Au-delà, ils deviennent virtuels. Et si le boniste se révèle aussi insensible à l'égard de ceux de l'extérieur, c'est qu'il a du mal à les considérer comme aussi réels que lui.

Il arrive au boniste de dénigrer les peuples du « dehors ». En général, il se contente de les ignorer. Il ne veut et, en fait, ne peut pas les voir. Au lendemain du 11 septembre, sa stupeur a pu le pousser à clamer son mépris pour l'islam, sa nature profonde l'a ramené rapidement dans les bornes aseptisées du politiquement correct. Cependant, certains bonistes s'entêtèrent dans cette voie. Posément, Francis Fukuyama[6] rappela que si seuls les musulmans détestaient à ce point l'Occident, ils étaient aussi les seuls à végéter économiquement. Sous les fenêtres de la tragédie, transie d'effroi, Oriana Fallaci rédigea un brûlot. Témoignant d'une incroyable maladresse, le président du Conseil italien osa dire tout haut ce que tout boniste pense tout bas. Ces trois voix furent immédiatement bâillonnées, aussitôt dénoncées comme d'irresponsables fauteurs de guerre. Nos trois énergumènes n'exprimaient pourtant qu'une version édulcorée du bonisme. Engueuler, insulter, invectiver ses frères humains, c'est penser que l'on appartient encore à la même famille. Démontrer que certains musulmans font fausse route, c'est caresser l'espoir qu'ils reviendront sur le droit chemin. Affirmer la supériorité de notre civilisation sur la leur, c'est admettre que zombie et fanatique partagent une échelle de valeurs commune. Véritable théoricien du bonisme, Huntington l'a pourtant amplement clamé : nous n'avons plus rien à dire à ces gens. Pas même que nous nous estimons supérieurs. Nous ne parlons plus la même langue. On s'adresse encore à un esclave, on ne parle plus à un chien enragé. Ainsi, le boniste s'interdit de critiquer l'islam, au nom d'un relativisme mille fois plus insultant pour le Prophète que tous les noms d'oiseaux dont une infidèle hystérique pourrait l'affubler.

Le Président Bush l'a dit et répété : l'islam n'est pas son ennemi. Ce qu'il veut dire, c'est qu'il se soucie autant du Coran que de sa première paire de santiags. Le *djihad* américain n'est pas dirigé contre des mécréants mais contre des menaces. Car, qu'on se le dise, Bush ne combat ni l'islam, ni l'intégrisme, ni Al Qaeda, ni tel ou tel groupe d'excités. Son seul ennemi, c'est « la terreur ». Notre univers zombique n'a pas noté que la première puissance du monde avait déclenché une guerre contre une abstraction. *War on Terror*. Il y a chez le boniste une telle volonté de désincarner son ennemi, de le nier, de le néantiser, que celui-ci en devient virtuel, impersonnel et anonyme. Le Pentagone lutte contre la terreur comme le département de la Santé combat le tabagisme. Dans ses documents[7], l'US Army se dit prête à «battre la menace»! Laquelle? Le manuel de l'armée de terre américaine n'aide guère le boniste à clarifier ses idées. Elle définit le terrorisme en ces termes : «l'usage calculé de la violence contre des civils à des fins d'intimidation et de coercition pour atteindre des objectifs politiques, religieux, idéologiques ou autres». La CIA, à qui, très officiellement, la Maison Blanche a demandé d'assassiner Saddam, rentre à l'évidence dans cette définition. «C'est moi qui décide qui est terroriste!» balayerait Bush. Officiellement, les États-Unis mènent trois guerres de front. La première vise «les organisations terroristes». La seconde prend pour cible «les États ou les organisations qui les soutiennent». Enfin, Washington met en joue «les États possédant ou développant des armes de destruction massive».

Cible numéro un : «les organisations terroristes». Organisations au pluriel donc, mais le boniste pense Al Qaeda au singulier. La «nébuleuse», comme écrivent les journaux, base de toutes les subversions, inspiratrice de tous les noirs desseins contre Washington, ventre fécond d'où sortirent les kamikazes. Télégénique. Le seul problème, c'est qu'Al Qaeda n'existe pas. Se sentant menacé mais ne sachant précisément ni par qui, ni par quoi, le boniste éprouva le besoin de se fabriquer une version vendable de son agresseur. Correctement marketé, l'ennemi sera plus facilement emballé. Dans les années 1920, contre la pègre, ennemi insaisissable et multiforme, Washington inventait *cosa nostra*, la pieuvre sicilienne. Septembre 2001, G.W. et ses conseillers sortent Al Qaeda, « la base » en arabe. Pour lancer une menace sur le marché, avoir une marque ne suffit pas, reste à la personnifier, à lui donner un visage. Hier, Al Capone, aujourd'hui, Ben Laden : deux excellents clients pour la presse mais pas uniquement. Car il est plus pratique de viser une cible nominative que de pourchasser une énigme. Il semble plus rassurant de lutter contre un homme seul que contre des centaines de millions de musulmans en colère. Cela évite aussi de poser les questions qui fâchent : la prohibition ne serait-elle pas responsable de l'explosion du crime organisé ? Le soutien inconditionnel apporté à l'islam le plus obscurantiste n'est-il pas l'une des causes de l'islamisme ? Certes, Ben Laden existe bel et bien. Incontestablement, le fanatique se considère en guerre contre les USA. Mais son organisation ne fait que mettre fonds et moyens logistiques à disposition d'alliés de circonstance.

Fort peu de documents[8] mentionnent l'existence de cette « base ». Moins boniste que le FBI, la DST ne se focalise pas sur Oussama. En juillet 2002, un grand quotidien national[9] suggère qu'Al Qaeda n'existe pas. L'aveuglement du zombie boniste est tel qu'une information aussi cruciale lui passe au-dessus de la tête. Fantasmant une toile d'araignée planétaire, le boniste surévalue considérablement les moyens techniques, humains, financiers dont bénéficièrent les kamikazes. Les plans des grottes présentées par l'état-major américain, équipées de sauna, terminaux informatiques, labos de guerre bactériologique n'ont jamais existé. Mais croire qu'il combat le Spectre permet au boniste de se prendre pour James Bond. Bon pour le moral mais dangereux pour le physique car, à lutter contre un adversaire de Game Boy, le zombie se rassure à bon compte. La vérité qu'il se cache est infiniment plus terrifiante que celle d'un « super vilain ». Ben Laden n'est pas seul. Ses complices se recrutent jusque dans la cour du roi Fadh, c'est-à-dire dans l'arrière-cour de l'Oncle Sam. Chez le principal allié de Superman, certains se rebiffent. De cette complicité entre divers princes saoudiens et Ben Laden, les exemples abondent. Mais le boniste se refuse à croire que son protégé nourrit la vipère. Le zombie se figure qu'il mène une croisade contre le Mal alors qu'il est son allié depuis près d'un demi-siècle.

Ce qu'il dénonce à Téhéran, il l'applaudit à Ryyad. Ce qu'il traque à Kandahar, il le protège à Darhan. Le pire cauchemar boniste ? Que la moitié des réserves mondiales de brut passe sous contrôle islamiste. Mais la monarchie saoudienne est déjà islamiste. Comble de l'horreur pour le zombie ? Que ses ennemis contrôlent la bombe. Mais le Pakistan nucléaire contrôle imparfaitement son territoire.

Triomphaliste, le boniste ne réalise pas qu'en territoire allié, la sécurité[10] de son personnel diplomatique n'est plus même assurée. Al Qaeda concentre à ce point la haine du boniste qu'il oublie que, chaque mois, une nouvelle organisation réclame sa part du *djihad* contre l'Amérique. Pour le boniste, il est tellement réconfortant d'imaginer qu'il traque une pieuvre lorsqu'une hydre se dresse contre lui. Mais, preuve qu'il n'est pas si naïf, le boniste pourchasse aussi les « États ou les organisations qui soutiennent les organisations terroristes ».

En contre-attaquant, l'empire boniste a d'ailleurs renversé le régime taliban. Maintenant, à qui le tour ? L'Iran, le Soudan, le Yémen, la Somalie sont cités. Mais pour Washington, les véritables piliers de l'axe du Mal en seraient l'Irak laïc et la Corée du Nord marxiste ! Bagdad serait l'allié du Belzhébuth barbu. Saddam, ennemi mortel des islamistes, aurait, selon les Américains, prêté main forte à Ben Laden. À l'appui de cette accusation, ils citent un rendez-vous, à Vienne, courant août, entre l'un des pirates de l'air et un homme des services irakiens. En vertu de cet indémodable adage qui veut que l'ennemi de mon ennemi soit mon ami, le progressiste a parfaitement pu s'allier avec le réactionnaire exactement comme Staline le fit avec Hitler. Rapprochement possible mais peu plausible. Les USA cherchent sous n'importe quel prétexte à se débarrasser de Saddam.

S'ils détenaient la preuve de son implication dans la tragédie du 11 septembre, on peut être certain qu'une telle information aurait depuis longtemps barré les unes. Cela fera bientôt dix ans que Bagdad n'écoule plus son pétrole dans des conditions normales. Il est évident que sa priorité est de revenir au plus vite sur le marché. Même animé des pires intentions, Saddam Hussein doit se refaire une santé. On veut nous faire croire qu'il cherche à reconstituer son potentiel offensif, soit mais avec quels moyens ? À l'heure où ces lignes seront publiées, une opération d'envergure contre l'Irak aura, sans doute, été déclenchée ou sera sur le point de l'être. La haine contre les États-Unis, haine quasi universelle dans le monde arabo-musulman, n'en sera qu'avivée. Le zombie boniste n'en a cure. Du moins, son optimiste à tous crins l'invite à imaginer que les foules irakiennes, que ses bombes ont ramenées à l'âge de pierre, l'accueilleront bientôt sous les grains de riz. L'espoir finira par achever le boniste. La Corée du Nord, complice de Ben Laden ? On nage, là encore, en plein délire ! D'ailleurs, Bush ne s'est pas même donné la peine d'inventer une séance de travail entre Kim-il-Jong et Ben Laden. Alors pourquoi cibler Pyongang au lendemain du 11 septembre ? Le département d'État a-t-il tenté un « cavalier stratégique » comme il existe des « cavaliers budgétaires » pour faire passer en douce un projet ? Quoi qu'il en soit, la réouverture du dossier nord-coréen après les attentats dénote chez le boniste une tendance à fuir la réalité. Comme réponse à la brutale découverte de son impuissance, notre boy-scoot ne trouve rien de mieux que la folie des grandeurs. Washington n'assure plus la sécurité de ses bâtiments officiels.

Qu'à cela ne tienne, l'Amérique va simultanément lancer diverses opérations aéronavales pour châtier les Talibans, chasser Saddam, réconcilier Israël et la Palestine, réunifier la Corée, sauver Taiwan, bouter les Indiens hors du Cachemire. Dans la foulée et s'il leur reste assez de munitions, les GI's imposeront de force la démocratie à un milliard deux cents millions de Chinois. La croisade s'amuse. Ce soudain prurit coréen ne paraît pas seulement hors sujet, il tombe très mal à propos. Hâter la réunification de la péninsule, c'est gêner Pékin. Dans la deuxième quinzaine de septembre 2001, mettre mal à l'aise un membre permanent du Conseil de sécurité, irriter un rival potentiel et un fournisseur des Pakistanais, n'était pas nécessairement une priorité.

«Posséder des armes de destruction massive», telle était la troisième condition à remplir pour s'attirer les foudres de Washington. Au pied de la lettre, cela signifie que tous les détenteurs d'arme nucléaire, officiels ou officieux, doivent se préparer au pire. Heureusement, contrairement au fanatique, le zombie ne croit pas à tout ce qu'il dit. Il ne se sent pas tenu à la cohérence. Un quotient émotionnel plutôt qu'intellectuel guide ses choix. Le boniste a-t-il seulement une doctrine[11]? Hélas, oui! On est ainsi effaré d'apprendre qu'au lendemain du 11 septembre, le Pentagone se réservait le droit d'employer l'arme suprême à des fins préventives. On a bien lu! Seuls dans leur coin, les États-Unis réfléchissent à la possibilité d'atomiser, sans crier gare, qui bon leur semblera. Le fait d'assumer publiquement une posture aussi agressive nous renseigne sur la cécité du boniste. Car ce n'est sûrement pas à des fins dissuasives (pour dissuader qui, des kamikazes?) qu'une telle position a été adoptée.

En considérant les nouvelles conditions d'emploi des forces, la stupeur grandit. Le directeur[12] de la planification au Département d'État l'admet sans détour : «L'administration Bush veut pouvoir agir à titre préventif contre quiconque, État ou organisation, ayant un passé terroriste ou un passé d'agression et développe des armes de destruction massive ou cherche à en acquérir.» Le boniste est donc subrepticement passé[13] de la dissuasion : «montrer sa puissance pour ne pas l'utiliser» – à l'action préventive : «traiter» la menace avant qu'elle n'apparaisse. Il ne s'agit pas d'amputer d'un membre malade mais bien de tailler dans un organe, apparemment sain, que l'on estime suspect. On imagine l'effet de déstabilisation qu'une tactique aussi floue pourrait entraîner. « Vous êtes avec nous ou contre nous » : dans certaines capitales, l'injonction résonne comme une menace. Les Américains ont prévenu, s'ils pensent que vous avez, ne serait-ce que songé, à les menacer, vous avez renoncé « au droit à être laissé tranquilles à l'intérieur du territoire de votre État ». Père de cette doctrine, Richard Haas tente de la justifier : « La question est [...] celle de la nécessité ou de la légitimité d'une action menée en l'absence d'avertissement tactique, observe le diplomate, une action menée simplement parce que nous ne voulons pas d'un monde où il faut en permanence vivre avec l'éventualité que l'Irak et Al Qaeda, par exemple, développent des moyens d'agression dont ils vont très probablement se servir le jour suivant. » Le boniste nous éclaire : ce n'est pas seulement le monde tel qu'il est qu'il rejette, c'est ce qu'il pourrait devenir. Le « risque zéro », notion si typique du boniste, trouve ici un étonnant débouché.

Au nom d'un risque potentiel susceptible de troubler la quiétude des *lofteur*s occidentaux, on assume « l'élimination » de dizaines, voire de centaines, de milliers d'*outsiders*. Nous sommes bien ici au cœur du zombisme dont le rêve est de congédier le danger, pourtant indissociable de la vie. Une nouvelle fois, on sent à quel point le boniste échappe au réel. Constatant qu'à leur insu, leurs alliés protégeaient de dangereux fanatiques, les États-Unis veulent, à l'avenir, sonder les cœurs et les reins de leurs ennemis. Incapable de prévenir une agression inouïe sur son sol, le boniste se croit capable de détecter la menace au stade même de sa conception. Et pourquoi pas assassiner quiconque pensera, dans sa tête, à attaquer les États-Unis? Le cyclope devient clairvoyant. Enfonçant le clou, Richard Haas achève de crucifier son pays : « J'imagine que c'est ce que fait la police tous les jours à Paris; elle passe à l'action quand elle apprend que des criminels sont sur le point de commettre quelques forfaits. » En somme, si les États-Unis n'assurent plus l'ordre chez eux, c'est qu'ils ne sont pas assez zélés aux quatre coins du globe. Le boniste Pascal Bruckner[14] confirme : « Ce n'est pas le leadership américain qui est inquiétant, c'est plutôt sa discrétion, le sentiment que ce gendarme à éclipse n'est pas à la hauteur de la mission qu'il s'est impartie. »

Qui sera frappé? Pourquoi? Comment? Quand? C'est essentiellement affaire de *feeling*. Dans l'univers magique du boniste, les autres sont privés du droit « d'être laissés tranquilles à l'intérieur de leurs frontières » mais la moindre agitation sur le Capitole peut déclencher des frappes. Combinaisons de couloir au Sénat, sondages, calendrier électoral, lobbying décident ainsi de la guerre et de la paix. Déniant aux autres une entière souveraineté, l'Amérique s'octroie un hypersouverainisme. On aurait tort d'en déduire que le boniste cherche à s'imposer au reste du monde. Son essence consiste au contraire à agir comme s'il n'existait pas. On instruit un mauvais procès à l'Amérique en la traitant d'impérialiste : il n'y a pas plus autiste qu'elle. Ce qui mène notre zombie ignorant la mesure diplomatique, la pesanteur historique et les rapports de force, c'est, finalement, son bon plaisir. Certes, le boniste est un maître. Ce qu'il veut, il le peut. L'univers n'a qu'à se plier à ses quatre volontés. Le porte-parole de George Bush[15] justifia son refus de signer le protocole de Kyoto en ces termes : « Le président pense que le niveau élevé de consommation d'énergie correspond au mode de vie américain. Or, le mode de vie américain est béni. » Curieux mélange de caprice enfantin et d'intervention divine, la psyché boniste est moins tyrannisée par son surmoi qu'attirée par sa pente la plus douce. On a davantage affaire à un dépressif en proie à des bouffées d'euphorie, qu'à un authentique boutefeu. Plus Narcisse que Parano, s'il exerce parfois une violence terrifiante sur les autres (mais les autres existent-ils encore à ses yeux ?), il ne se fait jamais violence. Ce n'est d'ailleurs pas une vraie guerre qu'il déclenchait après le 11 septembre mais une croisade fantasmagorique.

Or, on n'arrête pas une croisade avant d'atteindre... La Mecque ! L'hystérie du zombie pourrait le pousser à commettre les pires imprudences. Elle l'incite à proférer les propos les plus inconsidérés. D'accord avec William Kristol, certains membres du Congrès n'hésitent plus à le dire : « Nous avons un problème avec l'Arabie Saoudite. » Rectification : c'est depuis 1945, que les Américains ont un problème avec les Séoud ! Au moment où cet « allié » vacille, c'est moins que jamais le moment de le dire. Mais sourd aux fracas du monde, le boniste ne connaît ni le jour, ni l'heure. Écraser un de ses alliés, il ne voit là rien d'invraisemblable. Piétiner la ruche nu-pieds ne lui fait pas peur. Afin de s'assurer que toutes les abeilles ne sont pas folles, il va finir par toutes les énerver. « Dieu n'est pas neutre », *Gott mitt und,* disaient d'autres impudents. Le boniste se voit donc comme une sorte de surhomme dysnéen. À la fin, il tuera le méchant et libérera ses populations en les ensevelissant sous les rations alimentaires. Si toutefois son pendant molliste le laisse faire. Car lui aussi s'agite depuis le 11 septembre.

LA CROISIÈRE SE SABORDE

Au « je ne comprends pas » de George Bush, répond le « Bien fait pour eux ! » de la mauviette nietzschéenne. À la fébrilité active du boniste correspond la passivité fébrile du molliste. On écrabouille 2 700 innocents mais notre dernier homme reste le doigt sur la télécommande. Au pire, il change de chaîne. L'insensibilité, déjà notée chez le boniste, se retrouve intacte chez le molliste, bien qu'elle soit cette fois équitablement répartie. La souffrance l'indiffère, y compris celle des Occidentaux. Si pour le boniste, rien ne sera jamais plus comme avant depuis le 11 septembre, pour le molliste, à l'Ouest rien de nouveau. L'islamisme devient menaçant et il a réservé pour Marrakech, qu'importe, il changera de destination à la dernière minute ! Le molliste n'est pas moins convaincu que le boniste du caractère inéluctable du cours de l'Histoire. L'éboulement des *Twins* ne ralentira pas le *sunset* occidental. S'il est un dogme qu'il ne remet pas en cause, c'est que nous avons gagné. Seulement, lui, ne s'en réjouit pas. Au contraire, il s'en désole. En son for intérieur, le molliste se dit qu'à la place d'Oussama, s'il avait encore une âme et une colonne vertébrale, il aurait réagi de la même façon. L'étonnement empreint de nostalgie qui transparaît chez Benjamin Constant lorsqu'il peint la liberté des Anciens : tel est exactement le sentiment du molliste observant le fanatique. Il contemple le Che islamiste avec une pointe d'envie, jalousant secrètement sa capacité à croire en un idéal. Ce qui n'empêche pas l'islamophobie d'être aussi répandue dans ses rangs que dans ceux du boniste. C'est celle d'un Houellebecq[16] qui raille la frustration des musulmans. Pourtant, ce dernier ne se fait aucune illusion. Il ne croit pas plus au grand soir qu'à la nuit du destin. *L'extension du domaine de la lutte* est inéluctable. Elle sera planétaire. Tout le monde y aura droit. Tôt ou tard, les plus radicaux remplaceront le pèlerinage à La Mecque par une escapade à Pataya. Comme les autres, les Saoudiens finiront par faire du tourisme sexuel en Thaïlande pour tromper leur ennui et noyer leur scepticisme.

Aussi, devant le sacrifice des kamikazes, le molliste ne dit pas comme Bush : quels lâches ! Il pense plutôt : quels crétins ! Croire que vous allez inverser le cours de l'Histoire, quelle présomption ! Quoiqu'il arrive, nous sommes fichus ! Alors, à quoi bon ? « Tout ça pour ça », songe notre rêveur solitaire en se promenant à *ground zero*. Autant le premier veut bouffer du kamikaze, casser du barbu, autant le second n'y est pas du tout préparé. Sa nature le porte à capituler. Nombreux sont les mollistes qui trouvent d'excellentes raisons aux apprentis pilotes. Et pour commencer, notre égoïsme de repu. Trente années de pédagogie antitiers-mondiste n'auront pas entamé d'un millimètre sa foi anti-occidentale. Au mieux, certains mollistes concèdent que les indigènes ne valent pas mieux que nous. Mais acquitter l'homme blanc, jamais ! C'est nous qui avons commencé, montré le mauvais exemple, ouvert ces voies qui ne mènent nulle part, nous qui sommes responsables de la pauvreté, de la famine, des guerres, du désordre, de tout. Nous et notre cerbère étatsunien !

Délivrez-nous du Mal

Béatifiée par le boniste, l'Amérique est diabolisée par le molliste. Parée de toutes les vertus par le premier, elle est affublée de toutes les tares par le second. Contrairement à sa doublure, le molliste est donc pleinement conscient des contradictions de l'Amérique. Chez ATTAC ou dans les rangs de la Confédération paysanne, il passe son temps à dénoncer les vices de forme de la mondialisation. Il tonne contre le maïs transgénique, tempête contre le FMI, s'emporte contre l'occupation de la Palestine, manifeste à Milhaud, proteste à Seattle et pétitionne pour Belgrade. Transformant parfois son désespoir en rage militante, il est naturellement indulgent à l'égard d'autres enragés qu'il prend pour des désespérés comme lui.

Il refuse de voir que Ben Laden ne sera jamais l'allié objectif de José Bové, ni le compagnon de route D'ATTAC. Les anti-mondialistes veulent un monde plus juste. Les anti-zombistes veulent un califat où, à l'évidence, il ne ferait pas bon s'appeler Naomi Klein ou Noam Chomsky. Les mollistes luttent contre la tyrannie des marques. Les kamikazes aspirent à la tyrannie. Même les plus violents des activistes anti-G7 ne luttent que contre des dictateurs de carton pâte. Ils sont tout aussi mous que l'impérialisme managérial et consumériste qu'ils combattent. Gênes ? Un cadavre. New York ? 2 700 morts. Contrairement aux mollistes, les fanatiques sont prêts à tuer car ils ne se battent pas pour la qualité de la vie et le respect des produits du terroir. Les fanatiques veulent remplacer notre néantisme par un véritable totalitarisme. Cela, le zombie s'en fiche. S'il a un doute quant au degré de coolitude des mecs qui ont planté les 747, il rejette néanmoins le patriotisme de pacotille qu'on tente de lui vendre. La politique du « deux poids-deux mesures » des USA le dégoûte. Le cynisme de ce pays l'horrifie. Son hypocrisie lui soulève le cœur. Le molliste n'a pas oublié qu'à la question de CNN : « un demi-million d'enfants morts en Irak, est-ce le prix à payer pour votre politique ? » Madeleine Albright avait répondu par l'affirmative. Le molliste n'a pas davantage oublié le piège tendu par Bush Senior à Saddam Hussein, lorsque April Gaspie, ambassadeur américain à Bagdad, poussa le dictateur irakien à la faute. Le molliste ne marche plus dans la propagande. Il se souvient de cette jeune fille éplorée qui avait ému la planète en racontant qu'elle avait vu la soldatesque irakienne débrancher les couveuses des prématurés à *Koweït City*.

Or, il sait que cette jeune fille était à Washington au moment de l'invasion et que son père était ambassadeur du Koweït. Il se rappelle des bobards de Jamie Shea, le porte-parole de l'Otan, et ses centaines de milliers de morts au Kosovo dont l'ONU ne retrouva jamais les corps. Le molliste ne croit plus en la *Matrix*. Selon lui, l'opinion publique, cela se travaille. Télés, presse écrite ont été concentrées entre les mains de grands groupes, est-ce un hasard ? Pas pour lui ! Son média de prédilection, c'est plutôt le web. C'est là qu'il apprend ces vérités cachées depuis le commencement de la mondialisation. Sur un site de l'extrême droite américaine, il découvre qu'aucun avion n'est tombé comme l'éclair sur le Pentagone. Les fables de Thierry Meyssan[17] incarnent, on ne peut mieux, le mollisme. On démonte ses arguments un à un, lui ne se laisse pas démonter et récidive avec son *Pentagate*. Car c'est là l'un des traits les plus fondamentaux du molliste : il ne croit pas à la

Vérité avec un grand V. Le boniste péchait par naïveté ; le molliste, par excès d'incrédulité. Le premier s'enivre de niaiseries, le second jure qu'il ne touchera plus une goutte d'alcool. Que Meyssan soit, ou non, convaincu par sa thèse importe peu. Qu'il publie pour avoir raison ou par appât du gain, la «belle affaire»! Dans les deux cas, le molliste perce le système à jour. L'Occident est soit assez pourri pour publier d'infâmes ragots dans le seul but de faire des ventes, soit sa puissance tutélaire trempe dans un complot impliquant l'assassinat de milliers d'innocents. Dans tous les cas, le molliste tient la preuve que le capitalisme n'a pas volé ce qui lui est arrivé.

Pour le molliste, si Al Qaeda n'existait pas, il faudrait l'inventer. D'ailleurs, remarque-t-il aussitôt, n'est-ce pas Washington qui a enfanté Ben Laden ? Oussama n'est-il pas le fils naturel des pétroliers du Texas, des lobbystes du Congrès et des barbouzes de la CIA ? Ce barbu est notre déshonorable correspondant. Le molliste a lu *La Vérité interdite*[18]. Il n'ignore rien des tractations entre l'équipe Bush Junior et les Talibans. Ce retour en grâce, au lendemain de l'élection de G.W. du régime paria de Kaboul, n'a-t-il pas «une forte odeur de pétrole?» Il n'est que d'ouvrir un atlas pour comprendre la tragédie du 11 septembre. Il n'y a que deux routes par lesquelles l'or noir et le gaz du Turkménistan, de l'Ouzbékistan et surtout du Kazakhstan peuvent être acheminés vers l'Occident. Passant par l'Iran, la première était politiquement fermée aux compagnies américaines. L'autre traverse justement l'Afghanistan. C'est pour l'ouvrir que, dûment mandatés par leurs bailleurs de fonds pétroliers, les Républicains se sont rapprochés du mollah Omar. Il manque encore la dernière pièce du puzzle. Si le *deal* a capoté, c'est qu'au début de l'été, l'ambassadeur des États-Unis au Pakistan aurait imprudemment menacé les Talibans de frappes aériennes. Réponse de Kaboul : le 11 septembre. Pour préserver sa délirante vision du monde, on voit à quel point le molliste est prêt à tordre les faits. Car autant il est probable que le mollah Omar ait laissé la bride sur le dos de son hôte, autant les attentats perpétrés à New York et à Washington ne sauraient en aucun cas être expliqués par la décision américaine de faire passer des pipelines en Afghanistan. Qu'une attaque comme celle du 11 septembre soit impossible à monter en aussi peu de temps n'effleure pas l'esprit du molliste.

Que les islamistes aient déjà, à de nombreuses reprises par le passé, frappé le grand Satan, ne le perturbe pas davantage. Ben Laden a eu beau répéter[19] que tuer des Américains était un devoir sacré, le molliste ne peut s'empêcher de chercher un mobile moins futile que la conviction religieuse. Lorsqu'on lui dit vert, ce n'est pas au Coran que pense notre homme mais au dollar. *In God he doesn't trust*. L'argent est sa seule certitude. Tout comme le boniste, le seul pouvoir auquel il croit réellement, c'est au pouvoir d'achat. Les mollistes sont des défroqués du capitalisme, les bonistes ses bigots. Qu'il se soit ou non retourné contre nous, Ben Laden serait, d'après les mollistes, notre golem. Là encore, cette vision n'est pas intégralement fausse mais elle manque l'essentiel : l'islamisme est le premier mouvement politique moderne non occidental à se retourner contre l'Occident. Il est le premier mouvement révolutionnaire né au Sud. Mais d'accord en cela avec les bonistes, nos mollistes réduisent nos ennemis à l'état de pures créatures, leur déniant toute volonté propre et toute existence autonome. Avec l'ancien Président iranien [20], ils constatent que « les Talibans et Ben Laden étaient bel et bien, à l'origine, une idée anglaise pourvue d'une logistique américaine, d'un financement saoudien et d'une protection pakistanaise. » Donner systématiquement la parole à des chrétiens arabes, libanais maronites, coptes égyptiens, chrétiens palestiniens est l'une des grandes tentations du molliste. Antoine Basbous, Antoine Sfeir, Édouard Saïd, Ghassam Salamé sont ainsi d'irremplaçables émetteurs [21] pour le molliste. Si leur concours est si précieux, c'est qu'ils connaissent le monde arabo-musulman de l'intérieur.

Or, le molliste a besoin de voix autorisées pour s'entendre confirmer ses dogmes : l'écrasante majorité des musulmans et des non-Occidentaux pensent comme nous, n'aspirant qu'à la paix. Si aucun pays arabe n'est à ce jour démocratique, il faut y voir un effet de la perversité des États-Unis. Que seuls des Arabes chrétiens, cultivés et occidentalisés le rassurent de la sorte n'inquiète pas notre zombie. Pas plus que son pendant boniste, il n'entendra une nouvelle dérangeante. « Les Wahabites sont seuls responsables des déboires américains », répètent inlassablement ces orientalistes triés sur le volet. Les wahabites étant les obligés des Américains, les Américains n'ont que ce qu'ils méritent. C.Q.F.D. Ayant semé les Taliban, ils ont récolté la tempête de septembre. Tout n'est pas faux dans ce que croit le molliste. De même que certaines des craintes du bonistes sont, hélas, bien fondées. Les deux tombent d'accord pour considérer que triompher du fanatique sera chose aisée. Tandis que le second pense qu'il suffit de botter le train de tous les apprentis pilotes aux idées louches, le premier croit qu'il suffit de nettoyer les écuries d'Augias. Le boniste est prêt à s'affranchir des frontières pour traquer la menace avant même qu'elle n'apparaisse. Le molliste nous invite plus modestement à balayer devant notre porte. Le premier se prépare à déployer ses coûteux missiles antimissiles, le second se contente de quelques commissions rogatoires. Aucun des deux ne voit l'Occident confronté à une réelle altérité.

Le molliste sait notre civilisation fragile. Il la croit néanmoins invulnérable. Il n'est pas optimiste, loin s'en faut, mais il sait son pessimisme contagieux. À ses yeux, si le reste du monde demeure relativement inoffensif, c'est parce qu'il estime qu'il n'égalera jamais notre capacité de nuisance.

Dans un livre consacré au 11 septembre, Bruno Étienne[22] rappelle que « toutes les guerres de religions confondues ont fait, en deux mille ans, bien moins de morts que celles – laïques – de 14-18 et 39-45 ». Il oublie au passage de préciser qu'à l'arme chimique, la Saint-Barthélemy aurait sans doute été plus saignante. En parfait molliste, le bon sens ne parvient pas à le détourner de son objectif : démontrer qu'au jeu de la méchanceté, la modernité restera éternellement le maillon fort. À présent, on comprend mieux pourquoi le molliste voit des complots partout. Si le mal a surgi le 11 septembre, et si les non-Occidentaux sont globalement meilleurs que nous, c'est forcément de notre flanc qu'a jailli la haine. La thèse n'est pas toujours aussi explicite que dans le livre de Thierry Meyssan[23]. Elle n'apparaît parfois qu'en filigrane, comme dans celui de Guillaume Dasquié et Jean-Christophe

Brisard[24], lesquels citent cette phrase énigmatique : «Toutes les réponses, toutes les clés permettant de démanteler l'organisation d'Oussama Ben Laden se trouvent en Arabie Saoudite.» Son auteur, John O'Neil, était l'un des meilleurs connaisseurs de la nébuleuse Ben Laden au sein du FBI. Nommé chef de la sécurité du WTC, il n'a pas survécu au 11 septembre. Ses collègues de la CIA, qui ne cessèrent de lui mettre des bâtons dans les roues, chercheraient-ils à couvrir ses meurtriers? C'est ce que suggère *La Vérité interdite*.

Il est frappant de constater à quel point le boniste recherche des raisons téléologiques à ce qui lui arrive tandis que le molliste se contente d'explications terre à terre. Le premier se perd dans l'infini grand. Le second s'abîme la vue dans l'infiniment petit. Même lorsqu'il prend de la hauteur, le molliste retombe fatalement sur une conspiration.

Pour le philosophe Alain Joxe[25], les États-Unis ont besoin de répandre le chaos pour justifier leur hégémonie. «Le leadership impérial transnational exige la persistance de ce que les traditions étatiques nomment le désordre.» Faute d'intégrer le mépris de fer qui est celui de la majeure partie des habitants de la planète pour nos valeurs, il est conduit à expliquer le mal par le bien, le désordre par l'ordre : «Cette prévalence géographique de la violence armée dans le Sud ne doit pas faire penser qu'il s'agirait d'une sauvagerie culturelle : c'est la conséquence d'une stratégie de spatialisation de la violence des pays dominants.» À la question pourquoi tant de haine, ce théoricien de la guerre répond qu'il s'agit du prix à payer pour un libéralisme brouillon.

Le zombie et le fanatique

L'Amérique, comme un éléphant, aurait piétiné le magasin de porcelaine des souverainetés étatiques. C'est la disparition du « monopole de la violence légitime » qui explique la montée de l'intégrisme. Et si Ben Laden venait à disposer d'un tel monopole, avec en prime des fusées nucléaires, le monde s'en trouverait-il plus stable ? Comme tous les mollistes, le polémologue se refuse à croire que les sociétés puissent être situées à des stades historiques différents : « Certains tentent de se débarrasser du problème [...] en s'imaginant que c'est l'histoire, ou le passé, qui est la cause immédiate des combats d'aujourd'hui. »

Cet auteur reflète parfaitement la pensée molliste qui ne parvient pas à prendre au sérieux les raisons qui poussent les hommes, partout ailleurs qu'en Occident, à donner leur vie. Terroriste, génocidaire, épurateur ethnique ne sauraient avoir que de mauvaises raisons. Soit. Mais le molliste doute que nos agresseurs aient des raisons qui leur soient propres. S'ils s'entre-tuent, c'est parce qu'ils sont nécessairement manipulés. S'ils s'étripent, c'est qu'il y a forcément des histoires de gros sous derrière. Et même s'ils s'en prennent à nous, c'est encore et toujours la faute de l'empire global. Lorsqu'un bourgeois libanais, profitant d'un niveau de vie californien, grimpe dans un 747 et le précipite sur un gratte-ciel au cri d'*Allah Akbar*, cela, hélas, est sans rapport « avec la répression sauvage des jacqueries modernes, rurales ou urbaines qui s'exercent au profit d'une sorte de noblesse d'empire global qui se reconnaît à son niveau de vie californien (villas, piscines, gardes privées). » C'est plus fort que lui, le molliste ne peut s'empêcher de tout prendre au second degré. Par des chemins détournés, le molliste aboutit donc à la même conclusion que le boniste. Les terroristes sont des zozos, des archéos, des dingos. Seule différence : dans un cas, nous n'y sommes pour rien, dans l'autre, nous sommes intégralement responsables de leur agressivité. « Après l'invention d'un terrorisme suicidaire et génocidaire par un réseau renégat de la CIA, la secte Ben Laden... » La secte, le terrorisme, la CIA, on prend les mêmes et on recommence. Il y a les scientifiques qui décodent les fanatiques, qui prétendent savoir mieux qu'eux ce qu'ils pensent car eux savent pourquoi ils le pensent. Et puis il y a les artistes qui se figurent que le seul intérêt des kamikazes et, *in fine*, leur seul sérieux, consiste à leur fournir matière à digression, toile à barbouiller, pages à noircir.

Plus ludiques que les mollistes soupçonneux, les mollistes esthétisants se montrent surtout plus complaisants. Une lueur de lucidité semble éclairer l'un d'eux[26] qui écrit : « C'est une force révolutionnaire qui est passée le 11 septembre, comme une comète. » Marc-Édouard Nabe aurait-il compris quel danger recèle une idéologie aussi fanatique, aussi déterminée et aussi intelligente ? Fonder trop d'espoirs sur le molliste, c'est oublier qu'il n'est que l'autre visage du zombie. En effet, l'écrivain maudit qui hante les plateaux TV n'est pas le dernier à s'aveugler : « Un tel phénomène était inespéré, dans la léthargie cynique, dans l'inconscience de la religion, pour le coup intégriste, du second degré où une société pleine d'humour comme la nôtre se vautre. Enfin, du premier degré ! Le big gag d'où tout va renaître ! » En tant que molliste, le romancier est évidemment incapable de prendre quoi que ce soit au premier degré. Surtout pas la religion. « Le problème religieux est un leurre : le mode de vie des islamistes et autres Talibans est suffisamment absurde pour qu'on ne tombe pas dans le panneau. » Le poète confirme que, pour le zombie de la deuxième catégorie, imaginer une humanité différente de la sienne est totalement impossible (le boniste, lui, préfère la nier). « L'ineptie de leur fonctionnement prouve bien qu'ils n'ont rien d'autre à proposer à l'Occident que l'anéantissement de ce qui est mauvais chez lui. » À l'évidence, incapable de prendre l'islamisme au pied de la lettre, l'écrivain ne voit pas que ce n'est pas « ce qui est mauvais » qu'il veut détruire, c'est lui ! Considérant que le 11 septembre n'a d'importance que dans la mesure où ce *happening* pourrait guérir nos petits bobos à l'âme, Marc-Édouard Nabe exprime la quintessence du mollisme !

Comme les plus exaltés des bonistes, ce bouffon de la République des lettres ne s'intéresse qu'à l'Occident, ramène tout à l'Occident, ne croit qu'à l'Occident, c'est-à-dire à lui-même. Attitude caractéristique du narcissique, l'Occidental se voit partout. Il croit que notre dépression nerveuse de nantis revêt mille fois plus d'importance que la folie furieuse qui s'empare de millions d'êtres humains. Au lendemain des attentats, sur un ton à peine moins badin, Philippe Muray[27] rédigeait une missive à leurs auteurs. Voici ce qu'il leur dit en substance : Vous menez un double combat d'arrière-garde. Vous espérez préserver un minimum de sens dans vos contrées, mais notre tohu-bohu finira bien par vous rattraper : « Il va falloir jouer le jeu [...] même si vous vous obstinez à la colorer de références pittoresques au califat, à l'*oumma*, aux splendeurs de Grenade, à l'âge d'or de Cordoue et à tant d'autres turqueries qui vous donnent encore dans votre lutte l'illusion d'une substance, d'un contenu, d'une autonomie, d'une originalité et d'une finalité. » De même, inutile de chercher à détruire notre civilisation, il y a longtemps déjà qu'elle n'existe plus : « Vous êtes les premiers démolisseurs à s'attaquer à des destructeurs ; les premiers Barbares à s'en prendre à des Vandales [...]. » Ne vous acharnez pas les gars, nous avons déjà gagné. « Nous vaincrons parce que nous sommes les plus faibles », pérore Muray. Ben Laden est ainsi réduit à l'état de *Frei Korps*, de soldat perdu. Et l'on retombe sur la minimisation de la menace, noyau dur du zombisme. « Au fond, nous vous envions. Vous avez tout à découvrir », ironise l'essayiste, sûr de survivre à l'assaut des barbus. La guerre excite l'imagination des mollistes comme les sous-vêtements affriolants stimulent la libido des vieux messieurs.

Les conflits ne les intéressent que dans la mesure où ils vérifient leur lubie et où ils mettent en scène leur combat de titans de la rive gauche. Les hémorragies ne les intéressent qu'en tant qu'elles leur fournissent l'occasion de faire couler de l'encre. La propension des mollistes à être hors sujet est ainsi impressionnante. On leur parle Arabie Saoudite, ils répondent Palestine. On évoque le Cachemire, ils répondent Kosovo.

Autant le boniste démonise l'intégriste, autant le molliste l'occidentalise. Autant le boniste refuse absolument de se voir en lui, autant le molliste ne voit plus que son reflet dans son ennemi. L'un surestime l'Occident par mépris, l'autre sous-estime le fanatique par mépris de l'Occident. Ce que le molliste refuse absolument de considérer, c'est que le cutter qui brille dans la main du kamikaze est destiné à lui trancher la gorge, non à titre d'hypothèse, pas par souci esthétique, mais pour de vrai ! Avec le molliste, la croisière se suicide. En pleine guerre froide, Cioran[28] pressentait ce qu'allait devenir l'esprit molliste : « Les repus se haïssent eux-mêmes. Non pas secrètement mais publiquement, et souhaitent être balayés d'une manière ou d'une autre. Ils préfèrent en tout cas que ce soit avec leur propre concours. » « Parce qu'ils préfèrent que ce soit avec leur propre concours », pour leur confort personnel donc, les mollistes repeignent la bannière de Ben Laden aux couleurs fondues de leur propre désespoir. Car le molliste est un dépressif. En se dégoûtant, il creuse sa tombe. Il se démoralise pour se préparer au pire.

Gilles Châtelet[29], qui peint les Occidentaux comme des « porcs immergés dans la grande yaourtière des classes moyennes », semble approuver Ben Laden d'avoir permis à une poignée d'entre nous d'en finir avec cette existence *short, brutish and stupid*. Ben Laden serait ainsi une sorte de grand sacrificateur inca d'une civilisation qui ne mérite plus d'exister. Il serait notre feu purificateur.

Entre les principes et les actes des Occidentaux, un fossé a toujours existé. En cela, nous sommes tout simplement humains. Mais ce qui a très profondément changé depuis deux décennies, c'est la volonté farouche que nous avons de nier ce fossé ou la tentation, non moins pathologique, de nous y précipiter. Le zombie oscille donc entre contentement béat de lui-même et haine irrépressible de soi. Il est soit triomphaliste, soit défaitiste, soit va-t-en guerre, soit capitulard, soit hystérique, soit apathique. Tantôt dysnéen, tantôt nietzschéen, le zombie aurait-il deux visages ? Serait-il schizophrène ? Non, simplement, comme tout névrosé, il est profondément cyclothymique. Ses phases de déprime alternent avec celles de son euphorie. Pascal Bruckner[30] démontre qu'atteint par un même syndrome, boniste et molliste sont guettés par un même péril : « Nos sociétés sont malades, à l'évidence, mais leur force, c'est d'en être conscientes et de le dire, d'exhiber leurs plaies en public, de se flageller sans trêve. Cette attitude les sauve, les protège de la vraie faute qui est l'ignorance de son mal. » Le mal du zombie, c'est justement de se croire curable. Boniste ou molliste, le zombie pense que son syndrome est une maladie auto-immune. Il pense qu'il est à lui-même son ennemi. Ce qui accorde tous les zombies, c'est leur commun refus de l'altérité.

L'Occident narcissique ne veut et ne peut entendre parler que de lui-même. Ce faisant, il rate la singularité du 11 septembre. Peu importe que nous nous dégoûtions ou que nous nous vénérions. Désormais, nous ne sommes plus seuls.

DEUXIÈME PARTIE

Le fanatique

« Les nations chrétiennes finiront peut-être par subir quelque oppression pareille à celle qui pesa jadis sur plusieurs peuples de l'Antiquité. »
A. DE TOCQUEVILLE

Le zombie occidental refuse catégoriquement d'envisager que son ennemi puisse un jour arriver à ses fins. Mais quelles fins ? Nous supprimer ? Généralement, nous préférons nous en tenir à ce seul objectif. Après nous, le déluge. Et s'il voulait plutôt nous évincer ? Ne pas le voir consiste à ne pas le prendre au sérieux. Mais 2 700 morts plus tard, est-ce bien raisonnable ? L'en croire incapable revient à lui faciliter la tâche. C'est aussi projeter sur lui notre vision du monde. Mais le fanatique n'est ni un archaïque à convertir, ni un forcené à abattre. Notre ennemi n'est pas davantage un voisin ou un prochain à aimer ou à détester comme soi-même. Sa volonté lui est propre et ses idéaux sont rigoureusement contraires aux nôtres. Actuel et moderne, il n'est pas notre contemporain. Ses objectifs sont insensés mais ses moyens sont parfaitement rationnels. Qui est-il ? Comme le zombie qu'il agresse, le fanatique possède de multiples visages. Celui des kamikazes et celui de ceux qui les ont téléguidés. Celui de l'islamisme totalitaire mais aussi celui de ses alliés potentiels. Pour apprécier correctement la menace, il nous faut prendre de la hauteur. Oublier le point d'impact des Boeing et remonter la courbe du fanatisme. Abandonner les rives de l'Atlantique et considérer le planisphère. Oublier notre effervescence consumériste pour pénétrer son univers ascétique. Faire taire notre scepticisme moqueur pour interroger ses certitudes tranchantes comme des cutters. Quitter la terre ferme de notre domination présente pour les sables mouvants de l'avenir. Nous découvrirons alors un triple risque.

Chapitre IV

La grande catastrophe
Le risque historique

> « L'heure de fermeture a sonné dans les jardins de l'Occident. »
> Cyril CONNOLLY

Jusqu'à l'éboulement des *Twins*, nous étions convaincus que la modernité agissait partout sur la planète comme un irrésistible charme. Que toutes les sociétés indigènes y succomberaient. Que tôt ou tard et chacun à leur tour, l'islam intransigeant, l'hindouisme fanatique ou le chauvinisme chinois y viendrait. Que des systèmes de valeurs niant l'égalité des hommes et des femmes, doutant de la supériorité du suffrage et ne respectant pas le bon plaisir n'étaient que des exotismes en sursis. Aussi, découvrant son nouvel ennemi, le zombie dut maîtriser sa stupeur. Son ancien esclave venait de lui rentrer dans le chou.

Le soleil se couche à l'Ouest

Pour trouver trace de sérieuse tentative de résistance à l'occidentalisation, il fallait, jusqu'à la fin de l'été 2001, ouvrir un manuel d'histoire. Toutes se soldèrent par la déroute des civilisations non blanches. Depuis la Renaissance, l'Autre est un défait, un battu, un perdant. Partout et cent fois, le scénario de la subjugation s'est vérifié. En 1519, Cortez débarque au Mexique avec six cents fantassins, seize cavaliers et dix canons. Trois ans plus tard, l'empire des Aztèques n'est qu'un champ de ruines. Il ne faudra à Pizarre que quelques mois et une poignée d'aventuriers pour briser l'immense armée du grand Inca. Sous les pyramides, les Mamelouks chargent les grognards. Allah était grand mais ses cavaliers tombèrent aux pieds de ceux de Bonaparte.

En Afrique noire, les zoulous, en Asie centrale, les Afghans[1] offriront peu de résistance aux soldats de Sa Gracieuse Majesté. Ailleurs, quelques détachements de l'armée britannique suffiront à écraser toute velléité de résistance. Partout, la même stupeur chez les peuples conquis. Partout, le mépris initial laisse bientôt place à la fascination. Partout où les Occidentaux sont allés, le ciel est tombé sur la tête des indigènes. *Veni, vidi, vici.* Rares furent les civilisations qui voulurent – ou purent – se résoudre à ce dilemme cornélien : se renier ou disparaître. Muer plutôt que mourir, tel fut le choix difficile arrêté par l'empire nippon en 1860 ou par la Turquie en 1908. Le Japon et la Turquie offrent justement les uniques contre-exemples de sociétés non chrétiennes ayant encaissé le choc de la modernité. Remettre en cause leur sentiment de supériorité et se mettre à l'école des envahisseurs, copier leurs canons ou jeter l'épée : toute autre attitude releva du suicide. Le soulèvement des Cipayes, le baroud d'Abd-El-Krim ou l'amok des Boxeurs s'achevèrent dans le sang. L'attaque des centres névralgiques des États-Unis par le milliardaire fanatique constitue la première menace sérieuse visant à rompre l'encerclement de la planète par le lasso occidental. Pour la première fois depuis l'époque des grands navigateurs, la peur pourrait bien changer de camp.

Il est arrivé que les techniques, la science et l'industrie, bref nos moyens, se retournent contre nos fins. Nazisme et fascisme, et dans une moindre mesure les impérialismes nippon et soviétique, s'y essayèrent. La nouveauté du défi lancé par Ben Laden réside dans le fait qu'il ait été lancé de l'autre côté du *limès*. Nos chalengeurs n'étaient pas tous des patriciens. Aucun n'était encore un métèque. Un ennemi redoutable pousse un cri de guerre dans une langue que nous ne comprenons pas. Le fanatique musulman n'oppose pas à notre modernité un autre projet prométhéen (l'homme nouveau de Staline ou le fauve blond d'Hitler) mais un âge d'or précolonial. Un vent nouveau souffle du passé. C'est un vent allogène. Les kamikazes viennent de loin, ils viennent d'ailleurs. Pourtant, de prime abord, le califat brandi par Ben Laden réveille en nous de vagues souvenirs. Nous avons tué Dieu, les *djihadistes* ne souhaitent-ils pas le venger ? En réalité, la « théocratie[2] » qu'ils prônent est une expérience inédite sous nos latitudes. Contrairement au communisme ou au fascisme, l'islamisme ne cherche pas à dépasser la modernité. Il souhaite la gommer de l'extérieur. Renverser la domination occidentale, défaire l'emprise des peuples blancs, n'est-ce pas justement ce qu'avait entrepris la décolonisation ?

Quid de cette phase de l'histoire qui s'accéléra en 1945[3] et vit non seulement les anciennes possessions néerlandaises, portugaises, espagnoles, françaises et britanniques se libérer mais également des peuples enchaînés comme la Perse, la Chine ou l'Égypte briser leurs fers ? Sans oublier les innombrables nations du Caucase qui prirent leur destin en main après l'effondrement de l'URSS, empire qui fut l'autre nom et la continuation de celui des tsars. En 2001, l'ONU compte 189 États. Si l'on met de côté les peuples divisés, ceux soumis par des non-Occidentaux, comme les Kurdes, on pourrait croire l'affront de la *westernization* réparé ! Voilà *a priori* la famille des nations enfin réunie, enfin composée de membres libres et égaux en droit. Babel semble tenir debout et l'Occident paraît en être l'architecte. C'est avec ses pierres philosophiques, son ciment juridique, ses poutres politiques que l'édifice est étayé. Parachever l'occidentalisation du monde en occidentalisant la pensée des peuples conquis, tel fut bien le résultat de la décolonisation.

Le soulèvement des peuples de couleur fut apparemment spontané. Des révoltes éclatèrent parfois avant 1945 chez les colonisés. Les plus férocement anti-occidentales furent téléguidées par des puissances «néo-occidentales». Ainsi, l'Allemagne nazie tenta de soulever la Palestine, l'Irak et l'Égypte. En Indonésie, en Malaisie, en Mandchourie, aux Philippines, le Japon attisa la haine de l'occupant.

Pendant la guerre froide, les Soviets feront de même en Afrique, en Asie et dans le monde arabe. En 1920, au congrès de Bakou, les bolcheviques réveillèrent le nationalisme indigène, et, déjà, l'islam politique. Les « libérateurs » ne chassant les colons que pour les remplacer, ces tentatives ont toutes avorté. Les Nippons se rendirent odieux aux yeux de leurs frères asiatiques. Chinois et Égyptiens rejetteront la morgue du « grand frère » russe. Reste la vraie décolonisation, celle des non-alignés, des Nehru, Ben Bella, et Soekarno. Le plein essor des mouvements d'indépendance nationale dans l'entre-deux-guerres et leur arrivée à maturité après 1945 indiquent qu'une même cause, de Tanger à Tachkent, de Tizi Ouzou à Tombouctou, a produit des effets comparables. Cette cause était-elle le rejet de l'Occident ? Est-il vrai, comme on le lit dans les manuels scolaires, qu'après la Seconde Guerre mondiale, on a assisté au reflux de l'Europe ? Le contraire serait plus près de la réalité.

Jusqu'en 1979, date de la révolution iranienne, pas un régime sur terre n'envisage de décrocher du grand convoi du progrès. Il fallait désormais s'y diriger de son propre chef, y aller à son rythme, voire changer d'aiguillage[4], mais dérailler, c'était, alors, inconcevable. D'ailleurs, plus les libérateurs affichaient leur ardeur anti-impérialiste et plus ils se révélaient partisans d'une modernisation frénétique. D'Est en Ouest et du Sud au Nord, la décolonisation se référera donc à Auguste Comte ou à Karl Marx, à Danton ou à Lénine. Elle s'inspira du socialisme, du progressisme, du libéralisme, des Lumières. Ses plus grandes figures avaient été nos disciples. Élèves parfois modèles (Gandhi, l'avocat au barreau de Londres, Senghor, le normalien), quelquefois turbulents (Ben Bella, sergent de l'armée française ; Ho Chi Minh, ouvrier chez Renault). Tous aspiraient à devenir professeur. Même des produits apparemment *home made* de la révolte anti-occidentale tels que Mao ou Nasser, étaient en grande partie des autodidactes de l'Ouest. Refusant la communauté proposée par de Gaulle, Sékou Touré avait souhaité trancher net le cordon ombilical avec la métropole. Sevrage douloureux, car sitôt la rupture consommée, il chercha à se procurer les cigarettes françaises dont il était un amateur invétéré. Les indépendances furent donc conquises au nom d'idéaux occidentaux, par des quasi-Occidentaux et... grâce aux Occidentaux.

On a tendance à l'oublier : ce qui a matériellement permis à ces mouvements de triompher, c'est que les anciennes puissances tutélaires ont d'elles-mêmes largué les amarres. Sans la sympathie des opinions publiques européennes, sans la bienveillance des USA ou de l'URSS, jamais les peuples du Sud ne se seraient libérés. La fin de l'emprise a donc résulté d'un relâchement. La plupart des États décolonisés n'étaient ni psychologiquement, ni culturellement ni économiquement émancipés. D'ailleurs, la plupart n'étaient, et ne sont toujours pas, des États. Aucun n'était de force à repousser les conquérants à la mer. Souvent, les métropoles se sont libérées des colonies plutôt que l'inverse. L'homme blanc a simplement posé son fardeau.

Un élargissement sous caution et une libération anticipée qui se paient souvent au prix fort de la corruption, de la misère, parfois même du chaos ou des guerres tribales. L'Amérique latine comme les dominions britanniques montrent aussi des cas de décolonisation « à demi » : large indépendance politique mais stricte dépendance culturelle. Une situation qui ne crée aucun déséquilibre en cas de peuplement occidental majoritaire (Australie, Canada, Argentine). Les États d'Amérique du Sud où subsistent encore de fortes influences culturelles précolombiennes correspondent à des cas plus schizophréniques. L'inadéquation totale ou partielle de la « grammaire politique de l'Occident[5] » à des peuples forcés de l'appliquer, partout ailleurs, produit de redoutables impasses. Si la greffe de modernité a plus ou moins bien réussi, disons d'emblée qu'elle n'a vraiment pris que lorsqu'elle a été volontaire. Là où nous avons eu des cas d'autogreffe, les sociétés non occidentales se sont transformées en États modernes et stables. Certaines de ces tentatives ont échoué.

Au début du XIXe siècle, Mehemet Ali tenta ainsi de doter l'Égypte d'une marine de guerre européenne, il n'eut guère plus de succès que Boumedienne avec son industrie industrialisante. En Perse, les héritiers des Séfévides, partisans de l'*itijadh*, le commentaire historique du Coran, essayèrent eux aussi d'apprivoiser la modernité. Sans grand succès. Turcs et Nippons sont les seuls peuples non blancs dont on peut affirmer qu'ils sont pleinement modernes. On omet généralement de préciser que leur acculturation ne fut ni immédiate, ni récente. Les califes n'ont pas attendu Atatürk pour fréquenter les cours européennes.

Au point que l'Empire ottoman, installé sur le vieux continent jusqu'en 1912, était considéré comme « l'homme malade de l'Europe ». L'Empire turc n'avait-il pas choisi pour capitale celle des « Roumis » qu'il avait conquise ? Ces Mahométans, comme on disait jadis, étaient également, à leur manière, un peu les continuateurs de cet « Occident » refoulé qu'était Byzance. Ses plus valeureux guerriers, les janissaires, n'étaient-ils pas des chrétiens convertis ? Très tôt, le

Le zombie et le fanatique

Grand Turc réalisa qu'il aurait à résoudre une «question occidentale». Le désastre devant Vienne en 1683 et surtout la guerre russo-turque inspirèrent la réforme militaire inaugurée par Sélim III qui monta sur le trône en… 1789! C'est de cette graine que, un siècle plus tard, naîtra l'arbre kémaliste. Dans la foulée de cette occidentalisation militaire, une constitution parlementaire fut même adoptée. Sultan ultraréactionnaire, Abd ul Hamid II la rejeta. Trop tard, le ver occidental cheminait déjà dans le plus beau fruit de la civilisation musulmane. En 1908, la révolution éclate. Elle débouche sur le baptême laïc de la Turquie. Sa conversion à la modernité est pleine et entière, sans réserve ni arrière-pensée. L'objurgation d'Atatürk soutient la comparaison avec celle de Clovis.

Le califat n'avait jamais cessé d'entretenir un commerce, non exclusivement mercantile, avec l'Occident. En décapitant le rêve d'un Empire musulman, Mustapha Kemal ne fera que rentabiliser cette épargne intellectuelle. La même remarque s'applique à l'archipel japonais. Sa position géographique n'en fait pas vraiment le modèle de l'État charnière dont parle Huntington, physiquement à cheval entre leur civilisation et la nôtre. Culturellement parlant, ces Nippons, pourtant assis à la table des maîtres, sont infiniment plus éloignés de nous que les plus extrémistes des chiites. Notre partenaire au G7 est shintoïste, sa vision du monde, immanente et polythéiste alors que celle d'un Khomeyni était, comme la nôtre, monothéiste, transcendante et platonicienne. L'acculturation des Nippons débute également très tôt. Avant d'acheter des automobiles japonaises, les Américains durent combattre les chasseurs Zéro surclassant leurs propres appareils. On parle ainsi du miracle japonais des années soixante. Le miracle d'avant le miracle s'appelle la révolution Meiji de 1860. Les Japonais importèrent alors l'Occident en bloc. Mais ils frayaient avec les «longs nez» depuis au moins trois siècles. On raconte qu'au XVIIe siècle, un Shogun à qui les Portugais avaient offert un mousquet le confia aux artisans de son fief. Ceux-ci en saisirent si parfaitement le mécanisme qu'ils le copièrent (déjà!). Rapidement, les Samouraïs commencèrent à s'entre-tuer. Le fragile équilibre féodal insulaire étant menacé, l'empereur interdit, sous peine de mort, la reproduction de cette arme. La même peine fut infligée à quiconque adopterait la religion des jésuites. Ainsi, le Japon aurait pu être tenté de s'occidentaliser plus tôt. Ne s'estimant pas prêt, il y renonça. Car avant de s'ouvrir, l'archipel s'était refermé comme une huître.

Comme les Turcs, les Nippons ne moderniseront leur société qu'après une longue période d'observation. Ce temps de latence au cours duquel leur intégrité n'était pas menacée aura, sans doute, permis à ces peuples de changer de peau, en restant eux-mêmes. La mue a tellement bien réussi que Turcs et Japonais sont devenus des Occidentaux à part entière. Ces exemples montrent que l'occidentalisation présuppose une démarche volontaire de la part des autochtones. Dans ces deux pays, mais aussi en Corée, ancienne colonie nippone, les promesses de la modernité (niveau de vie élevé, respect des droits fondamentaux, démocratie, État stable) sont tenues. Elles commencent à l'être en Russie, probablement le seront-elles demain en Iran. Partout ailleurs, le zombie répugne en général à l'admettre, l'occidentalisation a échoué. Dans certains cas, elle n'a qu'incomplètement réalisé son programme. Dans beaucoup d'autres, elle s'avère être un fiasco. L'Inde est une démocratie, mais le système des castes y survit et l'intolérance religieuse y progresse. Prospère, la Chine piétine les droits de l'homme et ignore la démocratie. L'Afrique s'enfonce dans le chaos. Le monde arabe est sanglé dans des régimes de force. Grâce à la manne pétrolière, Arabes et peuples d'Asie centrale jouissent d'un revenu par tête sans commune mesure avec leur production. Les autres, la vaste majorité, ressemblent à cette jeunesse algérienne désœuvrée, adossée aux murs des avenues de l'indépendance. Pour ces masses, le « progrès » n'est pas seulement une longue avenue, c'est un boulevard interminable. Plus elles avancent vers lui et plus il recule.

La Renaissance synchronise l'esprit critique (les Grecs), l'espérance messianique (les chrétiens) et l'individualisme (les Grecs encore). Ce processus contraint toutes les sociétés occidentales à adopter l'heure nouvelle. La Grande-Bretagne commence à remonter sa pendule sociale en 1688, elle mettra près d'un siècle avant d'y parvenir. États-Unis, 1776-1864. France, 1789-1877. Italie, 1830-1945. Allemagne, 1870-1945. Russie, 1917-1991. Il suffirait ainsi de laisser du temps au temps pour que la modernité s'habitue à tous les climats, s'adapte à toutes les latitudes. Ne serait-ce donc qu'une question de *timing* ? Justement, les temps paraissent avoir changé. Imaginer que tous les peuples de la terre deviendront, tôt ou tard, des Turcs ou des Nippons relève d'un anachronisme. La propagation des principes de progrès, de laïcité, de démocratie, d'État-nation a déjà eu lieu. Elle a échoué. Quelles que soient les raisons de cet échec, il a été consommé. Nos

La grande catastrophe

idéaux représentent une page tournée de l'histoire de ces peuples. Une page parfois maculée de sang, souvent humiliante.

En jetant un regard dépassionné sur la grande horloge de l'Histoire, on voit que le moment où les principes de l'Occident auraient pu triompher est, à présent, passé.

Jusqu'en 1979-1989, nos idéaux restaient, sinon incontestés, du moins incontestables dans l'esprit des dirigeants et des peuples de l'univers. On s'en est d'autant moins aperçu que les États nés de la décolonisation empruntèrent à l'Ouest ses hérésies politiques — socialisme, tiers-mondisme — plus souvent que son orthodoxie humaniste. Pourtant, les décennies soixante et soixante-dix furent bien celles de l'apogée occidental. Et lorsque le marxisme ne fournit pas le carburant (Cuba), un nationalisme virulent prit le relais (Syrie).

Le plus souvent, c'est un mélange des deux idéologies qui fut adopté (Chine). C'est l'époque d'un Nasser qui fait songer à Arminius, ce Germain supplétif de l'armée romaine qui retourna ses légions contre Rome. C'est celle du Chah qui nous rappelle Hérode, romanisant son peuple pour résister à la louve. Alignés ou non, intégrés au bloc soviétique ou alliés de l'Amérique, ces chefs n'avaient qu'un mot à la bouche : moderniser ! C'était l'époque des grands travaux, des « révolutions » vertes ou blanches, des réformes agraires, des efforts de scolarisation et d'éducation conçues sur le modèle occidental, bref, l'ère de l'importation massive de nos techniques et de nos mœurs. Ces dirigeants cherchaient dans l'indépendance nationale (concept occidental) et dans la croissance économique (paradigme occidental), la source de leur légitimité. Aucun ne parvint à rééditer les « miracles » japonais ou turc. La modernisation s'arrêta devant les palais nationaux ou sur le seuil des foyers. Quels que furent les efforts déployés par les modernisateurs des années soixante et soixante-dix, des croyances, des mœurs, des idéaux, autres que ceux de l'Occident, continuèrent de nourrir l'imagination politique de ces peuples. Plus les gouvernements tentèrent d'imiter les Nippons ou les Turcs et plus la haine qu'ils suscitèrent fut vive. Au Maroc, l'Occidental séjourne encore sans crainte. En Algérie, un touriste français n'est pas en sécurité. Plus ces régimes sont alliés à l'Occident et plus nos valeurs sont abhorrées par leur population.

Un net mouvement de reflux des concepts politiques occidentaux s'observe un peu partout dans le monde. L'orage se lève contre Babylone.

La tempête se lève à l'Est

Assurément, là où le vent de haine anti-occidental souffle le plus fort, c'est dans le monde islamique. Les trois quarts du milliard de musulmans ne sont pas arabes. Plus de la moitié de cet ensemble vit à l'est du golfe Persique. Le Pakistan, l'Inde et le Bangladesh en regroupent 320 millions. L'Indonésie, les Philippines, la Malaisie, 200 millions. De l'archipel des Moluques jusqu'à Karachi, certains islamistes n'hésitent plus à décapiter, mitrailler ou faire sauter les Occidentaux et ceux qui les soutiennent. Tous les militants de l'islam politique (mais ne s'agit-il pas d'un pléonasme ?) ne sont pas assoiffés de sang. Une majorité condamne ces excès comme les socialistes condamnaient ceux des

Bolcheviques. Cependant, tous veulent restaurer des fondements juridiques, politiques, sociaux préoccidentaux. Dans les régions à majorité musulmane du Timor, ou dans certaines provinces de la Malaisie, des fanatiques font désormais le coup de feu contre des gouvernements qu'ils jugent être à la solde de l'Ouest. Ces guérilleros sont naturellement animés du désir d'étendre ou de contrôler des trafics de drogue ou d'armes. Mais dirigé contre des majorités chrétiennes ou bouddhistes « alliées des croisés », leur *djihad* s'inscrit aussi dans le cadre plus vaste d'une sorte de décolonisation culturelle et politique qui vise l'Occident. À Karachi, l'attentat contre le consulat américain qui fit 11 morts et 46 blessés fut revendiqué par un groupe désirant chasser les « États-Unis, leurs alliées et leurs marionnettes, le gouvernement pakistanais ».

Cet acte, comme ceux perpétrés contre les personnels français de la DCN, a certainement été inspiré par le « Mouvement pour la souveraineté ». Proche du réseau d'Oussama Ben Laden, ce parti n'est pas seul à vouloir en découdre avec l'Ouest. Dans les rangs de formations telles que le Jaish-e-Mohammad ou le Lashkar-e-Taiba, certains semblent également prêts à faire couler le sang. L'un des spécialistes français de ce pays, Christophe Jaffrelot[6], souligne que si ces mouvements « doivent parfois leur force de frappe à l'aide extérieure qu'ils ont reçue [...] en tant que composantes d'Al Qaeda, ils procèdent directement du terrain pakistanais ». Ce qu'ils veulent, c'est donc fanatiser l'islam pakistanais mais, en même temps, chasser ceux qu'ils considèrent comme des « marionnettes ». Pour ces groupes, combattre la *westernization* des mœurs et lutter contre des régimes à la solde de l'Occident forment deux objectifs indissociables. L'un de leurs théoriciens, Sayyid Abu' Ala Al Mawdudi, estime notre civilisation « pourrie, les principes qui la fondent sont faux car elle se base sur l'indépendance et l'indifférence de l'homme par rapport à l'orientation divine [...] Il est inutile d'insister sur le fait que de pareilles valeurs et normes, ou plutôt l'absence de vraies valeurs et normes sont incompatibles avec l'islam ». La montée d'un sentiment anti-occidental dans ce pays fut jusqu'alors d'autant plus facilement contenue que Washington était l'indispensable allié d'Islamabad contre le frère ennemi indien. Depuis le 11 septembre, le lâchage forcé du régime taliban par les États-Unis et les pressions sur le général Mousharraf risquent de faire céder les amarres qui retenaient le *homeland* musulman à l'Ouest. Il s'agit, en effet, d'un mouvement de fond qui affecte la société pakistanaise. En effet, comme le remarque Alexandre Adler[7] : « Les élites musulmanes du Pakistan, qui ont créé le pays en 1947-1948, n'étaient pas composées de fanatiques [...] beaucoup de hauts fonctionnaires des débuts étaient des musulmans dissidents. Tous ces gens font aujourd'hui partie d'une minorité laïque inquiète. » Les zones les plus développées du pays, à commencer par Karachi, sa capitale économique, ne sont pas les mieux disposées à l'égard de l'Amérique et de sa culture. En avril 2004, la junte pakistanaise devrait rendre le pouvoir aux civils. Les pro-occidentaux resteront-ils en place ? C'est d'autant moins sûr qu'en avouant son admiration pour Atatürk, le général Mousharraf heurte nombre de ses compatriotes.

La grande catastrophe

L'œil du cyclone anti-occidental se trouve assurément quelque part entre La Mecque et Tanger, c'est là que la haine de l'Ouest est la plus forte, qu'elle devient inexpugnable. Car c'est sans doute là où l'humiliation subie par notre expansion a été la plus forte. Sayyid Qotb[8], l'un des idéologues de l'islamisme égyptien, découvre l'un des visages du *Kultur kampf* : « La domination de l'homme occidental touche à sa fin, non parce que la civilisation occidentale est matériellement en faillite mais parce que l'ordre occidental ne possède plus cet ensemble de valeurs que lui a donné sa prééminence [...] : le tour de l'islam est venu. » Ce texte date de 1966. À cette époque, ce type d'opinion n'était partagé que par une minorité. À partir de la fin des années soixante-dix, ces courants vont soudain se mettre à grossir tant au Magreb qu'au Machreck. Dans un ouvrage intitulé *Islamiser la modernité*, le Marocain Abdessalam Yassine dénonce pêle-mêle « la prison de l'État-nation », « la mystification de la démocratie », « l'impasse capitaliste ». Selon cet intellectuel, le but de l'islamisme consiste « à reconstituer son unité et relever le défi de s'approprier les moyens modernes de développement et des sciences sans perdre son âme ». Pour sentir que la décolonisation n'est pas terminée, il suffit de rappeler les prêches du FIS en Algérie. L'un des militants de ce parti regrettait : « Le peuple algérien est aujourd'hui gouverné par des lois françaises, la laïcité irrigue l'*oumma* de la pensée occidentale colonialiste. » La laïcité relève de la mécréance. Le suffrage universel est à jeter dans le même sac : « En démocratie, la souveraineté est celle du peuple, de la racaille et des charlatans. » Aux yeux des fanatiques, l'Occident est un bloc. À réduire en poussière. Qu'ils soient philippins, égyptiens ou marocains, les intégristes attaquent les touristes non seulement pour vider les caisses des États qu'ils combattent mais aussi pour expulser physiquement les Occidentaux. Al Qaeda conseille de s'en prendre à ces «vecteurs naturels des mœurs dépravées». Des vecteurs naturels, comme s'il s'agissait de parasites. L'intégrisme assimile la période d'influence des idées occidentale sur l'*oumma* à cette époque de la vie du Prophète où il quitta La Mecque en proie à une profonde déréliction morale, la *djahiliya*. «Comment étaient les gens dans la *djahiliya*?», interroge un barbu algérien. «Le fort mangeait le faible. Il y avait la caste des riches et des puissants, et celle des faibles et des esclaves. Il y avait une classe qui mangeait et se repaissait et l'autre partie était son esclave.» Pour un Algérien, le rapprochement entre cette «caste» et la kleptocratie qui tient le pays est immédiat. Décolonisation ou pas, cet anathème lancé contre des élites corrompues et répressives parle tout autant à un Syrien, un Irakien, un Jordanien, un Égyptien, un Libyen, un Marocain, un Tunisien, un Saoudien, qu'à un Pakistanais ou un Ouzbek.

Le ressentiment anti-occidental touche également les pays de l'Afrique sub-sahélienne, qu'ils soient ou non musulmans (250 millions de musulmans vivent en Afrique). À Libreville, à Brazzaville, la haine du Français est palpable. Stratégiquement, ce fanatisme-là ne présente aucun danger. Il peut servir de base de repli à des prophètes armés comme Ben Laden mais certainement pas prétendre renverser l'ordre mondial. Les Kenyans peuvent placer des intégristes à leur tête, le Nigeria, appliquer la *charria*, province après province, l'Ouganda élire un homme avouant son admiration pour Hitler et appelant au meurtre des fermiers blancs, cela ne changera rien à la domination du zombie. De même, la descente aux enfers de la Somalie, du Liberia ou du Rwanda nous accable sans physiquement nous atteindre. Dépourvu d'armes sophistiquées, d'infrastructures pour les construire ou de matières premières permettant de les acheter, le fanatique ne représente un danger que pour lui-même.

Pour se convaincre que le sous-développement n'est pas seul en cause, il n'est que de se tourner vers l'Asie industrieuse, afin de vérifier si le ressac de l'Européen s'y observe également.

En Chine, le reflux de l'Ouest est assez net. Mao était un personnage profondément ambivalent : totalement chinois (il ne connaissait pas le monde extérieur et se pensait en partie comme le descendant d'une tradition de révoltes paysannes[9]) voire xénophobe par certains côtés, cela ne l'empêcha pas de redresser le pays au nom d'une idéologie étrangère et de renier ses traditions, plus violemment encore que les nationalistes le firent avant lui. Tout ce qui demeurait de l'ancien empire du Milieu fut brutalement arraché au nom de la modernité, les « superstitions » furent traquées et les Chinoises raffinées durent libérer leurs pieds compressés. Patriote, le grand Timonier nationalisa son marxisme-léninisme (surtout face à la Russie). Cependant, il resta fidèle aux dogmes du socialisme.

L'empire rouge devint ainsi hémiplégique, une moitié seulement s'étant occidentalisée. En s'affranchissant progressivement de toute référence à une théorie européenne, ses successeurs éloigneront spirituellement la Chine de la modernité. En 1978 déjà, signe des temps, Confucius, maître à penser de la Chine traditionnelle, fut officiellement réhabilité. Deux ans plus tard, il était reconnu comme « l'une des gloires de la nation ». En 1989, au moment des événements de la place Tien An Men, les étudiants étaient déjà moins béats d'admiration devant nos démocraties que les médias ont bien voulu le dire. On se souvient de cette émouvante déesse de la Liberté confectionnée par les élèves des Beaux-Arts de Pékin. Estimant cet hommage par trop révérencieux, beaucoup voulaient le retirer avant même que les chars ne l'écrasent.

De même, nombreux étaient les contestataires à exiger du pouvoir central, non qu'il s'aligne sur notre modèle mais simplement qu'il se réforme. Si une partie du peuple de la capitale emboîte le pas de la jeunesse, c'est parce que celle-ci s'était, d'abord, soulevée contre la corruption. Il n'est cependant pas douteux que certains des protestataires étaient de sincères partisans des droits de l'homme. Celui qui reste pour l'Occident l'un des symboles de la dissidence, Wei Jinsheng, avait été emprisonné en 1979 pour avoir osé demander au Parti la quatrième modernisation[10] soit, la démocratie et le respect des droits de l'homme. À la fin des années soixante-dix, l'aspiration aux idéaux de l'Occident était encore forte en Chine. La jeunesse d'alors ne rêvait pas seulement à l'abondance mais aussi à la liberté. À présent qu'une centaine de millions de Chinois accèdent à la consommation de masse, les jeunes gens aspirent-ils à la promotion de l'État de droit ? Réalisée récemment sur le campus de l'université de Pékin, une enquête d'opinion révélait qu'une majorité d'étudiants estimait le gouvernement trop laxiste à l'égard des délinquants. En République populaire, environ 3 000 criminels sont exécutés chaque année. Les Chinois rêvent-ils d'adopter notre système politique ? Il suffit de jeter un œil sur les forums Internet chinois pour vérifier qu'une telle attente risque d'être déçue. Le mépris d'un Occident jugé « décadent, et corrompu » s'y étale sans complexe. Signe non moins significatif d'une dérive des continents intellectuels, c'est la réaction spontanée de la rue, après le bombardement accidentel de l'ambassade chinoise à Belgrade, au mois de mai 1999, dans des métropoles comme Shanghai ou Pékin. Même les rassemblements anti-OTAN dans la capitale serbe, pourtant directement visée, ne donnèrent pas lieu à de telles explosions de haine. Ce n'étaient pas des illettrés, ni de misérables paysans qui exprimaient leur colère mais, au contraire, les plus « occidentalisés » des Chinois. Massée devant les consulats américains, la foule ressemblait à celle qui, vingt ans plus tôt, avait manifesté devant la représentation des États-Unis à Téhéran. Certains manifestants brûlèrent la bannière étoilée, exigeant des représailles. Mais que vengeaient ces Chinois, la seule bavure de Belgrade ou la mise à sac du Palais[11] d'été ? États-Unis et Chine ne furent jamais directement en guerre[12]. Pourtant, en 1999, un sondage désignait les États-Unis comme le principal ennemi. Après les attentats d'Al Qaeda une étude de la Fondation pour la Recherche stratégique notait : « les réactions telles quelles sont filtrées dans le courrier des lecteurs des principaux quotidiens nationaux expriment [...] la satisfaction de voir le "camp des impérialistes" recevoir une bonne leçon pour son arrogance ». Or, il faut garder à l'esprit que la semaine du 11 septembre, Pékin venait de faire son entrée à l'OMC. Aussi, dans le souci de faire bonne figure : « Les jours suivants les attentats, le gouvernement chinois a pris des mesures pour prévenir et même interdire toute manifestation de joie. » Qu'est-ce qui fait que la propagande du régime, lors de la crise du Détroit[13], par exemple, réveilla instantanément l'animosité populaire contre le dernier pays incarnant l'esprit de conquête occidental ? Ne serait-ce pas ce même sentiment qui pousse les habitants de Shangaï à montrer au visiteur étranger les panneaux « Interdit aux Chinois et aux chiens » datant de l'époque des concessions ? Odieux témoignages d'une humiliation révolue, révolue mais peut-être pas effacée. Ce qui doit retenir notre attention – et qui passe totalement inaperçu aux yeux du zombie – c'est que la population semble au moins aussi xénophobe que son gouvernement. Autre indice de cette montée de l'indifférence à l'égard des idéaux occidentaux : les conditions dans lesquelles s'est déroulée la rétrocession de Hong Kong. Les institutions libres léguées par l'ancienne puissance coloniale furent vidées de leur contenu par Pékin sans que cela provoque la moindre réaction de la part des Hong-Kongais. Le rapprochement entre styles et niveaux de vie des Chinois du continent et ceux des Chinois d'outre-mer ne tend guère à prouver que la culture politique chinoise est appelée à s'occidentaliser. Ces quinze dernières années, les régimes en place à Singapour, en Malaisie et en Indonésie ont en effet développé une vigoureuse rhétorique anti-occidentale. Le président de la Malaisie, Mahathir, a même été jusqu'à théoriser des « valeurs asiatiques », définissant une modernité à choix multiples, avec le marché mais sans la démocratie, avec la propriété privée mais sans l'*habeas corpus*. Cette sélectivité dans l'application de nos préceptes s'accompagnait d'une grande sévérité à l'égard de nos pratiques.

La grande catastrophe

Dans l'idée du dictateur, notre modèle éducatif – jugé trop laxiste –, nos mœurs – trop permissives – notre style de vie – trop égoïste –, devaient être délaissés au profit d'une « modernité asiatique » autoritaire (et non démocratique) ; groupiste (et non individualiste) et conservatrice, pour ne pas dire réactionnaire. À Singapour, c'est Confucius[14] qui fut mobilisé dans cette croisade contre la décrépitude occidentale. Le niveau de vie des Singapouriens dépasse celui des Suisses et la Cité-État pratique la démocratie, pourtant les lois continuent d'y être marquées par une forte tradition paternaliste. Il est ainsi interdit de mâcher du *chewing gum* dans le métro et le moindre graffiti vaut à son auteur une séance de coups de canne décidée par les tribunaux. On doit surtout tirer un bilan de la formidable expansion économique de l'Asie du Sud ces trente dernières années, un bilan « globalement positif » si on le mesure à l'aune de l'acculturation occidentale ? Au contraire, le grand effet du *take-off* en mer de Chine fut de dissocier capitalisme et démocratie. L'Ouest tend systématiquement à l'oublier mais le marché fonctionne parfaitement, en l'absence de libertés politiques. L'empire autoritaire de Bismarck, celui du tsar, plus tard les tyrannies d'Hitler et de Mussolini, les dictatures de Franco ou de Pinochet, le régime inique de Pretoria montrent que l'on peut fouler au pied le droit positif tout en dégageant de substantiels profits. Muselant le syndicalisme, garrottant les salaires, la loi d'airain du capital se trouve d'autant mieux respectée qu'elle est garantie par les mitrailleuses des prétoriens. La stimulation de la demande par ex-croissance du secteur militaro-industriel s'avère également très efficace pour maintenir des taux de croissance à deux chiffres.

C'est un fait qui dérange le zombie mais les prouesses économiques des fanatiques dépassent souvent les siennes. Ce constat, la Chine et ses marchés le vérifièrent à leur tour. Le rôle joué par le «Nord» dans cette fulgurante ascension[15] fut beaucoup plus limité que dans le cas du Japon et de la Corée. En provenance de Taiwan, de Hong Kong et de Macao, ce sont des capitaux chinois qui irriguèrent le continent et les tigres. Thaïlande, Indonésie, Philippines, Vietnam, Malaisie, ne purent sortir du sous-développement que par l'industrie des *Tongbao*[16] installés sur leur sol. Naturellement, les marchés américains et européens serviront de débouchés. Mais leur pénétration, si aisée, et les excédents commerciaux, si insolents, ne prouvent-ils pas la supériorité des Asiatiques sur les «Blancs»? À cet égard, la propagande que Pékin déverse sur sa population n'est pas sans rappeler le chauvinisme commercial de Guillaume II exaltant «l'écrasement du voyageur de commerce britannique par son concurrent germanique». La «mondialisation» ne rapproche donc que les peuples qui se ressemblaient déjà. Mais l'omniprésence des sociétés américaines en Asie n'a-t-elle pas contribué à diffuser la culture populaire «globale»? La sous-traitance, dans des conditions sociales à la Dickens, n'a guère produit le rayonnement culturel du plan Marshall. Nul traité Blum Byrnes[17] n'a d'ailleurs été signé avec Pékin ou Hanoi. Manga et karaoké nippons, films de karaté ou policiers taiwanais ou hong-kongais: c'est au contraire toute une industrie asiatique du divertissement qui s'est développée. Ce que refuse absolument de considérer le zombie: c'est que le *sex appeal* de son modèle, déjà passablement diminué à ses yeux, est pratiquement épuisé dans le reste du monde. Le zombie a vieilli, ses mythes sont ridés. Si l'Occident repousse aujourd'hui davantage qu'il ne fascine, ce n'est pas seulement par usure ou parce que, mieux connu, il a cessé d'être exotique. C'est également parce que le fossé matériel qui le séparait des peuples d'Asie est en passe d'être comblé. Du moins, ces populations d'Extrême-Orient sentent que dépasser leurs anciens maîtres n'est plus inconcevable. On envie le maillot jaune lorsque l'on est derrière le peloton. On le maudit lorsque l'on arrive dans sa roue. Par l'effet de cette même loi psychologique poussant Tocqueville à prédire que plus les tyrannies s'adoucissent et plus les révolutions deviennent probables, le ressentiment contre l'Occident risque de croître parallèlement aux PNB des pays anciennement soumis. Dans la vision purement matérialiste de l'Histoire[18] qui est désormais la nôtre, en refaisant son retard, la Chine perd ce qui, d'après nous, faisait sa seule source d'animosité : le manque. Or, en refaisant son retard, le Chinois transforme sa jalousie admirative en ressentiment méprisant.

Notre prestige tend donc à diminuer à mesure que la distance matérielle qui nous séparait des autres peuples diminue. Mais il est une autre raison qui explique que les États-Unis ne se trouvent plus placés sur le piédestal historique où ils se trouvaient dans le Japon de 1945. Depuis, le Vietnam les a défaits. Taiwan témoigne qu'ils ont été chassés de Chine. L'empire du Milieu aura tenu l'Occident en respect depuis 1949. Les Chinois éprouvent la nette sensation que leur sort s'est amélioré à compter du moment où les Blancs furent boutés hors de leurs frontières. Humiliés mais redressés, blessés mais finalement triomphants, on voit mal les Chinois s'aligner sur un modèle contre lequel ils ont réussi à se reconstruire. Paradoxalement, la très profonde crise culturelle que traverse le Japon pourrait nous redonner un peu de baume au cœur. Rejetant le terne destin du *salari man*, les adolescents de l'Archipel préfèrent se teindre les cheveux : le zombie livide reprend des couleurs. La mutation quasi anthropologique des jeunes Nippons tendrait à confirmer qu'au-delà d'une certaine richesse par tête, la *westernization* devient inéluctable. En effet, la fronde de la jeunesse ébranle les fondements du consensus d'après-guerre, lesquels étaient aussi des particularismes : démocratie groupiste, capitalisme sans classe. C'est bien la preuve, se dit le zombie, que son modèle est en marche. Des kamis shinto ou du culte des ancêtres chinois, il ne restera bientôt plus que des réminiscences folkloriques et quelques lieux de mémoire. L'horoscope politique du zombie lui garantit que l'Asie sera riche, qu'elle épousera un jour la liberté et qu'il sera témoin de leur union. C'est cependant oublier un peu vite les rapports de force : la Chine continentale tient déjà la dragée haute à Taiwan, à la Corée et au Japon[19]. Demain, entre Chinois et Japonais, le rapport de force économique risque de s'inverser au profit du continent. Or, si la crise nippone ne se résorbe pas, qu'en déduira Pékin ? Que l'occidentalisation corrompt les mentalités asiatiques. L'esprit d'ouverture de la démocratie taiwanaise devrait pourtant refroidir le chauvinisme dans l'empire du Milieu. La vitalité économique de l'île prouve assez que les Chinois n'ont pas besoin de vivre sous la férule de maîtres pour prospérer. C'est évidemment l'une des raisons qui poussent les autorités du continent à se montrer intraitables à propos de Taipeh.

Un dirigeant réputé bien disposé à l'égard de l'Ouest comme Zhu Rongji[20] l'a répété encore récemment devant un parterre de généraux : « Même si nous devons employer la force, Taiwan redeviendra chinoise ! » Tôt ou tard, cette bulle de modernité occidentale sera crevée par Pékin. Ce jour-là, la démocratie aura vécu en Asie.

Contrairement à ce que l'on nous raconte, l'admiration et l'imitation de l'Ouest reculent. Ce que l'Occident appelle la « mondialisation », n'est rien d'autre que l'auto-célébration de son propre modèle par un zombie qui, au fond, se doute qu'il n'a plus très bonne presse. La *westernization* est comme une vague qui se retire. L'impossibilité de mesurer précisément le coefficient de cette marée n'empêche nullement d'en souligner son caractère systématique. Bien souvent, il n'existe ni scrutins libres, ni sondages fiables permettant de mesurer précisément l'ampleur du reflux. Pourtant, cette seule constatation (l'omniprésence de dictatures ou de régimes tournant le dos à l'État de droit) offre déjà un premier indice d'acculturation ratée. Bonistes ou mollistes, les zombies y voient au contraire la preuve que l'Ouest n'a pas grillé toutes ses cartouches. Mais plutôt que de polémiquer sur ce que serait la bienveillance des dirigeants saoudiens, palestiniens, syriens, égyptiens, chinois, vietnamiens, s'ils étaient élus, tournons-nous plutôt vers les trop rares démocraties non occidentales dignes de ce nom afin de vérifier si notre hypothèse s'y trouve ou non confirmée.

À tout seigneur, tout honneur, commençons par la plus grande démocratie du monde, l'Inde. Assurément, l'évolution la plus caractéristique du parlementarisme indien depuis l'indépendance c'est que la colonne vertébrale de la démocratie indienne, le Parti du Congrès, a, pour la première fois en cinquante ans, perdu[21] les élections. Or, quelle formation parvint à détrôner celle de Nehru et d'Indira Gandhi ? Un mouvement prônant la rupture avec la « culture colonialiste de la classe politique traditionnelle » ! En effet, le BJP (Bharatiya Janata Party, rassemblement du peuple indépendant) prêche le retour à l'*hindutya*, à l'hindouité. Certains de ses membres fondateurs sont issus des rangs des RSS (le corps national des volontaires), une milice néo-fasciste hindoue. Certaines composantes du BJP conservent encore aujourd'hui quelques traits de cet extrémisme. Depuis sa création, la progression électorale de cette manière de lepénisme indien est constante[22]. En 1984, le parti n'obtenait que deux sièges au Parlement. En 1989, il en décrocha 85. En 1996, le BJP parvint à faire élire 156 députés. En avril 1998, il s'imposa comme la première formation politique du pays. Cette *success story* électorale illustre que cette volonté de revanche de l'esclave indigène sur son maître occidental existe aussi sur le sous-continent. Là encore, ce sont les concepts politiques de l'Ouest qui sont contestés. Certes, le BJP s'est coulé dans le moule parlementaire et renonce désormais à déclencher des conflits[23] interreligieux mais sa plate-forme électorale conteste le fait que la laïcité forme le socle de l'idée nationale indienne. Ses électeurs appellent d'ailleurs le pays « la mère », ou « notre mère », en référence à l'hindouisme, qui voit le pays comme un avatar du panthéon.

Mais ce n'est pas tout. Cette montée en force du BJP correspond aussi à une sorte de lutte pour « les droits civiques » à l'envers. En effet, fortement influencés par les philosophies égalitaristes européennes, les fondateurs de l'Union avaient progressivement mis en place une politique de discrimination positive en faveur des « intouchables ». Déjà lorsqu'en 1981, le gouvernement imposa l'accès des *harijas*[24] aux facultés de médecine, des émeutes éclatèrent. Désormais, à chaque fois qu'une étape est franchie en ce sens, on assiste à des troubles. En 1990, lorsque 27 % des emplois publics furent réservés aux *basses castes*[25] des manifestations violentes et des suicides par le feu se produisirent dans certains États.

La population indienne, de plus en plus riche, de plus en plus « modernisée », tend donc à résister avec de plus en plus de vigueur à la *westernization*. Cette résistance débouche désormais sur l'agression des plus occidentalisés des Indiens : à partir de 1999, des attaques contre les chrétiens se multiplièrent (meurtres, viols, écoles détruites.) Des exactions qui ne sont pas sans rappeler celles commises par les islamistes égyptiens contre les minorités coptes.

Intéressons-nous à présent au Japon et à la Turquie, ces deux États-nations à la fois stables et prospères. Leur profonde acculturation à la modernité en fait les parfaits curseurs de ce « *Kultur kampf* » anti-occidental.

Comme dans le sous-continent, la formation jusqu'alors hégémonique dans l'archipel, le parti libéral démocrate, a pour la première fois depuis 1955[26] perdu sa majorité à la Diète. Une coalition hétéroclite dominée par des socialistes extrêmement critiques à l'égard de l'alliance américaine lui succède. Surtout, au sein même du PLD, est né un parti nationaliste dont le leitmotiv est « nationaliser la culture politique nippone ». Or, si l'on se souvient que les manuels scolaires japonais sont déjà travaillés par le révisionnisme[27], on s'interroge sur la portée d'un tel objectif. Ce parti anti-occidental a non seulement obtenu d'excellents scores mais il s'est retrouvé, à plusieurs reprises, près de former un cabinet. Il n'est pas, contrairement au BJP, en position de gouverner seul, son étiage électoral fait qu'il colore le débat politique d'une teinte de défiance anti-occidentale.

On se souvient des vives tensions suscitées par les contentieux commerciaux entre Nippons et Occidentaux. Or, si certains débordements[28] n'étaient le fait que d'une poignée d'extrémistes, à cette période, le lien de subordination affectif à l'égard du *Sensaï* occidental s'est probablement rompu. Dans un pays aussi respectueux de l'étiquette, comment expliquer autrement que le NHK ait diffusé des images[29] du président Bush Senior en proie à un malaise ? En 1995, le viol d'une fillette japonaise par des Marines a suscité dans tout l'Archipel une vague d'anti-américanisme. *US go home ?* 89 % des résidents d'Okiwawa, consultés par référendum en 1996, se prononcèrent en faveur de la réduction des forces américaines dans la presqu'île.

En Turquie, on assiste également à la montée de formations critiques à l'égard des valeurs et de la diplomatie occidentales. Le parti ultranationaliste du PAN ainsi que les islamistes[30] sont deux forces politiques qui n'ont cessé de gagner du terrain. Toutes deux insistent sur la nécessité pour Istambul de marquer son indépendance à l'égard de Washington. Ces deux formations souhaitent également voir le peuple turc rompre culturellement les amarres avec l'Ouest. En 1987, le Parti d'action nationaliste (PAN) n'avait pu élire que 10 représentants au Parlement d'Ankara. Dix ans plus tard, 129 de ses membres siègent à la grande assemblée nationale. Quant au parti islamiste Refah, il passait, dans le même temps, de 7 à 111 élus. En 1996, les islamistes imposaient un des leurs [31] à la tête du gouvernement. La Turquie n'en reste pas moins profondément kémaliste, les valeurs occidentales ont été pleinement digérées par la société turque. Ainsi, lorsque pour la première fois depuis la création de l'État laïc, en 1999, une élue pénétra dans l'assemblée couverte d'un foulard, elle souleva l'indignation de ses collègues. Toutefois, un tel geste soulignait aussi que le rejet de l'Occident n'avait pas totalement épargné le bastion anatolien.

Partout dans le monde, des mouvements critiques à l'égard des concepts et des valeurs de la modernité occidentale (droits de l'homme, individualisme, féminisme) progressent. Loups gris en Turquie, RSS en Inde, extrême droite ultra nationaliste au Japon, ces courants existaient déjà mais ne formaient que des nappes phréatiques. La chute du Mur a brutalement fait remonter ces eaux souterraines. De Tanger à Manille, c'est le grand balancier lancé au XVe siècle qui revient vers nous. Avec une ouïe assez fine, l'Occident aurait pu entendre, depuis quelque temps déjà, «le noyau percer sous l'écorce» (Hegel). En effet, dès la fin des années soixante, peut-être même dès le congrès de Bakou, on pouvait percevoir des signes avant-coureurs de ce que serait ce reflux. Qu'elle fût d'obédience marxiste ou nationale-progressiste, la décolonisation réactiva des anticorps anti-occidentaux. Mais à cette époque, les libérateurs des peuples colonisés manipulaient ce qu'ils croyaient être des forces révolues. Le FLN arabisa et réislamisa les universités afin de mettre un terme à la progression des idées communistes. En

Chine, l'exaltation de l'histoire nationale servit à contenir la poussée russe. Se rendant, en pleine guerre du Golfe, en pèlerinage à La Mecque, le baasiste Saddam Hussein offre le dernier exemple de cette instrumentalisation destinée à consolider un pouvoir fondé sur le culte du progrès. Fukuyama n'a donc qu'à moitié tort : l'Histoire est finie mais elle n'est finie que chez nous ! Ailleurs, un cycle parachève la décolonisation, succède au socialisme et, *in fine*, remet en cause l'occidentalisation du monde. Car ce sont autant les droits de l'homme et la démocratie, que la distinction du privé et du public, de la guerre et de la paix, voire le concept de l'État-nation qui sont remis en question. Comme le note en effet Marc Ferro[32] à propos d'Al Qaeda : « Ne maîtrisant que le dispositif des relations entre États, les dirigeants politiques d'Occident sont quelque peu déstabilisés dans leur approche de cette nébuleuse. Sans doute, pour avoir historiquement trop méprisé les stades organisationnels antérieurs à l'État territorial, avaient-ils déjà mésestimé la capacité des sociétés nomades à résister. Aujourd'hui, pour les mêmes raisons, ils ne mesurent pas, hors l'Occident, la force des relations familiales dans leur rapport avec l'État et non seulement par rapport à lui. »

Or, il est au moins un peuple qui se trouve dans une situation de décalage chronologique par rapport à ce mouvement, un pays qui a connu cette remontée du refoulé anti-occidental plus tôt, c'est l'Iran. Les théâtres de révolution mondiale sont toujours arpentés par des écrivains cherchant à y déchiffrer l'avenir. Comme l'avait fait Burke en France ou Gide en URSS, Michel Foucault[33] rapporta du séjour qu'il fit, en octobre 1978, dans la Perse grosse du khomeynisme, une impression mêlant l'admiration à la crainte. «"Que voulez-vous?" C'est avec cette seule question que je me suis promené à Téhéran et Qom dans les jours qui ont suivi immédiatement les émeutes. [...] Pas une seule fois, je n'ai entendu le mot "révolution" [...] On peut trouver des directions générales : l'islam valorise le travail ; nul ne peut être privé des fruits de son labeur ; ce qui doit appartenir à tous (l'eau, le sous-sol) ne devra être approprié par personne. Pour les libertés, elles seront respectées dans la mesure où leur usage ne nuira pas à autrui.» Michel Foucault tenta de persuader ses interlocuteurs que de tels principes n'étaient pas si différents des nôtres, il s'entendit alors répondre : «Le Coran les avait énoncés bien avant vos philosophes, et si l'Occident chrétien et industriel en a perdu le sens, l'islam, lui, saura en préserver la valeur et l'efficacité.»

Contrairement à ce que pense Huntington, il ne s'agit donc pas de reprendre ses droits, de reconquérir le terrain perdu. Quand bien même les fanatiques chercheraient à replonger dans le fleuve de leurs ancêtres, à leur corps défendant, ils seraient emportés par le courant de l'Histoire. Leur *djihad* est ultramoderne. C'est ce qu'un examen du risque idéologique révélera.

Chapitre V

Le Retour du spectre
Le risque idéologique

> «Un spectre hante l'Europe :
> le spectre du communisme.»
> Karl MARX, Friedrich ENGELS,
> *Le Manifeste du Parti communiste.*

À la fin de son ouvrage intitulé *Expansion et déclin de l'islamisme dans le monde*[1], Gilles Kepel écrit : «La mouvance islamiste au sens large n'est plus aujourd'hui en phase de puissance, ni désireuse ni capable d'imposer son langage particulier en lieu et place d'un idiome universel hier encore dévalorisé comme "occidental". » L'auteur partage donc ce point de vue que les sociétés arabo-musulmanes sont entrées dans une phase de rejet de la modernité. Toutefois, il est également persuadé que ce «moment historique» est à présent dépassé. Or, si l'on se garde de prendre l'islamisme au pied de la lettre, si l'on évite de le diluer dans nos espérances, on verra alors qu'un tel optimisme mérite d'être sérieusement nuancé. On pourrait même avoir quelques raisons de redouter que la modernisation économique, sociale, « technique » que nombre d'orientalistes jugent, à juste titre, inéluctable, fasse le jeu de la version la plus pure, la plus dangereuse et la plus fanatique de cette doctrine.

Dans la conclusion de son ouvrage, Gilles Kepel esquisse une théorie qui n'est pas sans rappeler la « ruse de la raison » hégélienne. Selon cet expert, l'impuissance de l'islamisme à s'emparer du pouvoir ou, plus grave, à tenir ses promesses une fois celui-ci conquis, a épuisé cette force politique. Mieux, cet échec produirait les conditions du dépassement de l'islamisme violent.

En dénonçant l'Occident, les islamistes auraient été contraints de briguer les suffrages, d'endurer tortures et cachots, donc d'apprendre la démocratie et de se réapproprier les droits de l'homme, mais débarrassés cette fois de leur dimension occidentale « impie ».

En échouant à contrer l'Occident en se brisant sur ses relais locaux, les *djihadistes* auraient ainsi pu vérifier la supériorité de notre modèle. Au vu de l'extrême gravité des risques que l'islamisme fait peser sur la stabilité internationale, il nous paraît en effet crucial de vérifier si la confiance des islamologues se fonde sur des preuves irréfutables ou sur de simples conjectures. L'optimisme d'un Gilles Kepel semble en effet partagé par nombre de spécialistes de l'islam : Olivier Roy, grand connaisseur de l'Afghanistan, Bruno Étienne, islamologue averti, Antoine Sfeir, observateur attentif des réseaux intégristes, Ghassam Salamé, universitaire de renom, pour ne citer que les plus connus mais également de brillants chercheurs comme Olivier Carré, Mohammed Tozy, François Burgat semblent prêts à parier que le «péril vert» s'éloigne. L'historien Marc Ferro, chez qui l'indépendance d'esprit le dispute au brio, paraît également convaincu que nous avons passé la barre. Il semble ainsi se dessiner ce qu'il faut bien appeler une position «universitairement correcte» concernant l'islamisme. Tentons de saisir le noyau dur de son argumentation.

L'islamologie «universitairement correcte» constate partout l'échec de la prise de pouvoir de l'intégrisme sunnite. Après la marée montante des décennies 80-90, on note une décrue. Ce reflux s'explique par les deux types d'attitude adoptés par les régimes en place. Plus ou moins féroce, la répression fut partout efficace. L'armée algérienne relègue les élus du FIS dans des camps au Sahara et éradique les maquis du GIA. La police saoudienne n'hésite pas à tirer sur des oulémas en colère. Les descentes de la police dans les faubourgs du Caire dissuadent les fauteurs de troubles. Les militants d'El Nadda disparaissent en grand nombre en Tunisie. En Libye, Kadhafi passe par les armes les partisans de Ben Laden. L'autre réaction des gouvernements a consisté à lâcher du lest. De même qu'au XIXe siècle, les monarchies européennes libéralisèrent leur constitution pour apaiser les libéraux, dictateurs ou princes islamiseront les leurs. Lorsque la législation est déjà islamiste, ils la durcissent. En Égypte, les juges divorcent de force un universitaire «apostat». Les gouvernements cherchent également à occuper les niches sociales et humanitaires qui étaient l'une des clés du succès de l'implantation islamiste. Ainsi, Ben Ali récupérera les réseaux sociaux des mosquées. Offrant des

Le zombie et le fanatique

places aux ambitieux, les capitales modérées s'employèrent également à diviser les mouvements. En Algérie, le cheik Nannah sera recyclé en islamiste présentable. Rares furent les dirigeants suffisamment sûrs de leur fait pour oser associer les islamistes au pouvoir. Esquissée en Jordanie, cette expérience fut menée à son terme en Turquie et en Malaisie.

Or, dans ces trois pays, les islamistes n'ont absolument pas remis en cause l'ordre établi. Au contraire, ils échouèrent à passer ce baptême du feu politique. En Malaisie, le dictateur discrédita totalement son poulain intégriste. En Turquie[2], des politiciens roués roulèrent ces bleus dans la farine. Or, politiquement, ces échecs s'avèrent mille fois plus dévastateurs que ceux du mouvement islamiste face à la répression. Surtout partout où l'intégrisme aura conquis et occupé seul le pouvoir, on assista à sa débâcle. Au Soudan, en Afghanistan et en Iran, les « désillusions » de l'islamisme paraissent sonner le glas du mouvement. Dans les deux premiers cas, un colonel et une faction tribale, appuyés militairement par l'étranger, renversèrent les barbus.

En Perse, seul pays où un islamisme authentiquement révolutionnaire a gouverné, l'expérience est encore plus intéressante. En 1997, puis de manière encore plus flagrante en 2001, les Iraniens nés dans la mollarchie ont élu un président de la République « moderniste » et « réformateur », désavouant les « sans-culottes » de la République islamique. L'intégrisme conduirait donc soit en prison, soit à l'essoufflement et au reniement. Avec l'islamisme, tout commence en mystique et tout finit en mondialisation libérale. Pourtant, même du haut de leur minaret académique[3], ces experts ont entendu parler d'un certain

Le Retour du spectre

Ben Laden. Même plongés dans la relecture d'Ibn Khaldoun, nos spécialistes ont dû apprendre que les fous du Coran avaient fini par abattre quelques tours. Pour eux, le 11 septembre ne change rien. La montée aux extrêmes du Saoudien confirme l'épuisement d'une idéologie poussée à bout. On entre dans une phase d'autodestruction. Le Pentagone flambe? C'est l'islamisme qui pousse ses derniers feux! Nous sommes face à une dérive, certes spectaculaire, mais de plus en plus nihiliste. Les hauts faits d'Al Qaeda achèvent d'isoler le mouvement. Pour commencer, l'hubris de Ben Laden va couper l'islamisme de ses bases, de toutes ses bases. Au fil des ans, Londres était devenu «La Havane» des nouveaux *barbudos*. Ce point[4] de ralliement n'est désormais plus un lieu sûr. Le discret soutien jadis offert par Washington en Algérie, en Malaisie, en Asie centrale, n'est plus qu'un souvenir. George Bush a lancé un contrat contre les anciens porte-flingues de l'Amérique. Le double jeu de Ryiâd qui retirait un passeport d'une main et acquittait la *zakat* de l'autre n'est plus tenable. Ivres de rage, Al Qaeda mais aussi les émirs de plus en plus violents du GIA ou les terroristes de plus en plus assoiffés de sang de la Jama'a Islamiaya tentent à présent d'emporter le plus d'innocents possible dans leur chute. C'est la redoutable rage des vaincus, l'effrayant désespoir des soldats perdus. Exactement comme les Brigades rouges ou la bande à Baader en Europe, Al Qaeda passe à l'offensive au moment où tout espoir de victoire disparaît. Cette dissolution sociologique et cette dispersion politique que les dirigeants arabes modérés avaient commencées, les terroristes achèvent de les réaliser. Comme tout révolutionnaire, les islamistes avaient besoin d'alliés pour prendre les citadelles nationalistes, socialistes ou conservatrices. Le danger du mouvement résidait d'ailleurs dans son aptitude à «brancher» l'exaspération des masses sur la fronde de milieux, si importants en terre d'islam, que sont les bourgeoisies des bazars et des médinas. Formés aux sciences et aux techniques occidentales, socialement déclassés, de jeunes intellectuels servaient de porte-voix à la révolution. La fuite en avant meurtrière de Ben Laden et consorts a non seulement effrayé le bourgeois mais elle a fini par écœurer le militant.

À présent, seuls quelques fils de famille égarés, comme Oussama Ben Laden, et une poignée de prolos illuminés, comme Djamel Zitouni, continuent le *dijhad*. Le prochain chapitre de cette histoire ne verra pas pour autant disparaître les islamistes. Mais c'est une nouvelle génération qui monte, la «positive génération». Les intégristes ne sont pas, du moins pas encore, des babas cool, mais ils ne sont déjà plus ces barbus à la lippe dégoulinante de haine. Cette couche nouvelle se rappelle soudain que, pour Banna[5], le Fondateur des Frères musulmans, «la démocratie est ce qui se rapproche le plus de l'islam». Meilleur régime à l'exclusion de tous les autres, disait Churchill. Selon Gilles Kepel, il suffirait de tendre l'oreille pour réaliser que les revendications islamistes ont changé. À Londres, un forum Internet n'édite-t-il pas un bulletin intégriste qui se réfère à Tocqueville? La *fatwa* contre la modernité serait en passe d'être levée. Le voile, même à Kaboul, ne semble pourtant pas près de disparaître. On constate même le contraire? Contresens? Tous les spécialistes vous le diront : le tchador est une ruse des femmes musulmanes! De Mantes-la-Jolie à Gaza, les filles se drapent pudiquement dans la tradition pour mieux narguer les machos ! « Porter le voile dans les institutions publiques qui le prohibent n'est plus revendiqué comme respect d'une injonction de la *charria* mais comme droit de l'homme, l'expression d'un libre choix de la personne, à l'instar de tout autre », confirme Gilles Kepel[6]. « C'est leur choix. » Algéroises ou Cairotes portant le *hidjab* seraient donc prêtes à venir sur le plateau d'Évelyne Thomas !

Plus encourageant encore, un homme d'affaires, proche du FIS, n'a-t-il pas ouvert une brasserie de bière en Algérie ? C'est la preuve que, pour la « société civile[7] » musulmane, l'argent n'a plus d'odeur, pas même celle du soufre ! Toujours selon Gilles Kepel, les jeunes musulmans « appartiennent à un univers où l'effacement des frontières intellectuelles par le développement accéléré des moyens de télécommunication, anéantit les citadelles identitaires ». Le grand soir de la globalisation approche : « Aujourd'hui, au sortir de l'ère islamiste, c'est dans l'ouverture au monde et l'avènement de la démocratie que les sociétés musulmanes vont construire un avenir auquel il n'existe plus d'alternative. » Alléluia !

Bientôt, l'arche néolibérale déversera sa manne sur les foules arabo-musulmanes et leurs représentants. Des islamistes, démocratiquement élus, viendront s'asseoir à la droite du père américain, des saints européens et des anges FMI, Banque mondiale et OMC. On force à peine le trait car il s'agit là, toujours selon le même auteur, d'« un avenir auquel il n'existe plus d'alternative », en lisant de telles phrases, on est pris de vertige : à quelle époque a-t-on vu qu'il n'existait pas d'alternative à l'avenir ? C'est pourtant sur ce genre de pétition de principe que repose l'inébranlable confiance de nos experts! Pour se convaincre qu'il s'agit d'une sorte de croyance religieuse, il suffit de lire entre les lignes du nouveau catéchisme. Quelques paragraphes plus bas, Gilles Kepel nous assure que si les dictateurs arabes ne réforment pas, «le monde musulman sera confronté, à court terme, à de nouvelles explosions [...]. Des choix qu'ils feront dépendra que flotte à nouveau, sous quelque forme, l'étendard du *djihad*!»

Comprenons bien : l'islamisme est mort mais prenons garde à ne pas bousculer son cadavre! En conclusion de son *Choc de l'Islam,* Marc Ferro[8] souligne : «L'exemple de la révolution iranienne témoigne de la lente et longue résistance, souvent victorieuse, de toute une population, jeune surtout, à ses excès, voire à son principe même.» Quelques pages plus tôt, l'historien démontrait pourtant qu'«entre les régimes et une bonne partie de la population, la fracture demeure; l'alternative islamiste aussi [...] La vraie menace vient du déséquilibre économique mondial : s'il n'est pas réduit et domestiqué, la terreur prendra de nouveaux visages». Rien à redouter donc... À condition que tout change!

Bruno Étienne[9] nous assure que le projet de «créer un État islamique [...] a été partout un échec». Pourtant il s'interroge : «Quel gouvernement européen aura le courage de rompre avec les régimes bien peu démocratiques, antisémites, agressifs envers les femmes et les émigrés, du Moyen-Orient parce que les États-Unis ne peuvent pas le faire à cause du pétrole?» Le même termine par ces mots : «Il nous reste toujours le principe Espérance dans l'attente d'un monde où régnera enfin l'esprit.» Mesdames et Messieurs, le commandant de bord George Bush et son équipage vous assurent que l'avion ne peut plus se kracher, mais vous invite à faire vos prières ! Même si l'on s'efforce de ne pas tomber dans les péchés des orientalistes, on doit craindre que les plus fortes turbulences restent à venir.

Comment expliquer un tel unanimisme à minimiser un danger dont on sent bien que les tenants de «l'universitairement correct» restent conscients ? D'excellentes raisons les y poussent. Tout d'abord, les spécialistes cherchent à préserver les communautés musulmanes installées sur notre sol des risques d'amalgame. Un tel souci est évidemment tout à leur honneur. Fins connaisseurs du Coran, beaucoup d'universitaires s'emploient aussi à «laver» le texte sacré de l'islam de l'opprobre qui l'entoure depuis la montée de l'intégrisme. L'outrance d'une Oriana Fallaci ne leur donne pas tout à fait tort. En opposant les versets les uns aux autres, nos experts n'arrivent hélas, bien souvent, qu'à démontrer avec quelle facilité des esprits mal intentionnés lui font dire n'importe quoi. Ils mettent en garde contre la confusion entre le saint Coran et des textes profanes. La *sunna*[10] et les *hadiths*[11] résument en effet l'interprétation humaine de l'islam alors que seule, la «récitation» (*ie* le Coran) du prophète renferme la parole divine. Or, les islamistes puisent volontiers dans les *hadiths* et la *sunna*. Pourtant, les islamologues invoquent fréquemment la tradition pour condamner l'interprétation sauvage des fous de Dieu. Il faudrait en effet décider : si la cléricature est légitime, dans ce cas, *hadiths* et *sunna* contiennent également des prescriptions religieuses incontestables ou bien si chaque musulman se retrouve seul face au Coran dont il est libre d'interpréter l'esprit ou la lettre. À juste titre, ils s'insurgent contre le droit usurpé par tel ou tel illuminé de lancer une *fatwa*. Or, nous sommes, là, face au plus grave contresens de l'« universitairement correct. » En effet, peu importe que les intégristes racontent n'importe quoi, déforment le Coran ou s'accordent une légitimité religieuse qu'ils n'ont pas !

Reprocher à Ali Benhadj de ne pas être compétent pour interpréter le Coran, c'est dénier à Hitler le droit d'incarner l'humiliation allemande parce qu'il était autrichien ! Se moquer de Ben Laden qui reproche aux princes de ne pas payer les intérêts de leur dette, alors que la tradition wahabite condamne l'usure, c'est oublier que le pacte d'acier, dirigé contre les Anglo-Saxons (des « Aryens »), avait été conclu avec des Nippons (des « sous-hommes » dans la pensée hitlérienne). Faisant des Japonais des « Aryens d'honneur », le Fuhrër avait pourtant montré le peu de cas qu'il faisait de la cohérence idéologique de ses actes. Il est ainsi absurde de pointer les contradictions d'une doctrine comme celle de Ben Laden. Politiquement, entre un fin lettré qui publie à Londres et un *djihadiste* qui s'était jusqu'ici fait connaître pour ses dons d'organisateur et de banquier, qui pèse le plus lourd ? L'un a plus de crédit intellectuel, l'autre, plus de crédit tout court, lequel des deux exercera le plus d'influence ? De qui faut-il avoir peur, de Pasternak ou de Staline ? Entre un article démontrant, dans un arabe impeccable, les impasses de l'islamisme et une retransmission *live* sur El Djezirah des images de l'Amérique pleurant ses morts, qu'est-ce qui aura le plus d'impact sur les foules ? On pénètre ici au cœur de l'« universitairement correct ». Prompts à dénoncer les préjugés de leurs « objets d'étude », les islamologues ignorent trop souvent les leurs. Pressés de savoir « d'où parlent » leurs interlocuteurs, les spécialistes en sciences sociales on oublient généralement de se poser la question. Dommage, car ce faisant, ils s'apercevraient que leur appartenance à des milieux tolérants, aisés, cosmopolites les pousse sans doute à surestimer l'opinion des couches favorisées et occidentalisées des pays qu'ils étudient.

Selon Gilles Kepel, « se dessine l'antagonisme social entre classes moyennes pieuses et jeunesse urbaine pauvre ». Cette idée que des parois étanches isolent désormais le *lumpen* prolétariat en colère de la « société civile » revient comme un leitmotiv sous la plume de l'auteur. L'islamologue a raison de souligner l'importance de la stratification sociale rigide en terre d'islam. Les sociétés y sont, en effet, beaucoup plus cloisonnées qu'en Occident. Mais ne se fait-il pas, sans même s'en rendre compte, le porte-voix de l'intelligentsia et de « la société civile », lesquelles se sentent débordées par un petit peuple qui prétend interpréter seul le Coran, ou pire, s'empare des moyens les plus modernes de communication ? Est-il absurde d'imaginer qu'en majorité issus des rangs de la gauche et ou de l'extrême gauche des années soixante et soixante-dix, les orientalistes projettent l'échec du gauchisme, sur celui, d'après eux programmé, de l'islamisme ? Kepel, lui-même, nous y invite : « Ainsi, il y a quelques décennies, les enfants d'immigrés du Sud et de l'Est européens, prolétaires et communistes, étaient devenus, après avoir été mis en mains par le Parti et les syndicats et de l'ascension sociale qui s'en était suivie, des petits-bourgeois français, sans plus d'attache avec le marxisme-léninisme ni d'allégeance au pays d'origine de leurs parents. » Or cette « dilution de l'idéologie [...] dans l'économie mondiale » rappelle effectivement quelques souvenirs à nos baby-boomers ! Ce faisant, ils commettent un anachronisme et un « anatopisme ».

Les Trente Glorieuses au cours desquelles, du moins au Nord, la tentation totalitaire avait épuisé ses charmes et éteint ses causes sont désormais derrière nous. Nous ne sommes pas en Occident où les mouvements politiques contestent la mondialisation avec parfois une incroyable virulence, où des forces de repli identitaires, ethniques, racistes existent mais ne séduisent qu'une minorité. La majorité des peuples développés demeure convaincue du caractère inéluctable de l'ouverture politique et économique. La majorité profite des avantages offerts par cette ouverture. Or, même s'il est impossible de le vérifier, cette majorité au Nord forme une minorité au Sud. Au Maghreb et au Machrek, c'est en tout cas une minorité qui est « intéressée » au système néolibéral.

Or, ce qui distingue encore plus radicalement islamisme et communisme, intégrisme musulman et tapage identitaire, c'est que l'islamisme déforme une tradition encore vivante. En Occident, ce sont des utopies (dans les années soixante et soixante-dix) que l'on brandissait. Au Proche-Orient, les révolutionnaires puisent dans des modes de vie, des façons d'être, de penser et de sentir toujours vivaces. Le caractère autochtone et conservateur des valeurs que déforme l'islamisme rapproche davantage ce mouvement du nazisme que du communisme. Certes, c'est parce que ces valeurs sont menacées que l'islamisme a pu se répandre. Mais si l'on compare cette idéologie aux tribalismes, régionalismes, populismes et autres folklores rancis qui s'agitent en Europe et aux États-Unis, on saisit une différence de taille. Lutter contre des terroristes qui fantasment le retour d'un âge d'or qu'ils inventent de toutes pièces et abattre des contestataires qui s'appuient sur des coutumes et des préjugés encore tenaces, ce n'est pas du tout la même chose. En terre d'islam, si le souvenir du monde ancien est encore dans toutes les têtes c'est parce que cet univers reste partiellement debout. Jamais l'Occident ni les nationalismes progressistes n'ont réellement bouleversé les mœurs des Arabes. Nulle part ailleurs qu'en Turquie, cette unité de base qu'est la famille n'a été modernisée. Comme le reléve Marc Ferro[12] : « Nos femmes, nos filles, notre maison constituent le dernier refuge inviolé par la colonisation, répètent volontiers les nationalistes. » Affaiblie, égratignée, abîmée, la famille musulmane ? Incontestablement. Mais les préjugés qu'elle charrie risquent de s'en trouver d'autant plus dangereux. Enfin, il est une « impensée unique » de l'« universitairement correct » qui fragilise encore davantage leur édifice. Ce que cette « école » omet de préciser, c'est qu'aucun pays occidental n'a fait l'économie de la « crise d'adolescence moderne » que traverse aujourd'hui le monde arabo-musulman.

Guerre de religion en Grande-Bretagne, guerre civile américaine, massacre des Vendéens, conquêtes napoléoniennes, guerre civile russe, génocide juif et tsigane, colonisation nippone, génocide arménien : l'enracinement de la démocratie là où elle est née est un processus qui a connu quelques accros. À l'Ouest, l'accouchement de sociétés « modernes » n'a pas été sans douleur. Dans les régions où le modèle occidental a vu le jour, on a assisté à des phases de résistances aussi longues que pénibles, périodes au cours desquelles les droits les plus élémentaires de la personne ont été furieusement bafoués. Ces rejets furent justifiés tantôt au nom de la tradition, tantôt au nom du progrès. Or, même inspirés par des idées réactionnaires, ces fanatismes ne furent jamais des mouvements purement conservateurs. On vit plutôt des bouffées idéologiques délirantes s'emparer des peuples plutôt que des tentatives de retour en arrière. Avant qu'il devienne impossible d'imposer d'autres principes que ceux de la modernité, avant donc que l'on atteigne un stade de « maturité démocratique », on observe partout ces poussées de fanatisme, plus ou moins intenses, parfois brèves, souvent interminables, fréquemment suivies de rechute. Il faut insister sur ce point : aucune société n'a pu, jusqu'à ce jour, faire l'économie de ses contractions. Deux conditions sont nécessaires pour que le danger soit réellement écarté. La première, c'est que le stock de munitions idéologiques et sociologiques (idéaux et formes de solidarité portés à incandescence par le fanatisme) ait été réellement épuisé. La seconde, c'est que cette expérience ait été tentée et qu'elle ait échoué. Ce moment pénible c'est ce que nous pourrions appeler la « crise d'adolescence de la modernité ». Tout se passe comme si, en séparant les atomes humains agrégés dans les sociétés traditionnelles, la modernité occidentale les agitait. Une dangereuse réaction en chaîne se produit alors, dégageant une intense « radioactivité politique ». Car qu'est-ce que le totalitarisme sinon la tentation de casser le noyau (individuel) pour reformer un atome (social) ?

La grande ambition et, hélas, la grande réussite des entreprises de ce type consistent à récréer un sens collectif et donc une solidarité affective. Le fanatisme totalitaire ne peut donc se développer que lorsque la modernité a commencé à détériorer les liens sociaux, à abraser les valeurs d'antan. La zone de tous les dangers est donc atteinte lorsque la *westernization* a pénétré en profondeur. Ainsi, il est à craindre que dans des pays comme le Yémen, les zones tribales pakistanaises, l'Arabie Saoudite ou le Maroc, le pire reste à venir. Cette opération de physique politique n'est possible que si des idéaux soudant le groupe restent encore crédibles. Le canon à neutron qui permet de faire éclater le noyau, d'annihiler l'esprit critique, d'atteindre la conscience, de miner la raison des individus, bombarde des convictions. Seule la foi génère une telle énergie. Dans l'une de ses conférences, Martin Heidegger remarquait : « Même les communistes possèdent une religion car ils acceptent de donner leur vie pour le sens de l'Histoire. » Nos orientalistes semblent ne pas voir qu'adopter une religion toute faite est encore plus pratique que d'en forger une. Si des millions d'hommes sont morts au nom du prolétariat ou de la race, *erztazs* de croyances, croit-on qu'une seule poignée d'illuminés sera prête à donner sa vie pour Allah ? En effet, la modernité n'élimine pas la religion mais elle modifie son influence sociale et surtout psychologique. La proportion de vrais croyants est sans doute aussi faible aujourd'hui qu'à d'autres époques de la chrétienté ou de l'islam. En Occident, comme le remarque justement le sociologue Jean Baechler, les Églises se sont simplement vidées des hypocrites et des sceptiques. Dans les sociétés traditionnelles, on doute autant qu'ailleurs mais le « décor » social est plus rassurant.

Tout se passe comme s'il existait des fins dernières biens réelles. Aussi, pour compenser le choc psychique que représente la disparition d'un environnement rassurant, on se met à croire comme jamais on a cru dans le passé. Les zombies négligent deux facteurs décisifs de ce processus. Tout d'abord ils tiennent la phase transitoire pour dangereuse uniquement parce que les compensations offertes par la modernité ne sont pas encore disponibles. En clair, les prêches des imams seraient le *game boy* du pauvre, les *fatwas* de Ben Laden, le Prozac du prolétariat égyptien. Mais là où l'universitairement correct se trompe, là où il révèle l'étendue de son zombisme, c'est qu'il ne comprend pas que ces compensations sont infiniment moins consolantes que celles offertes par le fanatisme. La modernité carbure à la méthadone et aux drogues douces. Le fanatisme prémoderne fonctionne à l'héroïne pure. L'Occidental n'accroche plus car lui a été sevré. À l'instar d'un narcotique, le fanatisme commence par marcher. Au début, les maux de la modernité occidentale (l'isolement des individus et l'absurdité du destin individuel) sont effectivement gommés. Mieux, ils disparaissent comme par magie. On y croit. On se sent mieux. On intègre un vrai groupe où règne une vraie fraternité. Les *Hitlerjugen*, les pionniers de jeunesse, ou les GIA recréent de vraies communautés. On y sert une « vraie » cause et l'on donne, y compris au travers du sacrifice, un « vrai » sens à sa vie. Se lever le matin en étant persuadé que l'on s'apprête à bâtir une société ou l'amour s'échangera contre l'amour ou à restaurer *hic et nunc* le Califat, c'est autrement exaltant que de passer ses journées devant un écran d'ordinateur à vérifier des chiffres de vente. Il s'agit là de tentations quasiment irrésistibles, pour des sociétés en voie de modernisation.

Ce que les Occidentaux ont du mal à admettre, c'est que le fanatisme leur révèle, comme sur un papier carbone, leur propre vulnérabilité. Sa crise passée, par un mécanisme de refoulement bien compréhensible, le zombie tend non seulement à la refouler mais n'aperçoit bientôt plus ses causes. L'*homo consumans* ne voit pas que l'extraordinaire vitalité de la modernité occidentale se paye au prix fort d'une frustration et d'une aliénation permanentes. Aristote distinguait «vivre» et «bien vivre». Les Occidentaux ne vivent mieux que parce qu'ils ont renoncé à bien vivre. Les premiers à ne plus chercher le sens de la vie seront les premiers accueillis dans le paradis capitaliste. La modernité, la science qui en est son principal moteur détruisent les cosmologies rassurantes. *A priori* donc, c'est la lucidité qui paraît l'emporter sur l'aveuglement religieux. L'explosion exponentielle des connaissances, l'ambition de modeler la nature à son image caractérisent l'Occident. Mais c'est surtout le déchaînement compulsif des activités plus terre à terre (sexe, consommation, loisirs, sport, travail, création artistique), qui marque l'originalité de notre civilisation. Parce qu'il est justement extralucide, le zombie ne peut continuer à vivre qu'en cherchant continuellement à se distraire de ce qu'il accepte de regarder en face : que son passage sur terre relève du hasard. Le zombie feint d'oublier que la modernité occidentale est une ère glaciaire, une époque glacée parce qu'égoïste mais cet égoïsme est dû à une autre cause. L'Occidental est égocentrique car il est dépourvu de finalités collectives indiscutables. Or, pour s'habituer aux basses températures métaphysiques de l'Occident, aux frimas de l'individualisme et du scepticisme il faut *avoir fait le deuil* des croyances consolantes. Cette époque a beau être plus juste, plus attrayante, plus divertissante, plus colorée que toutes celles qui l'ont précédée, le souvenir est là, entêtant, du temps où les relations entre les hommes étaient réglées par une tradition faisant écho à un vrai sens.

Le fait que les jeunes musulmans croient encore *sincèrement* à l'islam et que la modernité pénètre, chaque jour davantage, leur quotidien, leurs loisirs, leurs mœurs les rend de plus en plus nombreux à croire *fanatiquement*. Encore une fois, la consommation de masse ou la libération sexuelle n'offrent que des drogues douces en comparaison de celles proposées par le fanatisme. Remettons Marx sur ses pieds : l'ecstasy est la religion des peuples sevrés de croyance! Latifa Ben Mansour[13] décrit parfaitement ce mécanisme d'accoutumance au fanatisme : « Dès ces années, j'ai pu observer un changement chez beaucoup d'Algériens et d'Algériennes, surtout chez ceux qui revenaient du pèlerinage à La Mecque où ils avaient été endoctrinés. Ce changement se traduisait par une compulsion dans la propreté, les prières surérogatoires, l'agressivité vis-à-vis des femmes, le refus de toucher ou de serrer la main à une femme et le respect dans le rite wahabite de l'interdiction d'écouter de la musique. » Elle décrit aussi l'incompréhension de leur entourage devant la « chute » dans l'islamisme : « Lorsque l'on faisait des remarques sur des croyants fanatisés et leur changement d'attitude, les Algériens disaient : "Laisse tomber, ils sont pris par l'amour de Dieu!" Ils voyaient certains d'entre eux participer à des meetings cinq fois par jour et se rassembler les vendredis, et d'autres s'autoproclamer imams pour devenir quelques années plus tard émirs dans les maquis. » Hélas, il est à craindre qu'il faille avoir essayé cette drogue avant d'en être dégoûté. Seule la guerre, civile ou internationale, sèvre de la tentation totalitaire. Ainsi, il est fort probable que l'Iran ait viré sa cuti moderniste. Il faut espérer que l'Algérie finisse par s'apaiser. Il ne suffit donc pas que la jeunesse algéroise se connecte à l'Internet pour qu'elle soit préservée du fanatisme. La force monstrueuse de ces idéologies leur confère un irrésistible pouvoir de séduction mais elle leur permet aussi de triompher aisément de leur adversaire. Le syndrome fanatique, par excellence, c'est la paranoïa. Le propre des idéologies, c'est moins leur rationalité, leurs subtilités, elles ne sont pas faites pour ça, que leur capacité à tenir tête à la réalité.

Ainsi, croire que les islamistes seront apprivoisés par les démocrates – qui certes existent dans le monde arabe – relève soit de la mauvaise foi[14] soit de la totale méconnaissance de la «psychiatrie politique». Ce n'est pas par pur cynisme que nazis ou communistes bernaient les «idiots utiles» mais parce qu'ils étaient poussés par une force intérieure, par une croyance fanatique. L'incrédulité était naturelle face à Hitler car son système était délirant. Il l'était en effet mais ce qu'il fit, une fois arrivé au pouvoir, ne le fut pas moins. Que beaucoup aient eu du mal à croire qu'une dictature du prolétariat puisse durablement s'installer dans une Russie à 90 % paysanne, quoi de plus normal ? Le réel ne décourage pas le fanatique, il se fait fort de lui courber l'échine. Les Bolcheviques tentèrent d'ériger un mur pour stopper les vents polaires et les nazis ouvrirent des *lebensborn* où ils espéraient enfanter l'homme nouveau. De même, on comprend l'étonnement d'un Gilles Kepel face à ce «monsieur Ben Laden». Son idéologie paraît boîteuse, sa démarche absurde. Hélas, sa folie le rend redoutable car elle pourrait rencontrer celle des peuples. Cette paranoïa explique, sans doute, que les fanatiques les plus durs triomphent toujours des plus mous. Les Jacobins balayent les Girondins, les SS l'emportent sur les SA, les Bolcheviques sur les Mencheviks, le GIA sur l'ALS…

Les islamologues ont-ils conscience de la nature potentiellement totalitaire du phénomène qu'ils étudient quand ils espèrent que les «barbus» modérés triompheront des plus durs? Tromper les démocrates pour prendre le pouvoir, c'est exactement ce qu'a tenté et réussi Khomeyni.

En définitive, l'argument le plus solide justifiant l'optimisme des orientalistes est bien l'essoufflement de la révolution iranienne. On relèvera au passage une nouvelle contradiction : la plupart des islamologues nous assurent que des facteurs tout à fait spécifiques expliquent que la Perse soit le seul pays où l'islamisme révolutionnaire ait pu tenter sa chance. Dans ce cas pourquoi chercher en Iran les clés de l'avenir? Passons sur cet accroc logique, le plus invraisemblable dans leur argumentation, c'est que celle-ci passe sous silence deux faits aussi énormes qu'inquiétants. Le premier, c'est qu'il a fallu attendre plus de vingt ans avant de voir le fanatisme reculer! Le second, c'est que, dès le départ, les capacités d'exportation de la révolution iranienne étaient limitées.

Le *containment* de la révolution khomeyniste par l'Arabie Saoudite, le Pakistan et les États-Unis a certes réussi. La révolution au Sud, tant espérée à Téhéran, n'est pas plus venue que celle qu'attendait Trotski à l'Ouest. Après avoir martyrisé sa jeunesse sur les champs de bataille, lui avoir offert[15] en pâture les femmes «immodestes», l'assassinat symbolique de Salman Rushdie, le régime s'épuisa. Il dut se résoudre à laisser apparaître son échec au grand jour. La « descente » commençait. On relèvera d'abord que cette phase ne peut débuter qu'une fois, le ou les principaux chefs charismatiques ont disparu. « Mais que croyez-vous qu'il advint ? interroge Bruno Étienne croyant sans doute rassurer son lecteur, l'imam Khomeyni mourut et il fallut revenir à la realpolitik ! » On cherche en vain ce que ce constat peut bien avoir de rassurant ! Il fallut en effet attendre que Staline, Robespierre ou Hitler meurent pour retourner à la *real politik* ! Ben Laden, lui, risque d'être encore vivant. Avec le temps, l'effet du fanatisme s'estompe. Mais ne peut-on prévoir à l'avance qu'un délire paranoïaque ne vous apportera rien de bon ?

Qui serait assez fou, en effet, pour se droguer s'il n'en éprouve pas le besoin ? Mais est-ce que le spectacle pitoyable de pauvres hères édentés et sidéens empêche qui que ce soit de « tomber » dans l'héro ? De même, croire que la désillusion iranienne servira de leçon aux Palestiniens, aux Jordaniens, aux Égyptiens, aux Koweïtiens, aux Libanais, c'est ignorer de quels matériaux les sociétés sont faites : d'êtres humains !

À côté de cette omission (il aura fallu vingt ans de massacres, de déstabilisation et de guerre avant que le fleuve iranien ne retourne dans son lit), il en est une autre infiniment plus fâcheuse. En effet, la forme revêtue par la révolution iranienne fut très spécifique, nul n'en disconvient. Le débat est ouvert afin de savoir si ces conditions peuvent se trouver réunies ailleurs ou, même, si elles sont indispensables au succès d'une révolution islamique. Par contre, il est aisé de montrer que le régime des Pasdarans était très difficilement exportable. Ce n'est pourtant pas faute d'avoir essayé !

Le zombie et le fanatique

Prise d'otages à La Mecque, financement tous azimuts des tentatives de déstabilisation, captation de courants islamistes dans d'autres pays : la révolution des mollahs aura tout tenté pour déborder de ses frontières ! Or, le khomeynisme ne pouvait qu'échouer. En effet, l'Iran parle farsi et la langue sacrée de l'islam est l'arabe.

De ce seul fait, la Perse se trouve à la périphérie de l'*oumma*. Cette situation excentrée n'a pas empêché les Pakistanais de théoriser le *revival* de l'islam moderne ni les Turcs de diriger le dernier Califat. C'est surtout la nature de l'islam chiite pratiqué en Perse qui constituait un obstacle insurmontable à l'extension de la révolution iranienne. Chiite vient de «*Chiat'Ali*», partisan d'Ali, gendre du Prophète qui revendiqua une succession finalement captée par les sunnites. Sunnite signifie «orthodoxes», conformes à la *sunna*. Pour déstabiliser l'*oumma*, à 90 % sunnite, et créer une véritable révolution islamique mondiale, il faut donc être sunnite et non chiite. En dehors de quelques cas isolés, comme le mouvement tunisien Al Nahda, dont le leader Ghannouchi fut formé en Iran et qui prônait le rapprochement entre sunnites et chiites, le khomeynisme n'a réellement essaimé qu'au sein de la communauté chiite libanaise[16]. Comme frein à la diffusion de la révolution iranienne, il faut ajouter une vieille inimitié entre Perses et Arabes. Car ce n'est pas n'importe quelle minorité qui, dès 1979, appela à la révolution au nom du Prophète, il s'agit de l'ennemi historique des Arabes. C'est en se fondant sur cet antagonisme mais aussi sur cette plaie mal cicatrisée qui divise l'islam entre chiites et sunnites que l'Arabie Saoudite et l'Occident ont bordé la révolution irannienne. La *muslim belt*[17] sunnite au nord, avec le Pakistan et l'Afghanistan, et, au sud, avec l'Irak et l'Arabie Saoudite a bloqué l'expansionnisme chiite. Le *containment* a fonctionné mais il a aussi préparé la prochaine étape : l'émergence d'un courant révolutionnaire au sein de l'islam sunnite, c'est-à-dire au centre même de l'*oumma* : en Arabie Saoudite.

Car si la révolution iranienne faisait songer à la révolution soviétique (avec sa problématique de la révolution dans un seul pays) ou à la grande Révolution française, qui elles aussi, suscitèrent de puissantes coalitions pour freiner leur propagation, l'islamisme révolutionnaire sunnite arabe fait plutôt songer au fascisme ou au nazisme. Comme ces deux forces, il est né d'un sentiment d'humiliation nationale. Comme elles, il aspire à réussir là où échouèrent des réactions aidées par l'étranger (le nationalisme prussien ou italien), des modernités blessantes (la République de Weimar) ou, pire, menaçantes pour les intérêts établis (la révolution rouge dans les Pouilles ou en Bavière). Comme le fascisme ou le national-socialisme, le benladenisme s'appuie sur des forces réactionnaires pour mieux les subvertir. Croit-on qu'en poussant les princes saoudiens à la démocratisation, on minimisera ce risque ? Imagine-t-on qu'en pressurisant les peuples, en aidant les dictateurs en place, on conjurera sa menace ? Le risque idéologique est bien là. Avec ou sans Ben Laden qui n'est peut-être que son *D'Annunzio*[18], un redoutable nazislamisme sunnite et arabe s'est dressé.

Ce spectre hante désormais le Moyen-Orient. Toutes les puissances du vieil Occident se sont unies en une sainte alliance pour le traquer.

Chapitre VI

Maudites alliances
Le risque géopolitique

> « Une fois que vous avez trouvé qui est l'ennemi, vous pouvez le tuer. Mais ces gens ici m'induisent en erreur. Qui me blesse ? Qui abîme ma vie ? Dites-moi à qui rendre les coups. »
> V.S. NAIPAUL, *In a Free State*.

« Israël n'acceptera jamais le sort de la Tchécoslovaquie ! » tempêta Ariel Sharon quelques semaines à peine après la tragédie du 11 septembre. Au moment où, sur son sol, l'allié américain venait de ressentir dans sa chair les effets du fanatisme qui le happe chaque semaine, l'État hébreu insinuait que George Bush pourrait se glisser dans les habits de Neville Chamberlin : paranoïa d'un peuple rescapé de la Shoa ? Non. La vraie raison de cette crainte, c'est qu'elle n'est peut-être pas infondée. Israël ne faisait qu'extrapoler les possibles conséquences du 11 septembre. Si le Premier ministre mettait ainsi en garde Washington contre la recherche d'un *apeasment* avec l'islamisme, c'est que le milliardaire saoudien aurait bien pu l'y contraindre. Que Ben Laden survive ou non à la vendetta lancée contre lui, le cauchemar stratégique qu'il incarne lui survivra.

LA DIAGONALE DU FOU

S'attaquer à la première puissance du monde en lui infligeant des pertes si lourdes qu'elle ne pouvait que mettre sa tête à prix, la « tactique Ben Laden » paraît à tout le moins déroutante. Car si l'opération du 11 septembre est une réussite technique exemplaire, elle semble inspirée par un calcul d'une insondable bêtise. Incontestablement, pour faire ce qu'Oussama Ben Laden a fait, il fallait y « croire ». L'hyperterroriste apparaît donc comme un criminel mystique espérant gagner l'autre monde en emportant avec lui le maximum de mécréants.

Sinon que peut bien vouloir le commanditaire du 11 septembre qui n'a même pas daigné revendiquer son acte ? Admettons que le chef d'Al Qaeda ait ainsi déclaré une guerre à l'Amérique, quels sont ses buts, où est son ultimatum ? Plusieurs déclarations de belligérance ont bien été rédigées par Oussama Ben Laden. Pour comprendre la genèse de ces documents, il faut remonter à plus d'une décennie en arrière. En 1989, ce personnage clé[1] du conflit afghan est suffisamment inquiétant pour que Ryâd le prive de passeport. On

Maudites alliances

lui reproche déjà d'allumer partout le *djihad*. Cela ne l'empêche pas, deux ans plus tard, alors que l'invasion de l'«apostat laïque», Saddam Hussein, menace la péninsule, de proposer ses services au roi Faddh. Celui-ci décline l'offre, préférant faire appel aux États-Unis dont les soldats (avec d'autres chrétiens et juifs de la coalition) foulent la terre du Prophète. Scandalisé, Ben Laden rédigera, en juillet 1992, une vigoureuse protestation à l'intention de la Cour : c'est le mémorandum d'admonestation. Ce texte énonce clairement sa première exigence : les *boys* doivent plier bagage! Quatre ans plus tard, celle-ci n'étant pas satisfaite, il se félicitera de l'attentat qui va coûter la vie à 19 soldats américains sur la base de Khobar. En août 1996, il rédige une manière d'ultimatum contre les Américains sous-titrée : «Expulsez les polythéistes de la péninsule Arabique.» Ce texte marque un tournant puisqu'il appelle cette fois à la création d'un «État islamique» dans la péninsule et appelle l'armée du royaume à désobéir.

En février 1998, il crée le Front islamique international[2] contre les juifs et les croisés dont la charte fondatrice précise : «Chaque musulman qui en est capable a le devoir de tuer les Américains et leurs alliés, civils et militaires, dans tous les pays où cela est possible.» Sa guerre devient mondiale. Le 7 août, date anniversaire de l'arrivée des GI en Arabie Saoudite, des bombes explosent devant les ambassades américaines de Dar es-Salam (11 morts et 85 blessés) et de Nairobi (213 morts). L'étape suivante sera franchie à la fin de l'été 2001. Dans des cassettes vidéo diffusées depuis le 11 septembre, sa stratégie semble encore se diluer : il s'agit désormais d'établir un califat mondial. S'il ressort de cette énumération que Ben Laden tient parole dès qu'il s'agit de faire couler le sang, on n'aperçoit toujours aucun plan réaliste. Comme l'écrivait Gilles Kepel[3] avant la tragédie new-yorkaise : « Poèmes guerriers et invocations à Allah concluent des pages où l'emphase dans l'anathème le dispute à la faible crédibilité de la stratégie envisagée. » Le Saoudien, dans ses différentes productions, ne cesse de comparer son *djihad* à celui remporté contre l'URSS. Immédiatement, l'esprit cartésien bondit. La guerre sainte contre les Russes bénéficiait de l'aide logistique et de l'armement fournis par la CIA, de la base arrière et de l'engagement total des Pakistanais, du soutien financier inconditionnel des Saoudiens. À présent, comment l'intégriste peut-il espérer vaincre seul Washington ? Au contraire, s'il avait pu jusqu'ici passer à travers les mailles du filet, c'est qu'il possédait un sanctuaire.

Sa folie avait déjà contraint son protecteur soudanais à l'expulser. Cette fois, le régime qui lui donnait asile à Kaboul a été purement et simplement pulvérisé. Logiquement, les États susceptibles de le cacher ne devraient plus se bousculer. Ben Laden a fait tellement de bruit le 11 septembre, qu'il a sûrement perdu ses derniers appuis à Ryiâd. Le temps du double jeu paraît définitivement révolu. Terminée l'époque où les princes saoudiens pouvaient mettre des bâtons dans les roues du FBI. La remise à plat vise également ses complices pakistanais. Musharraf a d'ailleurs immédiatement épuré ses services. C'est tout ce système de clair-obscur qui poussait les États-Unis à tolérer le développement de l'intégrisme que la démesure de Ben Laden a fait voler en éclats. Ce mariage de raison entre Washington et islamisme sunnite avait été conclu en

1977. Arrivé au pouvoir cette année-là, le général Zia vend aux Américains sa théorie de la « ceinture islamique ». Cette *muslim belt* sera utilisée contre l'URSS puis contre l'Iran (l'islamisme sunnite réactionnaire contre l'islamisme chiite révolutionnaire). La menace irakienne et le grand jeu sur la Caspienne lui permettront de rester attachée quelques années. Elle saute brutalement le 11 septembre. Ben Laden a trop lu Tom Clancy. Il aurait été mieux inspiré de se plonger dans le cardinal de Retz : « On ne sort de l'ambiguïté qu'à son détriment. » En admettant que la conquête de l'Arabie Saoudite forme le noyau dur de sa stratégie, cet objectif paraît plus inaccessible que jamais. Le Saoudien dispose encore de puissants relais financiers, d'innombrables complicités et d'un inquiétant réseau de « dormants » mais il ne peut s'appuyer sur aucune « centrale ».

Abou Nidal comme Carlos avaient, eux aussi, réussi à monter une internationale de la Terreur mais ils pouvaient compter sur le soutien de plusieurs capitales et même d'une superpuissance. Aujourd'hui, quel État serait assez fou pour favoriser une idéologie capable de miner l'équilibre international ? Dans les pires cauchemars des dirigeants américains, il n'existe guère plus que deux ou trois « hors la loi » tels que Saddam ou Kim-il-jong qui pourraient s'y risquer. L'hyperterrorisme privé d'Al Qaeda ne menace pas simplement l'hégémonie américaine ou les régimes musulmans modérés, il sape les fondements étatiques de l'ordre mondial. C'est d'ailleurs pourquoi l'Europe et le Japon, bien sûr, mais aussi la Russie, l'Inde, la Chine et même le Soudan et la Lybie, se rangèrent derrière George Bush. À présent, sans argent, sans État, avec le reste du monde aux trousses, comment l'islamiste compte-t-il s'en sortir ? Le fait qu'il ait pu s'extraire vivant de son repaire de Tora Bora ne démontre pas le contraire : Ben Laden est en sursis.

Hélas, le fait qu'Oussama soit ou non en vie importe peu. Car depuis le 11 septembre, sa « vision géopolitique » paraît, quant à elle, de plus en plus vivante. Le djhadiste a bien une stratégie cohérente. Folie furieuse dans les buts, économie rigoureuse des moyens : Alexandre Adler[4] a parfaitement raison de souligner que la démarche de Ben Laden n'est pas sans rappeler celle d'Hitler.

Exactement comme le fit le Führer, le Saoudien exploite avec une habileté démoniaque les contradictions de l'adversaire. Hier, la Grande-Bretagne et la France prônaient un droit des peuples... inapplicable aux Sudètes.

Les États-Unis prônent aujourd'hui l'application des droits de l'homme en Asie centrale et au Proche-Orient. Or, de Tanger à Islamabad, les alliés des Occidentaux ont partout des dictatures. Les démocratiser ? C'est évidemment prendre le risque de voir de monstrueux Alladins intégristes sortir des urnes, comme en Algérie en 1988. Parfaitement conscient de ce risque, le directeur du *Courrier international*[5] écrit : « Après Moubarak – certes peu intelligent et corrompu – c'est le déluge ! Il faut donc préserver Moubarak. Ce que beaucoup d'intellectuels algériens n'osent pas dire, c'est qu'il faut préserver les militaires algériens. Beaucoup d'intellectuels tunisiens regardent à deux fois avant d'exprimer tout le mépris qu'ils éprouvent pour Ben Ali, parce qu'ils préfèrent finalement Ben Ali à Rachid Ghannouchi, le chef des islamistes en exil

Maudites alliances

à Londres. Et on a beau savoir que le roi du Maroc n'est pas un grand réformateur, on le préfère encore à cheikh Yassine, doctrinaire de l'intégrisme marocain. Les intellectuels ont établi un pacte tacite et honteux avec des États qu'ils n'approuvent pas mais qui représentent pour eux un moindre mal.» Ce pacte faustien, c'est l'Occident tout entier qu'il engage. Cette tactique est d'autant plus efficace que Ben Laden sent que les régimes en place ont épuisé leur légitimité historique. Sa démarche repose sur un constat, hélas, fort lucide : tous les gouvernements arabes dits modérés sont fragiles. Certains sont même prêts à tomber comme des fruits mûrs. Aucun n'est à l'abri d'un coup d'État, d'une révolution de palais ou d'une révolution tout court. Corruption, répression, alignement sur une politique occidentale jugée inique à l'égard des Palestiniens, agression culturelle : ces facteurs, pris ensemble ou séparément, suscitent, dans les opinions publiques, une immense frustration. Si l'on ajoute que la plupart des capitales arabes sont dirigées par des minorités[6] (religieuses ou ethniques), par des dirigeants *inexpérimentés*[7] ou, au contraire, prêts à *expirer*[8] – Ben Laden sait les jours de tous ses ennemis comptés. Les images de Manhattan en flammes étaient donc, avant tout, destinées aux masses musulmanes. Effarantes sur CNN, elles deviennent consolantes sur El Djezira. Le message subliminal diffusé en boucle par son clip de propagande c'est le slogan du président Mao : « Bombardez les états-majors, renversez les dictateurs qui vous oppriment!» Un tel mot d'ordre trouve un écho singulier en islam. «Chassez les tyrans apostats et les usurpateurs», tel est précisément ce que préconise le Coran, mieux, c'est exactement ce que fit Mahomet. Au pied d'un arbre, adossé à une grotte, dans ses vidéos, Ben Laden pose systématiquement dans des décors qui rappellent ceux du Prophète. Son premier objectif est donc bien de jouer la « rue arabe ». Ce calcul s'applique parfaitement au Maghreb et au Machrek mais il vise en fait à coucher deux pièces maîtresses du jeu américain : Islamabad et Ryiâd ! Comme Hitler, Ben Laden excelle aussi à exploiter les failles diplomatiques de l'ennemi. Le fait que le commandant Massoud ait été exécuté le 9 septembre par ses hommes prouve assez que le dirigeant d'Al Qaeda s'attendait à une riposte américaine, peut-être même comptait-il sur l'invasion de l'Afghanistan pour servir ses desseins ?

Enliser l'Amérique dans un interminable *djihad* ? Il a dû y songer. Il devra y renoncer. Imaginons qu'il ait simplement voulu gagner du temps en affaiblissant l'Alliance du Nord par l'assassinat de son chef et qu'il ait anticipé la chute des Talibans. Le scénario est plausible. Mais dans quel but sacrifier le régime de son ami et parent le mollah Omar ? Il suffit pour le comprendre de rappeler que l'Afghanistan des Talibans était la créature des services secrets pakistanais. Ce pays servait de « profondeur stratégique » à Islamabad face à l'Inde. Inversement, un rapprochement entre Kaboul et Delhi ne pouvait manquer d'alarmer un Pakistan alors pris en tenailles. Or, le moins que l'on puisse dire, c'est que les relations entre le nouveau pouvoir afghan et le Pakistan paraissent nettement plus « fraîches » qu'elles ne l'étaient du temps des étudiants en théologie. La première partie du plan Ben Laden semble en passe de se réaliser. Les Talibans appartiennent en effet à la même ethnie pachtoune que 12 % des Pakistanais, ceux-là mêmes qui forment le gros des rangs islamistes dans ce pays. Les pachtounes (qui sont les Pathans au Pakistan) fournissent surtout près de 20 % des effectifs de l'armée et bien davantage des rangs de l'ISI, les services pakistanais. Chasser les Pachtounes ultras de Kaboul et y faire revenir leurs ennemis, c'était rendre possible, soit l'éclatement du Pakistan avec la sécession de sa façade nord-ouest, soit le putsch d'officiers islamistes furieux du lâchage des Talibans. Ben Laden a donc joué au billard : il touche l'Amérique qui rebondit sur l'Afghanistan qui ricoche sur le Pakistan. Or, cette dernière boule peut lui rapporter gros, très gros même. Explosion ou putsch, dans les deux cas, l'islamiste peut en profiter pour mettre la main sur l'arsenal nucléaire pakistanais. La bombe étant en effet aux mains des services de renseignement. Et sans même contrôler directement un «Pathanistan» ou un Pakistan islamiste, la situation, ainsi créée, déstabiliserait le monde entier. La guerre avec l'Inde (potentiellement nucléaire) deviendrait quasiment inévitable et l'intervention de la Chine ou des États-Unis, probable. Le limogeage du chef de ce fameux ISI (*Inter Service Intelligence*) – que les Pakistanais appellent *Invisible Soldier of Islam* – prouve assez que Ben Laden ne s'était guère trompé. On n'en est pas encore là mais ce qui le, 10 septembre, était inimaginable est, depuis le 11, devenu une hypothèse menaçante.

Cette fragilisation du Pakistan rapproche dangereusement Ben Laden de son objectif numéro un : La Mecque ! Comme le rappelle fort justement Alexandre Adler, tout ce qui marche en Arabie Saoudite fonctionne grâce au Pakistan. Ce sont des Pakistanais qui protègent les lieux saints, qui construisent les usines, qui forment les pilotes. À l'inverse, ce sont les capitaux saoudiens qui permettent au Pakistan de boucler ses fins de mois. Les deux pays sont si proches qu'en 1977 le général Zia Ul Haq avait été jusqu'à rebaptiser une ville de la façade maritime Fessalabad, du nom de l'ancien souverain d'Arabie Saoudite. Il ne faut pas non plus perdre de vue que le Pakistan est, avec l'Égypte, l'autre berceau *revival* de l'islam. C'est là que sont nés les Frères musulmans, c'est là que Mawoudi avait théorisé, dans les années soixante, l'intégrisme tel que le conçoit Ben Laden. C'est là encore que les Saoudiens finançaient leurs bonnes œuvres en construisant les madrasas, ces écoles coraniques d'où partirent les Talibans.

Mais surtout, on le sent, depuis ces attentats, une page est définitivement tournée entre Washington et Riyad. La situation se dégradait continuellement depuis plusieurs années. La crise du 11 septembre, en crevant l'abcès, aura révélé à quel point il était purulent. À la fin du mois d'août 2001, soit quelques jours à peine avant l'offensive d'Al Qaeda, le prince Turki, ministre de l'Intérieur et, à ce titre, patron du renseignement, était congédié par le roi Fadh. Une coïncidence d'autant plus troublante que les « démissions » de princes sont rarissimes. Or, Turki connaît personnellement[9] Oussama Ben Laden. Le *Financial Times* s'était étonné qu'en juillet 2001, le prince Al-Walid ait soudain liquidé toutes ses actions américaines. Pas moins de cinquante Saoudiens sont retenus à Guantanamo. Sur les 15 pirates de l'air, 5 étaient saoudiens. Il n'est peut-être pas inutile de feuilleter leur dossier. Deux des kamikazes, Nawaf et Salem El Hamzi, étaient les frères d'un officier supérieur de la police des Seoud. La biographie d'un troisième, Majid Moqed, nous apprend qu'il est le fils d'un important chef de tribu du royaume. Moqed était également le proche parent d'un des fanatiques ayant occupé La Mecque en 1979. Intéressante filiation qui nous rappelle que la pétromonarchie avait déjà vacillé. Le 20 novembre 1979, une centaine de *djihadistes* en armes déclenchaient une insurrection dans la Grande Mosquée. Ce n'est que le 5 décembre, et après l'intervention du GIGN, que le commando fut définitivement neutralisé. L'Arabie Saoudite est donc bâtie sur du sable. Surtout, le royaume est en butte, depuis plus de vingt ans, à d'incessantes agressions [10]. Rien ne permet de prévoir que la monarchie survivra à l'onde de choc créée par le 11 septembre. Que l'on songe qu'entre le moment où le premier soldat de l'opération *Desert Storm* posa le pied sur la terre des deux lieux saints et l'agression d'Al Qaeda, dix ans se sont écoulés. Qui contrôlera l'Arabie dans dix ans? Il n'est que de relire l'avertissement [11] d'Abd-el-Aziz Ibn Séoud, le fondateur de la monarchie, pour réaliser que dans la péninsule, tout est désormais possible : «Mon royaume ne survivra que dans la mesure où il demeurera un pays d'accès difficile, à la vie rude et inconfortable, et où l'étranger, fût-il musulman, n'aura d'autre aspiration, sa tâche accomplie, que de le fuir [...] Mais qu'adviendra-t-il du royaume lorsqu'il sera la proie d'experts, d'administrateurs étrangers, plus prompts à condamner nos modes de vie ou de pensée qu'à nous apporter le concours de leurs techniques?»

S'emparer de La Mecque ou d'Islamabad représente donc un but réaliste pour Ben Laden. Si l'un et l'autre de ces objectifs venaient à être atteints, les conséquences seraient absolument incalculables pour l'Occident. Dans les deux cas, l'islamisme révolutionnaire sunnite aurait fait main basse sur deux incomparables instruments de chantage : le pétrole ou l'arme nucléaire. Dans les deux cas, nous passons sous ses fourches caudines, peut-être même sous celles du diable.

En effet, qui pourrait garantir au monde libre qu'un régime sunnite extrémiste n'utilisera pas l'arme énergétique pour répandre l'islamisme le plus virulent ? Dans les autres capitales arabes d'abord et dans le reste de l'*oumma*, voire partout où vivent des communautés musulmanes, on verrait une contagion révolutionnaire, comme ce que tenta l'Iran chiite mais dans une version arabe et sunnite. Un régime révisionniste à Ryiâd contrôlerait les lieux saints. Les deux millions et demi de pèlerins annuels seraient à la merci de sa propagande. Extension religieuse donc mais aussi extension territoriale puisque le contrôle de la chaîne du Hedjaz et celui des grandes plaines de l'Arabie autorise celui de toute la Péninsule. On assisterait probablement à un effet de dominos qui verrait d'abord tomber les pétromonarchies (Qatar, Oman), puis le Yémen et enfin la Jordanie, la Syrie, le Liban et... La suite serait difficilement imaginable. Mais l'arme pétrolière aux mains des islamistes leur permettrait d'acquérir un potentiel offensif que pourraient leur fournir des États peu regardants comme la Chine ou le Pakistan. La destruction d'Israël deviendrait vite une tentation. L'appel au soulèvement des Arabes d'abord puis à celui de l'ensemble des Sunnites n'aurait d'ailleurs aucune raison de s'arrêter en si bon chemin. Au sud, l'Égypte, la Libye, la Tunisie, l'Algérie, le Maroc seraient dans la ligne de mire. Au nord, l'Irak serait clairement une cible mais également les États d'Asie centrale et au-delà, tout le *Dar-el-Islam* asiatique jusqu'en Malaisie. Le rétablissement du califat n'est-il pas l'objectif de Ben Laden ? On arguera qu'un tel projet butterait sur les réalités nationales ou tribales et l'on a raison.

Toutefois, il ne faut pas perdre de vue que l'islamisme, comme toute idéologie totalitaire, est tenté de fuir la réalité. À l'évidence, on réalise que l'Occident ne pourrait se permettre d'abandonner l'argent du pétrole entre des mains révolutionnaires. Le seul moyen de récupérer les hydrocarbures consisterait à lancer une opération terrestre afin d'en regagner physiquement le contrôle. Écraser militairement une Arabie révolutionnaire serait extrêmement imprudent, une victoire totale sur l'ennemi quasiment impossible.

On ne pourrait, en effet, réserver à Ryiâd le sort qui fut celui de Berlin ou de Tokyo car on s'attaquerait alors au berceau de l'islam. La majorité du monde musulman est encore préservée de l'islamisme extrême mais le bombardement de la terre des lieux saints déclencherait, pour le coup, une authentique guerre des civilisations. La seule option restant ouverte consisterait (les plans existent) à détacher la zone pétrolifère de la côte du reste du pays et à créer un protectorat américain aisément manipulable. Même cette hypothèse mesurée ne manquerait pas d'embraser idéologiquement l'ensemble du monde arabe et musulman. L'hégémonie économique de l'Occident, la globalisation *soft* se transformerait alors en domination *hard*. L'Occident serait en effet contraint de violer intégralement ses propres principes. Une situation désastreuse qui ne serait pourtant qu'un moindre mal en comparaison de ce qui pourrait arriver si le milliardaire parvenait à mettre la main sur la bombe.

Si Oussama s'emparait de l'arme pakistanaise, la situation serait alors entièrement verrouillée sur un plan stratégique. L'islamisme deviendrait intouchable. De cette forteresse inexpugnable qu'offrirait un Pakistan sanctuarisé, Ben Laden aurait tout loisir pour préparer l'avènement de son califat. La détention de l'atome lui conférerait un immense prestige. L'armement nucléaire d'Islamabad mériterait alors vraiment son qualificatif de « bombe islamique ». Une nouvelle guerre froide se mettrait-elle en place ? Pas vraiment. Le Pakistan ne serait pas de taille à surenchérir comme le fit l'URSS face aux USA. Sa crédibilité résiderait alors moins dans une course aux armements qu'il aurait perdue d'avance que dans une perpétuelle démonstration de sa détermination. L'Occident revivrait alors périodiquement la crise des missiles de 1962. Chaque trimestre, le monde serait au bord du gouffre. En admettant qu'un régime révolutionnaire se montre alors parfaitement rationnel, le système stratégique ainsi créé serait infiniment plus instable que celui de la guerre froide. Il ne faut d'ailleurs jamais oublier que l'URSS n'eut accès à la *bombe*[12] qu'une fois sa révolution refroidie. Imaginons qu'un Trotski ait détenu l'arme suprême, « les Bolcheviques + l'atome » auraient joué à plein sur l'audace qui sépare le révolutionnaire du conservateur, l'adversaire du partisan du *statu quo*, le fanatique du zombie. L'efficacité de la dissuasion paraît bien être une fonction croissante de la proximité idéologique de ses acteurs.

Plus les façons de penser, les buts, les objectifs, bref tout ce qui peut conditionner les réactions de l'adversaire, sont lisibles et plus la confiance est forte et le modèle stable. Si le matérialiste Krouchev terrorisa le monde en martelant « nous vous enterrerons » et en frappant le pupitre de l'ONU avec son soulier, on imagine sans peine l'effet que produirait un fou d'Allah, croyant en la vertu du martyr, persuadé d'assurer son salut en embrasant l'univers. Reprenons notre fonction dissuasive et précisons son résultat. Incapable de prévoir les réactions de Ben Laden, l'Ouest renoncerait, à plus ou moins long terme, à brandir toute menace contre lui. L'islamiste se comporterait alors comme si aucune épée de Damoclès n'était suspendue au-dessus de sa tête. L'atome égalise. Mais l'atome plus le fanatisme déséquilibre. La dissuasion du fou au fort tue la dissuasion. Admettons que le monde ait eu chaud, le baromètre géopolitique semble toutefois redescendu. La catastrophe a peut-être été évitée de justesse mais s'éloigne à présent. Le pari de Ben Laden n'était pas si insensé ? Il est en tout cas perdu. Son plan n'a pas fonctionné jusqu'au bout. Le Pakistan tient bon et l'Arabie Saoudite n'est toujours pas aux mains d'incontrôlables djiadistes.

Échec et mat

Paradoxalement, depuis le 11 septembre, on pourrait croire que la planète est devenue plus stable. Cette « grande peur » de la mondialisation aura peut-être exercé des effets modérateurs sur un unilatéralisme américain excessif et sur une globalisation sapant progressivement l'ordre *westphalien*[13] des États. La tendance qui prévalait jusqu'au 11 septembre rendait plausible une nouvelle guerre de Trente Ans dont

François Heisbourg[14] rappelle qu'elle vit « l'affrontement d'État le plus souvent inachevé, les solidarités religieuses et dynastiques l'emportant [...] sur le sentiment d'adhésion à un pays ». Le risque Al Qaeda aura permis de freiner ce processus de déréliction. En rappelant à la communauté internationale le caractère vital pour la préservation de la paix de la souveraineté, la nébuleuse Ben Laden aurait ainsi involontairement renforcé l'ordre mondial. Elle aura, en tout cas, permis à tous les États de se sentir solidaires face à ce péril. À l'avenir, les flux financiers seront davantage surveillés. Désormais conscients de la nécessité de pouvoir compter sur des alliés fiables, les États-Unis ménageront les puissances moyennes. Le monde tend à devenir un endroit plus sûr, on s'en persuade facilement en constatant la réaction de Delhi, Moscou et Pékin au lendemain de l'agression. La veille du 11 septembre, ces trois capitales étaient toutes en situation de rivalité face à Washington. Le jour de la tragédie, le Président Vladimir Poutine téléphona à son homologue américain pour lui témoigner sa sympathie mais aussi pour lui donner des preuves concrètes de sa solidarité. En effet, Moscou mettra à la disposition de l'état-major américain des bases en Asie centrale. Par tous les moyens, la Russie tentait d'empêcher les Américains de détourner le trafic énergétique depuis la Caspienne.

Pétrole et gaz de l'Asie centrale risquent d'être exploités en commun par des compagnies russes et anglo-saxonnes. Plus incroyable encore, Moscou a levé son veto sur le projet américain de guerre des étoiles. Ses réticences étaient pourtant juridiquement fondées car le traité ABM de 1972 interdisait aux deux parties de développer un système de contournement de la dissuasion adverse. Or, cet instrument était nécessairement vidé de sa substance par le bouclier spatial. Surtout, le décrochage technologique et financier de Moscou dans la course aux armements avait transformé son potentiel nucléaire en feuille de vigne stratégique. Son statut de puissance ne tenait plus qu'à ce fil arraché par la technologie antimissile américaine. Depuis le 11 septembre, non seulement la Russie ne fait plus obstacle à la mise au point d'un système antimissiles mais, mieux, elle souhaite s'y associer. Ce qui, hier encore, formait une pomme de discorde majeure entre les deux pays devient, grâce à Ben Laden, un sujet de coopération. Redoutant par-dessus tout un Pakistan, bon an mal an allié aux États-Unis, cherchant à se doter d'une marine hauturière, Delhi se heurtait encore jusqu'à très récemment aux intérêts américains. Lorsque, dans les jours qui suivirent le 11 septembre, la Maison Blanche assura le gouvernement indien que l'Amérique se tenait prête à neutraliser les bases pakistanaises si Moussharraf était renversé par un pro Ben Laden, l'Inde a pu souffler. Là encore, le péril commun créa une alliance de fait. Enfin, Pékin se rapprocha également de Washington, entrant dans ce qui ressemble étonnamment à une sainte alliance dirigée contre l'ogre barbu !

Quant à la Chine, elle fut satisfaite de ce que les États-Unis comprennent enfin le danger islamiste qu'elle encourt au Xinjiang. Aussi, après l'attaque d'Al Qaeda, elle n'a pas montré cette attitude de défiance qui fut la sienne pendant la guerre du Golfe. Aucune de ces trois puissances n'a oublié au passage de demander son pourboire à G. Bush. Et acculée comme elle l'était, l'Amérique leur accorda de bonne grâce.

Poutine se vit ainsi reconnaître le droit de faire la police en Tchétchénie sans craindre d'être sermonné par le Département d'État. Vajpapjee obtenait de ne plus avoir à subir de pression dans son contentieux avec Islamabad. La question du Cachemire ne serait pas internationalisée comme le demandait le Pakistan. Quant à Pékin, il n'entendra plus pendant longtemps les officiels américains parler de droits de l'homme, ni au Tibet, ni ailleurs. Surtout, la Chine n'a plus à redouter l'US Navy dans le détroit de Formose. Avec un Ben Laden dans la nature, les États-Unis n'oseront plus faire perdre la face à la Chine dans son bras de fer avec Taiwan. Et ces trois rivaux potentiels devenus des alliés ne sont pas les seuls à avoir engrangé les dividendes du 11 septembre. S'il a dû montrer de sérieux gages de sa bonne volonté, le Pakistan aura vu sa dette extérieure rééchelonnée et les *sanctions*[15] contre lui, levées. Plus surprenant encore, plus ironique surtout, hier encore considérée comme un irréductible ennemi de l'oncle Sam, Téhéran serait en passe de revenir en odeur de sainteté. Ironique quand on songe que l'installation des Talibans n'avait été envisagée que parce qu'elle permettait aux fameux oléoducs de contourner le territoire iranien.

Les mollahs se sont considérablement assagis depuis la montée en puissance des modérés à Téhéran. La Perse offre aux États-Unis un incomparable avantage : c'est la seule nation musulmane à avoir « viré sa cuti » révolutionnaire. Avec Ankara, Téhéran paraît bien être devenu la capitale la plus solide et la plus légitime du Proche-Orient. Mais Téhéran dispose également d'autres atouts. Le pays offre une voie de passage alternative pour acheminer pétrole et gaz vers l'Occident.

Maudites alliances

Surtout, la Perse est elle-même productrice d'hydrocarbures. L'Iran offre donc une double garantie contre un possible chantage pétrolier à Riyad. Grâce au 11 septembre, Téhéran risque de trouver l'ouverture que le Président Khatami cherche depuis plusieurs d'années. Les chiites peuvent remercier Ben Laden. Les sunnites pourraient ne pas avoir à s'en plaindre. L'Égypte a transformé son ardoise en crédit illimité. Tant que Moubarak matera les Frères musulmans, il aura table ouverte à Washington. Grâce à Ben Laden, l'Arabie Saoudite aura sans doute gagné de voir les troupes américaines plier bagage. En effet, de même que le bouclier antimissile n'a aucun sens si l'on ne prolonge pas les trends actuels, l'attaque programmée contre l'Irak ne se conçoit que si l'on se rappelle qu'une levée de l'hypothèque stratégique irakienne reste un préalable prudent au départ des troupes américaines d'Arabie Saoudite. Les États-Unis ne peuvent risquer de transférer davantage de matériels à une monarchie qu'ils savent instable. Une fois rapatriés, les *boys* ne remettront pas de sitôt les pieds dans la péninsule.

Or, laisser un Saddam revanchard en place, c'est jouer gros. Récapitulons. *A priori*, le 11 septembre aura non seulement vu *L'Empire contre-attaquer* mais aussi permis à la *Guerre des étoiles* de gagner sur tous les fronts. Le bouclier antimissile offrira une protection efficace contre le risque majeur représenté par un État terroriste armée de missiles. L'arc stratégique asiatique qui voyait s'affronter, d'un côté, la Russie, alliée de l'Inde, de l'Iran et de Massoud et, de l'autre, la Chine alliée du Pakistan, de l'Afghanistan et de la Turquie, cet arc à très haute tension aura été «désélectrifé» par le 11 septembre. La folie d'Al Qaeda a également arrêté le compte à rebours qui conduisait à une confrontation navale sino-américaine devant Taiwan. Surtout, le ciel plombé du Moyen-Orient paraît enfin s'éclaircir. La *muslim belt* est remplacée par une ceinture de chasteté démocratique, perse et turque, détournant les masses arabes de l'islamisme révolutionnaire. Comme Alexandre Adler l'a souligné, Ankara et Téhéran pourraient jouer un rôle de tuteurs politiques pour l'Orient. Le choix existe désormais entre une République islamiste modérée et une République kémaliste et laïque. L'Arabie Saoudite et l'Afghanistan seront plutôt tentés par le choix du premier modèle tandis que le Pakistan ou l'Irak seront plutôt enclins à imiter la Turquie. Deux influences bénéfiques rendues possibles grâce au retournement du chantage énergétique programmé par Washington. Turcs et Perses sont deux adversaires traditionnels des Arabes mais aussi les protecteurs naturels de l'Asie centrale. En effet, les républiques ex-soviétiques productrices de gaz et de pétrole sont soit persophones, soit turcophones. Tout est bien qui finit bien. Par un dosage subtil de réalisme (on assure ses arrières pétroliers et on délègue la police à des puissances stables et sûres) et d'idéalisme (deux vecteurs non occidentaux de modernité), Washington peut ainsi transformer le Proche-Orient en eldorado. Rêvons un peu. Des démocraties sur le premier ou sur le second modèle fleurissent un peu partout. La manne pétrolière est mieux répartie. Les Arabes plus pondérés, davantage intéressés par le business que par la guerre, chercheront la paix avec Israël. De son côté, l'État hébreu, ayant en face de lui des partenaires valables et coopératifs, laisserait les Palestiniens enfin maîtres chez eux. Les concessions contenues dans le plan Barak ne démontrent-elles pas jusqu'où l'État juif peut aller dans la recherche d'une paix juste et durable ? Le mauvais génie Ben Laden serait alors définitivement retourné dans sa lampe, les souvenirs désagréables oubliés, les bons ressuscités. Le Proche-Orient redécouvrirait alors que *shalom* et *salam* ont presque la même consonance.

Revenons un instant sur terre, là où les avions des kamikazes se sont krachés. Le seul défaut d'un agenda aussi idyllique c'est qu'il n'existe que dans l'esprit d'analystes qui, depuis le 11 septembre, ne sont même plus en sécurité sur les berges du Potomac. En effet, même si Ben Laden est loin d'avoir gagné son pari, il ne l'a pas encore perdu. Le blitz de l'automne 2001 a créé une onde de choc qui ne peut être stoppée. Des régimes ont bel et bien été ébranlés.

Et si, pour une part, la recomposition géopolitique précédemment décrite a bien été réalisée, elle est elle-même source d'inévitables frictions futures. « La sainte alliance » contre Ben Laden, exactement comme celle de 1815, n'a que très peu de chances de durer. Elle regroupe des États ayant trop d'intérêts divergents. Les États-Unis ont surtout opéré des choix qui apparaîtront vite incompatibles.

Notons tout d'abord que certaines des nouvelles alliances nouées par Washington sont plus solides que d'autres. Par exemple, le rapprochement russo-américain semble fait pour durer. La Russie offre d'abord l'avantage d'être un État définitivement acculturé à la modernité. Avec Moscou, l'Amérique ne court pas au-devant de mauvaises surprises.

Seule une dérive mafieuse, s'appuyant sur les intérêts bafoués d'un secteur énergétique allié au complexe militaro-industriel, aurait pu remettre en cause l'ancrage occidental de la Russie. Jusqu'au 11 septembre, un tel risque existait. Vu de Moscou, combattre le Tchétchène, c'était aussi lutter contre la CIA. À compter du moment où Russes et Américains s'accordent pour exploiter en commun les ressources de l'Asie centrale, ce danger paraît écarté. Mais aussitôt, un autre péril surgit, qui est celui de voir l'islamisme flamber en Asie centrale. À présent que l'oncle Sam est devenu l'allié du grand frère russe dans le Caucase, l'implantation américaine, en Ouzbékistan ou au Turkménistan, risque d'être très mal acceptée. Dans l'imagination de ces peuples, «l'infidèle» c'était jusqu'ici le Russe. Dorénavant, les militants de mouvements islamistes dans ces pays prendront les yankees pour cibles.

Or, la «purification[16]» des alliances américaines ne peut que faire le jeu des fanatiques. En Ouzbékistan, au Tadjikistan et en Kirzhizie, Al Qaeda étend depuis de nombreuses années son ombre menaçante. Ce risque de déstabilisation de toute l'Asie centrale est considérable. Là encore, Ben Laden possède un sérieux coup d'avance. Surtout, il est, comme dirait le zombie, «proche du terrain». En effet, Russes et Américains soutiennent l'intangibilité des frontières et, simultanément, envisagent de corseter la zone dans des fédérations néocolonialistes. En visant la constitution d'une République islamique du Turkestan dans la vallée du Ferghana (à la jonction de trois États), Al Qaeda cherche à faire coïncider découpage territorial et légitimité historique. C'est ainsi que les guérillas de l'Ouzbékistan, du Tadjikistan et de Kirzhizie ont fusionné en un mouvement unitaire, le mouvement islamique du Turkestan. Une nouvelle fois, le fanatisme joue le passé et l'avenir contre un présent désolant.

Il paraît difficile de s'allier aux Russes et en même temps d'amadouer pour G. Bush les peuples d'Asie centrale. Ce n'est pas la seule contradiction de la stratégie américaine dans la région. L'incompatibilité d'humeur entre Turcophones et persophones induit une autre incohérence. Incohérence qui consiste à vouloir ménager simultanément les intérêts d'Ankara et ceux de Téhéran. Le cas du Turkménistan illustre le mieux cette contradiction. Cet État, incontestablement le plus riche de la zone (ses réserves de gaz sont considérables), est également fragile : sous-peuplé (5 millions d'habitants), ses frontières [17] sont poreuses (plus d'un million et demi de Turkmens vivent en Iran et autant en Ouzbékistan [18].

Washington espère faire d'une pierre trois coups en installant un régime à sa solde à Bagdad. Mais quand bien même ce qui, pour l'instant, reste un rêve, viendrait à se réaliser, le département d'État devrait tenir compte du puissant ressentiment qui existe entre Irakiens et Iraniens.

Toute cette architecture risque non seulement de reposer sur des fondations fragiles, mais de faire également de l'ombre au reste du golfe Persique. Est-il bien raisonnable d'espérer négocier un pétrole meilleur marché au nord et de chercher simultanément à consolider le régime saoudien ? Est-il cohérent qu'alliée aux Turcs et aux Perses, l'Amérique espère devenir plus aimable aux yeux des Arabes ? En Arabie Saoudite, le prince Abdallah, partisan d'un rapprochement avec Téhéran et avec la Syrie, est aussi un adversaire résolu des États-Unis et d'Israël.

Le gouvernement de Dehli, parce qu'il est légitime et donc fiable, rend le rapprochement indo-américain potentiellement durable. Mais alors *quid* de l'allié pakistanais ? Faire les yeux doux à l'Union, c'est nécessairement mécontenter les officiers de l'ISI. Pire, c'est mettre en danger la stabilité et l'unité de ce pays. Il y a là une situation absolument inextricable pour Washington obligée de choisir entre Islamabad et Delhi. Le ciment de l'alliance entre Américains et Indiens, c'est la commune défiance à l'égard de l'islamisme. C'est l'idée partagée de part et d'autre que l'islam recèle désormais une force subversive. C'est ce même *djihad* qui a frappé à Manhattan et qui a ensanglanté le Parlement indien. C'est cette même tentation du pire qui pousse les moudjahidine à renverser le général Mousharraf et à rallumer constamment le foyer cachemiri. Si le Pakistan n'est pas, loin s'en faut, à 100 % islamiste, la probable idylle entre Washington et Delhi place son gouvernement dans une situation intenable. La junte au pouvoir à Islamabad ne peut à la fois chasser les Talibans pour le compte des Américains et abandonner le Cachemire. Au lendemain des attentats du 11 septembre, le dictateur pakistanais, en grand uniforme, justifiait, devant son peuple, l'appui donné aux États-Unis dans leur croisade au nom de l'intérêt supérieur du pays, à savoir le soutien aux frères cachemiris. Le Cachemire ne polarise à ce point le pays que parce que c'est là que se joue l'unité nationale. Islamabad est en effet schizophrène. C'est d'un côté le *homeland* des musulmans et, en même temps, un pays composite. Pakistan est un acronyme : « P » pour Pendjab, « K » comme Kashmir, « S » comme Sind et « Tan » comme Balouchistan, régions qui se prolongent dans les États de l'Union indienne. Son drame, c'est que s'il se laïcise, il perd sa raison d'être par rapport à l'Inde. D'un autre côté, s'il s'islamise à outrance, il peut également éclater. La division, l'amputation sont une véritable obsession pour les Pakistanais. Comme l'Inde, le Pakistan a vécu le traumatisme de la sanglante partition de 1947 mais, de plus, il a réédité cette traumatisante expérience lors de la création du Bangladesh en 1971. Le Pakistan est donc un pays extrêmement vulnérable et c'est la raison pour laquelle la « ligne bleue de l'Himalaya » n'est pas négociable. Une alliance indo-américaine, c'est donc l'escalade au Cachemire assurée. Une alliance « Delhi Washington » placerait aussi la Chine et l'Arabie Saoudite dans une situation délicate. Ces deux pays sont en effet très proches du Pakistan. Dans le cas de la Chine, le préjudice tient au fait qu'Islamabad offre à Pékin le premier débouché de ses fabricants de canons. C'est d'ailleurs grâce à l'aide chinoise que la bombe islamique a été mise au point. Si l'on résiste à ce tropisme occidental qui nous pousse à considérer les flux d'est en ouest, on verra qu'un Pakistan solide, adossé à un Afghanistan docile, est une garantie de sécurité pour l'approvisionnement énergétique de Pékin.

Le Pakistan verrouille en effet le golfe Persique en contrôlant le détroit d'Ormuz. Par ailleurs, passant par l'Afghanistan, il est un tracé pour les oléoducs. Islamabad offre également à Pékin une alliance de revers contre l'Inde. Depuis le 11 septembre, marine indienne et VIIe flotte risquent de mener des manœuvres conjointes destinées à dissuader les forces navales chinoises. Cela fait voir que, pour la Maison Blanche, le rapprochement avec Pékin paraît infiniment moins durable que l'alliance avec la Russie ou avec l'Inde. Une entente cordiale avec un État dont l'avenir politique demeure aussi imprévisible paraît de toute façon fragile. Une nation partagée entre une façade maritime, pleinement immergée dans le troisième millénaire, et un arrière-pays, à peine sorti du XIXe siècle, ne saurait être un partenaire fiable. En Chine, 200 millions de marchands enrichis atteindront bientôt le niveau de vie des Portugais mais ils devront traîner derrière eux 1 milliard de paysans, souvent analphabètes. Un empire dont l'histoire est faite de perpétuelles alternances entre centralisme monolithique et éclatement régionaliste n'inspire guère confiance. Enfin, un pays non démocratique où le nationalisme est à fleur de peau paraît aussi difficile à manœuvrer. De plus, ce qui rapproche Pékin de Washington, à savoir le danger islamiste, représente pour la Chine un risque plus limité que l'installation de bases américaines à ses frontières en Ouzbékistan par exemple. Par ailleurs, Pékin traite d'ores et déjà efficacement le « risque musulman » sur son sol, grâce à l'instrument de coopération offert par le « Groupe de Shangaï ». Regroupant la Russie, la Chine, le Kazakhstan, le Kirkizhstan, le Tadjikistan et l'Ouzbékistan, cette organisation lui permet de lutter efficacement contre le terrorisme[19]. Les minorités[20] musulmanes sont certes près de 100 millions dans l'empire du Milieu, mais la plupart d'entre elles sont fortement sinisées. Leur islam très dilué n'offre guère de prise aux islamistes. L'autre argument, la défense commune du principe de souveraineté, semble également beaucoup moins solide qu'il n'y paraît. Pékin est certes très sourcilleux sur le chapitre de l'intangibilité de ses frontières. Toute discussion à propos du Tibet ne manque jamais de déclencher la fureur des autorités chinoises.

Le sort de Taiwan entre dans ce cadre juridique apparemment cohérent, puisque Taiwan n'est pas officiellement considéré par les États-Unis[21] comme un État. Pékin critique volontiers l'impérialisme de Washington et déplore que le département d'État fasse généralement peu de cas de l'avis des Nations Unies. Pour peu que l'Amérique revienne à plus de raison, cette Chine qui vient d'entrer à l'OMC et qui accueillera les JO en 2008 apparaît comme un interlocuteur presque crédible. En réalité, ce souverainisme chinois semble surtout unilatéral. L'empire du Milieu défend bec et ongles ses frontières mais lorgne celles des autres. L'expansionnisme territorial n'est peut-être pas conforme à la tradition chinoise, l'impérialisme paraît, par contre, tout à fait naturel aux yeux d'un « État civilisation » qui voit le bassin du Sud-Est asiatique comme sa *mare nostrum*. En 1996, le Parlement de Pékin a voté l'extension de la souveraineté chinoise au-delà des limites reconnues par le droit international. On retrouve ici l'un des effets du reflux de la culture occidentale. Il se pourrait qu'à l'avenir, arguant de je ne sais quelle spécificité asiatique, la Chine cherche à adapter ses normes juridiques à sa perception « impériale » de l'Asie. Le rapprochement entre Pékin et Washington n'est d'ailleurs pas fondé sur une proximité psychologique entre les deux peuples. Le 11 septembre n'a pas suscité en Chine l'émoi perçu en Inde ou en Russie. Que l'on relise les éditoriaux des journaux chinois au lendemain de l'attaque, ceux-ci se félicitaient généralement de la « bonne leçon » infligée par Ben Laden à « l'arrogance » américaine. Le seul pays à n'avoir pas mis son drapeau en berne au siège des Nations Unies à New York, au lendemain du 11 septembre, c'est la Chine. Symbole ? En diplomatie, les symboles comptent. Les sinologues ne manqueront pas d'expliquer cette réaction par de savants calculs internes au parti communiste. Il est certain que le ressentiment anti-américain est instrumentalisé par le pouvoir central. Mais, à l'inverse, la position officielle de Pékin, au lendemain des attentats, exprimait surtout des intérêts ponctuels. Le rapprochement avec les États-Unis était tactique et non stratégique. Le contrat sino-américain manque singulièrement d'*affectio societatis*. Allons plus loin et imaginons qu'un islamiste « révisionniste » s'installe au pouvoir à Riyâd, celui-ci trouverait sans doute un arrangement possible avec Pékin. Business, terme arabe à l'origine, est devenu un mot chinois. Croit-on vraiment qu'un gouvernement saoudien devenu hostile aux États-Unis serait une mauvaise nouvelle pour la Chine ? N'est-ce pas avec Bagdad que Pékin continue de commercer ? L'empire du Milieu aspire à retrouver sa place. Or, il sait pertinemment que le contrôle politique des pétro-monarchies est la clé de voûte de l'hégémonie américaine. C'est parce que l'US Navy sécurise l'approvisionnement énergétique du Japon et de l'Europe que les USA président aux destinées d'un ensemble (Amérique du Nord, Japon, Europe) qui représente plus de 80 % de la richesse mondiale. Que l'on tranche cette artère fémorale pétrolière et… toutes les carrières s'ouvriront à Pékin. En effet, contrairement à l'Europe, la Chine ne nourrit aucune illusion « zombiesque » à propos de Washington. Elle sait pertinemment que les richesses se défendent et que les protections se payent. C'est probablement aussi pourquoi, depuis le 11 septembre, la Chine continue de s'armer de plus belle contre… les

États-Unis! Fin janvier 2002, Pékin signait en effet avec Moscou un contrat de 1,6 milliard de dollars portant sur la livraison de missiles, sous-marins d'attaque, destroyers et éléments de transport de troupes, dont la destination finale n'échappe à personne. Pékin n'a toujours pas renoncé à récupérer Taiwan par la force. Preuve encore que le monde magique du zombie, où toutes les puissances régionales se tiendraient la main, relève du pur fantasme : les Chinois insistèrent auprès des Russes pour que Moscou fabrique les armes le long de leur frontière commune, sur le fleuve Amour, afin que les Américains n'en sachent rien. Démenti plus cinglant encore pour le bonisme ambiant : c'est l'ouvrage publié en 1999 par deux colonels de l'Armée populaire de libération et intitulé *La Guerre sans limites*. Ce document « propose une grande diversité de moyens pour s'attaquer à l'Amérique ». Précisant sa pensée, l'un des auteurs devait dire : « La première règle est l'absence de règles. Rien n'est interdit. » Rien n'est interdit : telle est justement la définition de la guerre. Thérèse Delpech[22] qui cite ce document a donc parfaitement raison de souligner : « Une des conclusions les plus troublantes des attentats du 11 septembre concerne l'usage que des États pourraient désormais faire d'organisations terroristes pour parvenir à leurs fins. » Depuis la tragédie américaine, le risque stratégique demeure, plus irréductible que jamais.

TROISIÈME PARTIE

Dialectique

> « Tout ce qui est, engendre tôt ou tard
> le cauchemar. Tâchons donc d'inventer
> quelque chose de mieux que l'être. »
> CIORAN

Nous nous trouvons plongés au cœur d'un processus dialectique. En effet, ni le zombie, ni le fanatique, dont nous n'avons jusqu'ici qu'esquissé les portraits, ne peuvent se comprendre l'un sans l'autre. Le premier se définit par sa volonté de dépasser le zombie. Symétriquement, le second se révèle par sa capacité à nier l'agression (ou sa gravité) du fanatique. Un paranoïaque (le fanatique) entend plier l'univers à ses obsessions. Supportant mal de ne plus se voir partout, un narcisse (le zombie) cherche à se rassurer. Un esclave défie un maître qui veut encore croire à sa domination. Devenu esclave de ses désirs, l'Occident contrôle moins que jamais son destin. Cherchant à nous tuer, l'esclave veut supprimer le témoin gênant du scepticisme qui le gagne. L'un et l'autre nient farouchement la solidarité de leur destin. Cette dialectique

présente ainsi une particularité essentielle, ses protagonistes en sont des acteurs inconscients, mieux des acteurs enrôlés de force. Car si les héros (ou les salauds) historiques ne savent jamais quelle pièce ils jouent, ils cherchent toujours à en améliorer l'intrigue. Or, zombie et fanatique veulent croire qu'ils sont hors du temps. Le fanatique veut arrêter l'horloge en 622 (l'Hégire) tandis que le zombie libéral affole la trotteuse, espérant demeurer dans une vaine anticipation de l'avenir. En fait, nos deux personnages font l'Histoire comme le bourgeois gentilhomme de la prose. Ils n'échappent cependant pas aux lois de la dialectique.

Chapitre VII

Miroir, dis-moi

Retour au réel

> « De moi ce que je sais, je le sais parce que tu m'éclaires et ce que j'ignore, je continue de l'ignorer jusqu'à temps que mes ténèbres deviennent devant ta face comme un plein midi. »
> SAINT AUGUSTIN,
> *Les Confessions*, LIVRE X

La pensée d'un De Gaulle telle qu'elle se dévoile dans *Le Fil de l'épée* révèle que l'officier avait alors parfaitement saisi la nécessité pour les peuples libres d'écouter ce que les autoritarismes avaient à leur dire. Au moment où des puristes des formes républicaines se préparaient, de lâche soulagement en finasseries, à tout lâcher du fond de notre liberté, l'officier préconisait, au contraire, d'adopter certains des traits des totalitarismes afin de les vaincre. On pense naturellement au renforcement des exécutifs et à la refonte des outils militaires mais, aussi, à la nécessité de faire droit aux revendications du monde ouvrier. La Sécurité sociale fut fondée à la Libération. Elle est en partie un cadeau de Staline comme notre article 16 est un présent d'Hitler. Mais encore faut-il avoir peur de son ennemi, craindre qu'il puisse nous vaincre pour l'entendre. Il faut également s'aimer suffisamment pour rechercher ce que notre caricature peut avoir de juste. À présent, le zombie tirerait d'immenses profits à regarder en face le reflet de ses propres disgrâces dans le miroir que lui tend le fanatique. Leur paranoïa pourrait nous servir à guérir notre narcissisme. Leur totalitarisme pourrait servir d'antidote à notre néantisme. Ils ne veulent que nous tuer et nous ne voulons que les convertir. Dans les deux cas, la négation est aussi féroce que totale. Une double négation... Refusant de voir en l'autre son pire ennemi, zombie et fanatique sont sans doute déjà un peu devenus le plus secret modèle. Hélas, c'est le propre de cette Histoire de ne pas en être une. C'est une tragi-comédie, c'est une dialectique de sourds.

Narcisse & Parano

On souligne la proportion anormalement élevée de diplômés scientifiques dans les rangs des islamistes, on rappelle que les barbus n'hésitent pas à détourner les moyens de télécommunication les plus sophistiqués pour distiller leur poison, on oublie à quel point leur discours révèle une connaissance parfaite de l'Occident. Élaborée par des occidentalisés, cette pro-

Miroir, dis-moi

pagande s'adresse à d'autres occidentalisés. Plus le fanatique connaît la modernité et plus il la vomit. De son côté, le zombie se comporte comme s'il cherchait à se conformer en tout point à la propagande haineuse de son ennemi. Tentons de surmonter notre dégoût et de tendre l'oreille, nous pourrions être surpris.

«La culture, c'est la danse, la percussion, la débauche, la dépravation et la dissolution des mœurs? Tous les savants ont déclaré que le chant est interdit par la loi divine. C'est illicite. Vous savez tous ce que provoque le chant dans le cœur de l'individu! Vous savez que le chant conduit la communauté à la dépravation!» assure ainsi Ali Benhadj[1], le prédicateur du FIS algérien. La dénonciation de la musique comme source de déréliction chez l'islamiste trouve son origine dans le wahabisme. Que les barbus martèlent constamment cette interdiction n'est peut-être pas sans rapport avec ce que Pascal Bruckner appelle le «narcotisme musical» des Occidentaux. Dans nos métropoles, il devient difficile d'entrer dans un lieu public sans être soumis à la diffusion d'une bande son ou même de passer un coup de fil sans être immédiatement placé sur écoute. Interdire la musique, exige le fanatique, pousser le volume à fond et ne jamais l'interrompre, demande le zombie. «Ces chanteurs, ces pseudo-hommes à l'esprit de perdrix qui ont perdu toute virilité viennent dire que le chant est licite. Il faut que des mâles chantent, dansent, jouent de la percussion, entendent des imbécillités...» s'emporte un autre fanatique algérien dans un prêche de la fin des années quatre-vingt. À l'époque, la jeunesse maghrébine était abreuvée de vidéos clips mais ce barbu a tellement perçu l'essence de nos divertissements qu'il en a quasiment prévu l'évolution. «Il faut que des mâles chantent, dansent, jouent de la percussion, entendent des imbécillités...» N'est-ce pas ce que font précisément nos *boys band*? La virilité constamment exaltée (le terme *arradjila* revient comme un leitmotiv dans la propagande intégriste) fait évidemment écho à la crise d'identité sexuelle que traversent l'Europe et l'Amérique. Alors qu'ici les magazines encouragent les mâles à découvrir la part de féminité qui sommeille en eux, les intégristes dénoncent ceux «qui veulent nous retirer notre virilité. Celui qu'ils voient viril, ils le châtrent». De fait, en Occident, l'homme tend à devenir une femme comme les autres. Alors que l'homosexualité, exploitée à plein par les publicitaires, aspire à l'alignement le plus parfait sur l'hétérosexualité (*cf.* débat sur l'homoparentalité); l'islamisme vilipende «l'homosexuel, l'eunuque aux mœurs dépravées». Barbu et fier de l'être d'un côté de la Méditerranée, imberbe, épilé au laser et enduit d'huile et d'onguent de l'autre. Si, selon les intégristes, les hommes se féminisent, les femmes deviennent incontrôlables et laissent libre cours à leur sexualité débridée. L'adultère, ici exalté comme une preuve de santé du couple (le fameux petit coup de canif dans le contrat qui fait rejaillir l'étincelle du désir) et mis en scène à la télévision dans des émissions comme L'Île de la tentation, est considéré comme un crime, passible de mort. Latifa Ben Mansour constate horrifiée qu'en Algérie, au moment de la percée du FIS, «la dénonciation des femmes dans les mosquées ira crescendo et aboutira à leur désignation par le qualificatif "catin".» Les ouvrages de Catherine Millet et de Virginie Despentes, des films comme *Baise-moi*, non seulement n'aident guère à vendre l'Occident auprès des masses musulmanes mais montrent bien la troublante symétrie des dérives fanatiques et zombiques : exhibition, surexposition d'un côté, étouffement, dissimulation totale de l'autre. Cette société que stigmatise le fanatique et où les «femmes sont vêtues de manière scandaleuse, avec une jupe ou un décolleté laissant voir les parties les plus sensibles de leur corps», n'est-ce pas la nôtre qui encense les créations pornos chic des couturiers ? Ces adolescentes portant des blue jeans trop grands qui laissent voir leur string à la Britney Spears, n'oublions pas que les destinataires de ces prêches les voient et les verront de plus en plus. «Tu ne connais pas le livre d'Allah ? Tu laisses ta fille sortir dévoilée ? Ce n'est pas musulman, ça ! Tu laisses ta femme travailler et fréquenter le monde des hommes ! C'est de la *zina* (fornication), ça !» culpabilise Madani. Lors du casting de la seconde édition de l'émission Loft Story en France, une mère de famille s'émerveillait des prouesses sexuelles de sa fille qui, dans un reportage, traitait les hommes de «p'tits crunchs» qu'elle consommait sans modération. Il ne s'agit pas de placer sur un même plan moral appels au meurtre et fantaisies strictement privées mais ce parallélisme fait voir que l'islamisme se sert de ce qu'est l'Occident pour le dénigrer, ce faisant, il met en évidence nos vulnérabilités.

Étrange en effet que le thème de la mixité agisse comme un repoussoir absolu dans les discours intégristes, lesquels réclament à cor et à cri qu'hommes et femmes vivent séparés et n'aient aucun contact. («La question n'est pas tant le travail féminin que la situation de la femme au travail. Pourquoi ne pas lui réserver des moyens de transport à part?») Ainsi, le fanatique veut ériger une barrière étanche entre les sexes tandis que le zombie est de plus en plus fasciné par les possibilités nouvelles offertes aux transsexuels par la science de changer de sexe. Le zombie occidental souhaite conformer la réalité à son idéal de parité en obligeant, par une loi électorale, à une égale représentation politique des hommes et des femmes. Le fanatique lui répond en écho : « Un État islamique doit être dirigé par un mâle. Les femmes ne doivent pas se mêler de politique ! » Un dialogue de sourds c'est donc installé entre le fanatique et l'Occidental mais c'est un dialogue tout de même. C'est la dialectique du zombie et du fanatique. Alors que les islamistes traquent partout et toujours le polythéisme, Pascal Bruckner[2], dans l'une de ces formules lumineuses dont il a le secret, a parfaitement résumé notre « animisme de supermarché » occidental qui consiste à vénérer nos objets de plus en plus télékinésiques. Les islamistes veulent casser « les beaux jouets mécaniques qui tentent la puérilité éternelle des adultes » dont parlait Lévinas[3] et auxquels la publicité ne cesse de nous rappeler à quel point nous y sommes attachés (untel se réveille la nuit pour vérifier que sa voiture est toujours là, l'autre est amoureuse de sa machine à laver). L'intégriste voit des « sorciers » à chaque coin de rue en Occident... sur les affiches d'Harry Potter. Car ce que le monothéisme fanatique des islamistes déteste par-dessus tout, c'est la *taghout*, l'idolâtrie. « Aller au cimetière est un rite idolâtre pour les intégristes, visiter les tombeaux des saints l'est aussi. Aller au cinéma ou au théâtre est de l'idolâtrie. Assister à un concert de musique est un péché d'idolâtrie. » Bref, tout ce qui peut détourner l'esprit de Dieu et placer l'esprit du croyant dans une posture de vénération devant un autre objet que Dieu, relève de la *taghout*.

En Occident, jamais le culte des vedettes, de la jet set, des *people* n'avait atteint un tel degré. Fan de… célébrités, à la moindre occasion, on idolâtre. « Condamner par tous les moyens (persuasion puis violence) le culte des saints », dit le credo wahabite. Une forme de polythéisme déguisé qui permet au croyant de devenir à son tour un Dieu (Star d'un jour) ou de créer sa divinité (Star Académie). Un monothéisme de plus en plus mis à mal en Occident par la mode du bouddhisme, du taoïsme ou tout simplement du culte de la nature. « Tous les objets d'adoration autres qu'Allah sont l'inspiration de Satan et tous ceux qui adorent ces objets méritent la mort. » Ils sont de plus en plus nombreux, outre-Atlantique, d'après Naomi Klein[4], à se tatouer sur le corps la marque de la bête : « Non seulement des dizaines d'employés de Nike ont un swoosh tatoué sur les mollets, mais partout en Amérique du Nord, les salons de tatouage confirment que ce symbole est devenu le motif le plus populaire. » Alors que des voix s'élèvent chez le zombie pour dénoncer la disparition de la culture écrite au profit de l'image, le fanatique fait systématiquement l'apologie du livre. Francesco Siccardo[5] note d'ailleurs que l'intégrisme musulman se caractérise par « l'absolutisation de l'écrit, au point où il peut y avoir une fusion entre le sujet et l'écrit ». Latifa Ben Mansour[6] confirme qu'il s'agit d'un « mouvement social et politique qui fonde son existence sur un lien névrotique établi entre le sujet et la lettre du texte sacré […] Ce qui est écrit doit être pris à la lettre. » Or, il faut bien saisir que les islamistes rejettent une société qui justement ne prend plus rien à la lettre. Ils absolutisent la loi divine parce que nous relativisons notre loi civile. Une polémique a même surgi pendant la présidentielle en France : le gouvernement devait-il ou non légiférer sur les *free parties* dont on ne pouvait un instant imaginer qu'il puisse les interdire. L'État, dans un souci de santé publique, subventionne des associations distribuant des seringues aux toxicomanes alors que l'islam intégral condamne le vin. Tandis que le fanatique se veut l'esclave de Dieu (*islam* veut dire soumission), le zombie revendique fièrement qu'il n'est esclave de personne sauf de ses désirs. Les Frères se disent des «*abd*», des esclaves, des «*abd Allah*», des esclaves d'Allah. En Occident, la publicité invite les consommateurs à ne jamais résister à la tentation, à toujours succomber à un petit caprice des Dieux. La représentation de la jeunesse offre la même symétrie. Alors qu'en Occident, le petit Jordy, âgé de six ans, entonnait : «Dur, dur d'être bébé!» Ali Benhadj, l'imam du FIS, produisait son jeune fils à peine âgé de dix ans afin qu'il harangue la foule des stades. Et que proposent les islamistes à ces jeunes? Quel type d'enseignants imposent-ils? Des *rahibs*, des moines qui leur enseignent le *djihad*, l'effort sur soi. L'étymologie de *ra hib* en arabe relie ce terme à «craindre, effrayer, menacer». En Occident, des enseignants[7] se soulèvent contre le laxisme des tribunaux qui condamnent un professeur d'EPS pour avoir séparé deux élèves. «C'est véritablement le monde à l'envers. L'enfant a tous les droits, le professeur n'a que des devoirs. Il peut vous agresser, vous cracher dessus, vous insulter, rayer votre véhicule, vous désobéir ou refuser d'obéir…» Effectivement, le monde rêvé des fanatiques est bien l'envers du nôtre. En effet, le type de transmission que prônent les fanatiques repose sur la litanie (les *du'a*), la répétition par cœur et leurs discours n'offrent aucune prise à leur interlocuteur, c'est au contraire par des méthodes de plus en plus pédagogiques et de moins en moins contraignantes que l'on enseigne, non plus à l'élève, mais en lui apprenant à découvrir ce qu'il sait déjà. La violence non seulement à l'égard des jeunes mais aussi à l'endroit de tous ceux qui refusent de se soumettre à la lettre aux prescriptions religieuses, est encouragée. La violence ? « Seul moyen, selon Hassan al Banna, de ramener les gens à Allah ! » Ces insultes, cette grossièreté qui, ici, font les délices des publicitaires et des concepteurs de programmes pour enfants, sont rigoureusement proscrites par l'islamisme. Dans la doctrine Mohammed Ibn Adb el Wahhab[8] que veulent appliquer les Ben Laden : « L'emploi d'un langage grossier sera puni de coups de fouet. » La violence fonctionne désormais comme un tabou absolu pour le zombie. Aucune violence, même verbale, n'est plus tolérée, au point que les Anglo-Saxons purgent la langue de tout ce qui pourrait blesser ou heurter. En France, les gardes à vue sont réformées afin de faire cesser cette barbarie contemporaine qui consiste à détenir des corps au nom de l'ordre public. Le zombie adulte a peur. Les machinistes dans les transports en commun, les enseignants dans les collèges se laissent le plus souvent insulter, tabasser, molester par des gamins. Il est vrai que riposter physiquement, même par une simple gifle, peut coûter cher. Les tribunaux condamnent lourdement les moindres atteintes à l'intégrité physique des personnes.

Des émissions de télévision (Vis ma vie) organisent des exercices d'autocritique dignes des Khmers rouges en confrontant des personnes appartenant à des univers incompatibles afin de prouver que tout le monde doit aimer tout le monde. Et le public d'applaudir ce cadre enrôlé de force dans une équipe de majorettes. Et aux téléspectateurs de condamner cette jeune femme détestant les chiens qui accepte de vivre trois jours sous le toit d'une femme élevant une meute de yorkshires. La candidate ne peut s'empêcher d'exprimer son dégoût. «Manque de tolérance», stigmatise l'animatrice! La mièvrerie s'installe partout. L'illusion d'une société *soft* dans laquelle toute conflictualité aurait disparu devient de plus en plus persuasive. Ainsi, la télé-réalité voyeuriste a censuré les images du Loft où l'on pouvait voir les participants se battre. Comment peut-on être méchant? Plus doucereuse encore, la chaîne M6 modifia son système de vote pour éliminer les candidats du Loft. Au début de ce jeu, les téléspectateurs étaient invités à désigner le candidat ou la candidate qu'ils voulaient voir «partir». Trop violent, jugea la production, qui, avec une confondante hypocrisie, modifia le système de sélection. Désormais, on ne choisira plus qui part mais qui reste! Et que dire de ces adolescents attardés qui pleurnichaient lorsque l'un d'entre eux quittait le Loft? On est fasciné par la superposition de ces deux humanités malades : d'un côté, le zombie pleurant parce qu'il ne reverra plus son camarade avant quelques semaines et, de l'autre, le fanatique qui tranche tranquillement la tête de sa victime entre deux gorgées de Coca Cola. Ils ont le même âge et semblent appartenir à deux humanités différentes. La finalité de ces prêches, celle de tout discours totalitaire, consiste à recréer un groupe, à recoller les morceaux disjoints par la modernité mais aussi à réinstaller la croyance en un ordre du monde. Or, comme on l'a vu, le discours des islamistes est taillé sur mesure pour répondre aux doutes et pour parer à la dispersion psychologique, à l'éclatement social des zombies occidentaux. Alors que nos dix commandements deviennent dix suggestions, accompagnées d'une onzième : « Tout, tu toléreras ! », les fanatiques ne doutent plus de rien, ils sont désormais prêts à tout, y compris aux meurtres de masse et au martyr pour faire triompher leurs certitudes. « L'Oréal parce que je le vaux bien », martèle ici la publicité, « Allah fera de moi un martyr sinon je ne vaux rien ! », répond le fanatique. Nos esclaves ont donc quelques secrets à nous révéler. Ce que nous nous efforçons de refouler par tous les moyens, ils nous le crachent au visage. Si tout ce qu'ils disent de nous paraît outrancier, ordurier et moralement inacceptable, tout n'est cependant pas faux. Leurs caricatures, soyons honnêtes, sont même parfois criantes de vérité. Mais au-delà de cette symétrie, n'y a-t-il pas une involontaire proximité ? On remarque souvent que les fanatiques sont des zombies refoulés. Bien sûr, ils nous vomissent aussi parce qu'ils nous jalousent et, sans doute, s'enrôlent dans les maquis du GIA certains candidats à l'exil déçus. Pourtant, le fanatisme ne se réduit pas au dépit amoureux. En fait, les islamistes sont déjà en partie des zombies. En s'éloignant de nous, ils s'en rapprochent. En nous niant, ils nous copient. Ils sont souvent les plus consentantes victimes de la modernité.

Le fanatique se zombise

Ainsi, même en poursuivant leurs objectifs les plus nobles, les islamistes empruntent inconsciemment ses formes à l'Occident. La manière dont les intégristes évoquent leur idéal de califat mondial n'est pas sans rappeler notre fantasme de monde globalisé. Cette planète qui veut rétrécir IBM, un tout petit monde, dit la publicité, c'est le Coran qui est chargé de la rapetisser. « Le monde est une mosquée », répètent les intégristes. « L'étendue de la terre appartient à Dieu. Les frontières ne sont que l'œuvre de l'homme. Elles n'existent pas en réalité. Vous êtes les descendants d'Adam et des musulmans. » Ne croirait-on pas lire une de ces envolées lyriques qui concluent souvent les rapports les plus rébarbatifs de l'OCDE ? L'abolition des frontières, n'est-ce pas ce que ne cessent de réclamer les partisans de la globalisation néolibérale ? La main de Fatima et celle invisible du marché : même combat ! Les intégristes contestent en tout cas la légitimité historique des États. Ainsi, les intégristes en Algérie refusent de commémorer la guerre d'indépendance et de saluer le drapeau. Pour eux comme pour les libéraux, le patriotisme – sauf en Arabie dans un cas et aux États-Unis dans l'autre – est péché contre le cœur et l'esprit. Ce faisant, ils tendent à vider le politique de sa substance. Les islamistes, eux aussi, développent une pensée unique. Cercle de la raison d'un côté, carré de la foi de l'autre. Ils se substituent à l'État qu'ils rejettent, nous dit Latifa Ben Mansour, « l'*oumma*, la communauté, la mamam ou la matrie ». Car sont-ils aussi virils que cela, nos barbus ? L'homosexualité qu'ils dénoncent n'est pas rare dans cet univers masculin où les frères se peignent en effet les cils avec du khol. Ne tombent-ils dans cette débauche et cette permissivité qu'ils n'ont de cesse de vilipender chez les zombies ? Les viols, on le sait, sont pratiqués de manière systématique sur les femmes qui tombent entre leurs mains. « Nous allons nous expliquer avec tes fils et tes filles », menace ainsi Madani. « Nous aussi allons pratiquer l'illicite sur eux!» Et, en avant, la pédophilie au nom d'Allah! Nos fanatiques s'insurgent contre la libération sexuelle mais ils célèbrent la pratique ancestrale du *zawal al mut'a*, du «mariage de jouissance» qui était alors une pratique exclusivement chiite. Ils semblent réagir à l'inverse des zombies qui recherchent volontairement l'abolition des frontières sexuelles mais en fait, ce qu'ils cherchent à tuer, c'est, à travers le déni de réalité, la figure du père. En effet, même s'ils en appellent constamment à un surmoi (à la fois hypertrophié et inconnaissable, innommable) les intégristes aiment à rappeler qu'ils sont tous frères issus de la même *oum*, la même mère. Nombre d'observateurs de l'islamisme notent cet apparent paradoxe : les intégristes ont «oublié le nom du père». D'après Bruno Étienne, «ils veulent recréer la horde hystérique des frères». D'après Antoine Sfeir, leur image du père est totalement dévalorisée dans nos banlieues. Sont-ils aussi certains de contrôler leurs instincts nos esclaves de Dieu qui jurent de se soumettre à l'autorité implacable de la loi? Cette loi qui proscrit absolument, d'après eux, la musique, l'alcool et la drogue. Et pourtant, la forme même de leurs prêches semble indiquer qu'elles leur procurent les mêmes sensations de consolation. «Nous comprenons un peu mieux pourquoi la foule entre en transe en écoutant Abassi Madani. C'est ce que Jacques Lacan dans son séminaire sur les psychoses définit comme une parole libidinalisée. Certes, le discours de Madani est d'une indigence à faire pleurer. Mais la manière qu'il a de le moduler, de le scander, de rallonger excessivement le pénultième vocable, Allah devenant Aaaaaaaa Laaaaaah, fait chavirer l'auditoire.» N'est-ce pas le secret de la musique techno que de répéter, de scander et de moduler ? Cette superfiacilité occidentale, que dénonce le fanatique, n'en est-il pas une caricature vivante ? Ainsi, les fanatiques sont-ils excessivement pointilleux sur les manifestations extérieures de la foi. Ils sont incroyablement attachés aux apparences. « Toute manifestation de foi qui n'est pas extériosée par un uniforme, une ritualité excessive, présente à tous les instants mais aussi dans toutes les activités privées ou publiques, est suspecte aux yeux des intégristes. Il faut manifester sa foi par son apparence extérieure. » Le fanatique cherche à se rassurer constamment en constatant que ses « frères » portent les mêmes signes extérieurs d'adhésion. Mais tout laisse à penser que, de même que la chemise brune et les défilés à la torche ne suffirent pas à calmer le fanatique allemand, la *gellabia*, la barbe, le khol et le prêche ne suffisent pas à rassurer le fanatique.

Les fanatiques insistent trop sur la question du sacrifice pour qu'il n'y ait pas anguille sous roche. Le culte du *chaheed*, du martyr, à l'origine exclusivement chiite, est une marque distinctive de cet islam sunnite révolutionnaire. « Nous n'arriverons au pouvoir qu'après avoir subi de graves malheurs et traversé de terrifiantes épreuves. » Un autre frère reprend : « Lorsque nous nous référons aux leçons d'Allah, nous les trouvons pleines d'histoires de jeunes qui désirent relever la parole d'Allah. Cela nous annonce un grand bien. La foi à elle seule n'est pas suffisante. Le désir non plus. Il faut agir pour asseoir l'État islamique. Il faut le martyr, le sacrifice et le combat contre des obstacles. » Ces paroles ne sont guère celles d'un général galvanisant ses troupes. Le sacrifice suprême peut être assumé mais que le martyr soit absolument nécessaire pour atteindre le but, on voit mal pourquoi. Ou plutôt, on ne le voit que trop bien : il semble que le sacrifice et le martyr soient des buts en soi. Tout comme Hitler qui déclara un jour à son aide-de-camp[9] tétanisé par cet aveu : « Je veux la guerre ! » L'objectif ultime pour le fanatique est peut-être moins de triompher que de se prouver à lui-même sa propre vérité en donnant la mort ou en se tuant. Le fanatique doute et c'est pour cela qu'il croit *fanatiquement*. L'analyse que Georges Steiner[10] esquisse de l'antisémitisme et du nazisme s'applique parfaitement au fanatisme musulman. Pourquoi les nazis ont-ils créé l'enfer sur terre, les camps d'extermination ? questionne Steiner. Par impossibilité de créer le paradis. Pourquoi haïssent-ils tant les juifs ? Parce que leur credo relègue dans un futur inaccessible le retour du Messie. Il faut donc à tout prix éliminer ce témoin insupportable qui nous rappelle à chaque instant la vanité de nos croyances. L'Occidental est le juif de l'islamiste, l'homme à abattre, l'animal à offrir en holocauste à son doute lancinant pour le faire taire. Dans l'espoir fou que l'ange Gabriel apparaisse alors et intime l'ordre à Mohammed Atta : « Baisse ton cutter, je sais que tu crois ! » La vérité du fanatique se révèle donc dans le martyr. En cela, il montre qu'il est, d'une certaine manière, aussi désenchanté que le zombie. Puisque son moment de vérité, c'est au moment où il donne la mort qu'il le trouve. Il est la négation complète, physique et spirituelle, du zombie.

Le zombie se fanatise

Le fanatique n'est pas qu'un suicidaire, c'est avant tout un tueur. Son doute intérieur existe mais il se trouve à l'origine d'une détermination sans faille. Le zombie, quant à lui, est certain de ne plus croire en rien et c'est pour cela qu'il doute de tout sauf de sa survie. La seule chose qui soit sacrée pour lui, c'est la vie humaine et le seul être réellement humain, c'est lui-même. Il est tolérant. Il est cependant dommage qu'il refuse de se regarder dans le miroir déformant que lui tend le fanatique : il apercevrait alors que sa fanatisation est en marche. Ainsi, contrairement au fanatique, le zombie serait ouvert à la critique. Dans un ouvrage, l'imam Abou Soumeya[11] s'emporte : « Et voilà ! Une fois de plus, le manque de science est un moyen pour *Iblis* (Satan) de pousser les frères à s'affronter à coups de "je pense que", "à mon avis", "tu dis n'importe quoi" ou encore "tel cheikh a dit". Malheureusement cette petite discussion reflète tout à fait l'état lamentable de la culture religieuse des fidèles... ». Une telle intolérance, une telle morgue ne se retrouve-t-elle pas intacte sous la plume des représentants les plus séduisants de nos « élites » ? Ainsi, le très littéraire Alexandre Adler[12] raille : « ATTAC est le mouvement de ceux qui sont un peu initiés à la pensée économique, mais luttent contre l'enseignement des mathématiques, parce que toute complexité intellectuelle les offense. » « Dénégation du politique, relève encore madame Ben Mansour, qu'ils prétendent ne jamais évoquer. Ils parlent du livre d'Allah et de l'islam, une vision vidée de l'islam sans passé ni présent ou avenir. » Ces mêmes solutions pour une planète globale sont concoctées par les docteurs en *good gouvernance*. Les libéraux ne parlent-ils pas du « marché », une vision de l'économie vidée de la société, sans passé, présent, ni avenir ? Un même formalisme, une même tendance à épurer le réel, à tout conformer à des abstractions est à l'œuvre dans le fanatisme comme dans le zombisme. En Occident, la mathématisation de la science économique, la réduction de la politique à l'économie mais aussi la montée en puissance d'une conception anglo-saxonne du droit, empirique, pragmatique, n'est pas sans rappeler l'univers intellectuel des islamistes pour qui la politique, le droit, l'économique, le social doivent se conformer intégralement à la législation coranique. Cette sécheresse, cette aridité propre à l'architecture islamique se retrouvent curieusement en Occident dans le culte des formes épurées et des lignes dépouillées. L'Arche de la Défense illustre parfaitement ce formalisme architectural[13] qui célèbre une vision totalement coranique des droits de l'homme, suspendu dans le temps et dans l'espace. Or, le fanatique rappelle dans ses textes que les mosquées «ne doivent comporter ni ornements, ni minarets». Si dans l'univers du fanatique, «le signifiant doit coller au signifié, quitte à remanier la réalité, à rejeter, à exclure l'autre.» Dans l'Occident zombique, le signifié doit obligatoirement coller au signifiant. La jeunesse occidentale enfantée par le zombisme possède-t-elle d'ailleurs un autre signifié que ses signifiants, ses emblèmes, ses marques, ses codes? Si le premier ne peut pas croire sans montrer, nous ne pouvons plus montrer sans croire. Le zombie tend lui aussi à rechercher des signes extérieurs de croyance : la publicité en Occident ne vante-t-elle pas constamment la possibilité pour les produits de nous révéler notre identité? Naomi Klein[14] note ainsi que Mao et Lénine font leur apparition sur les sacs à main de la maison Prada. Le même auteur relève : «À une époque où les gens sont des marques et les marques une culture, ce que font Nike et Michael

Jordan se rapproche davantage de l'alliance de marque que de la surenchère. » La folie des « marques », notamment chez les adolescents zombies, ressemble étonnamment au culte de l'uniforme chez le zombie. Apparemment donc, et contrairement à ce qu'il croit, le zombie peut difficilement se passer de symboles d'identification au groupe. Peut-il se passer de sang ? Son exaltation d'Éros lui permet-elle de neutraliser Thanatos ou bien, là encore, le zombie se rapproche-t-il insensiblement du fanatique ? En fait, l'Occidental parce qu'il connaît son inconscient, parce qu'il a entamé son analyse, se croit capable de jouer au plus fin avec lui. Les pulsions de mort et d'agressivité, inhérentes à la nature humaine, semblent avoir été gommées en Occident, lequel recherche des compensations de plus en plus « réalistes » dans d'effrayants déchaînements de violence. Les tueurs en série ne nous ont jamais autant fascinés. Nos jeux télévisés n'ont jamais autant assouvi nos pulsions sadiques. Tout se passe comme si, au lieu d'être repu, le zombie en redemandait toujours davantage. Les films d'horreur, comme *Massacre à la tronçonneuse*, longtemps interdit en France, sont devenus d'aimables comptines comparés aux thrillers dégoulinant d'hémoglobine dont raffolent les adolescents. Le réalisme des effets spéciaux permet de toujours mieux satisfaire la pulsion sadique. Mais il est toujours possible d'aller plus loin. Ces fraîches jeunes filles qu'Hollywood immole dans ses films ne sont que des actrices. Le public veut du réel. Les équipes de télé aux États-Unis sont là pour lui en donner et les hélicoptères de certaines rédactions suivent comme des vautours les policiers et les ambulanciers afin de filmer des scènes de crime avec de vrais morts et du vrai sang. Sur Internet, les sites de *snuff movies* qui diffusent des images de meurtre perpétré en direct avec scènes de torture permettent aussi aux zombies de se repaître d'horreur. Là encore, ce n'est pas assez. Le zombie ne voit que des images. Aux États-Unis, les compétitions d'*ultimate fight* sont là pour montrer des corps souffrant en chair et en os. Le zombie ne veut plus se contenter de voir la réalité, il veut la vivre. Heureusement, des jeux vidéos de plus en plus brutaux et de plus en plus suggestifs permettent de répondre à cette inextinguible soif de violence. Le *paint ball* permet de récréer l'illusion d'un combat à coups de revolver mais les projectiles ne sont que des bulles de peinture qui éclatent en atteignant l'ennemi. « C'est trop génial, on peut buter des mecs, rien que pour le fun!» s'écriait un adolescent de quinze ans participant à la compétition *Mega Arena* organisée par un fabricant de jeux vidéo. Le zombie devient sourd à force de refouler sa propre violence. Toujours outre-Atlantique, des adolescents organisent des matchs de *backyard wrestling*, de catch d'arrière-cour avec hématomes, hémorragies et fractures. Une évolution que le film *Fight Club* avait anticipée et hâtée. Le zombie européen ou nippon haussera les épaules. L'Amérique n'est-elle pas la mère de tous les excès? Il n'empêche, les cours de récréation deviennent le théâtre de jeux de plus en plus étranges. Le jeu du foulard consiste à serrer une écharpe de plus en plus fort autour du cou jusqu'à provoquer l'asphyxie. Le jeu de la canette revient à donner un coup de pied dans une boîte de soda vide et à rouer de coups celui qu'elle atteindra. De tels jeux ont toujours existé. Ce qui semble par contre avoir changé, c'est l'absence de réaction des parents. Le monde adulte totalement aseptisé semble souvent interdit et comme pétrifié face au déchaînement d'une violence de plus en plus gratuite, de plus en plus fréquente. Tout se passe en somme comme si le zombie adulte assistait à la fanatisation progressive de sa jeunesse. Si Madani déstructure le rythme de la langue arabe pour produire une autre langue, celle de la haine, les raps appellent «à aller à l'Élysée brûler les vieux et les vieilles pour qu'un jour ils payent». Et préparent des adolescents sous hypnose à de nouveaux grands soirs qui ressemblent à des orgies de haine et de violence gratuite. Le zombie se croit protégé du fanatisme par son zombisme. Il se pourrait qu'il soit en train de se fanatiser. Combien de temps encore les zombies se contenteront-ils de moins d'adrénaline pour épargner leur hémoglobine ? Et si le 11 septembre avait justement brouillé notre émetteur en diffusant un message subliminal, comme le font parfois les groupes de *heavy metal* satanistes ? Si, en plus de l'attentat réel, il avait voulu commettre un viol hypnotique en nous délivrant son inquiétant message : «Je peux vous tuer, et en plus, vous allez prendre plaisir à le voir !» Avec toutes les consolations zombiques dont la télévision n'est pas la moindre : «On croyait s'ouvrir à l'immensité, on débouche hébété sur le vide.» Erreur, depuis le 11 septembre, le zombie peut imaginer la possibilité de sa propre disparition ! Nous voilà prévenus, il nous faut soit nous enfoncer dans un sommeil plus profond encore, en espérant que le prochain Boeing nous exterminera pendant notre sommeil ou bien nous réveiller et réagir.

Si nous continuons à nier la réalité, un homme nouveau, synthèse du pire dans ce que recèlent ces deux modèles, émergera sans doute. Le fanatique perdra le sens du sacrifice et de la fraternité qui faisait sa grandeur et se muera en une bête solitaire, aussi avide que féroce.

Chapitre VIII

Mortel isolement

> « C'est folie pour l'Homme que de vouloir guérir de ses propres misères. »
> PASCAL

Le fanatique ne nous aura rien appris sur nous que nous ne sachions déjà. Nous nous passons d'autant plus facilement de ses critiques que jamais, peut-être, nous n'avions posé un regard aussi lucide sur nous-même. « Les périodes de stérilité que nous traversons coïncident avec une exacerbation de notre discernement, avec l'éclipse du dément en nous », estimait Cioran. Nous sommes devenus transparents à nous-mêmes, intelligents sur ce qui nous meut, déniaisés par rapport à nos valeurs et nous nous figurons capables de neutraliser le « dément en nous ». Hélas, il se pourrait que cette « exacerbation de notre discernement » nous laisse sans défense face au fanatique. Avec lui, notre « longue maladie » pourrait devenir fulgurante. Car au moment même où nous tentons d'« éclipser le dément » en nous, notre ennemi s'abandonne à lui sans retenue. Leur zombisation ne désarmera pas les fanatiques. La fanatisation de notre zombisme pourrait bien nous perdre.

Le zombie incurable

Le zombie occidental se sait frappé par de terribles maux. Son drame, c'est de se croire délivré de ceux-ci à l'instant où il les formule. Les diagnostics erronés que nous portons sur notre zombisme font partie intégrante de notre maladie. Nos erreurs de jugement aggravent notre état. Le zombie ne se libérera pas seul de son zombisme et même s'il n'avait pas été agressé par le fanatique, son mal en lui-même pourrait lui être fatal. Nous sommes assurément lucides mais cette lucidité nous accable. Ce courant de pensée que nous avons nommé mollisme et qui se montre si indulgent à l'égard du fanatique n'accorde aucune circonstance atténuante à l'Occident. Confondant notre zombisme (la globalisation marchande) avec un authentique totalitarisme, les mollistes sapent consciencieusement l'assurance du zombie. À la décharge de ces intellectuels, reconnaissons que notre fanatisation (toute formelle) prête à confusion. Depuis la chute du mur de Berlin, notre capitalisme prend de plus en plus des airs de « bête immonde ». Tout totalitarisme s'intéresse en priorité à la jeunesse. « Si la jeunesse est gagnée, cela agit comme un levain », assurait Hitler.

Dans *Mein Kampf*, le tyran développe cette idée :
« C'est sur cette jeunesse que doivent s'exercer toutes
les formes de propagande et l'immense machine de
propagande et de contrôle pour permettre à cette jeunesse de se développer, conformément à ses plans...
Ainsi, tout doit commencer avec le premier abécédaire
de l'enfant, chaque théâtre, chaque cinéma, chaque
colonne d'affichage, chaque pancarte doit être mis au
service de cette unique et grande mission, jusque-là
prière angoissée de nos compatriotes : Seigneur, libère-nous ! se transforme dans l'esprit du plus petit garçon,
en cette prière ardente : Seigneur, daigne bénir nos
armes ! » Les islamistes, comme tout fanatique totalitaire, pratiquent cet odieux programme de lavage de
cerveaux. Ils semblent ne pas être les seuls... Ceux qui
dirigent les zombies s'y emploient activement.
Rendant compte de ce qu'elle appelle « l'expansion du
domaine de la marque », Naomi Klein[1] remarque : « Le
branding de la culture et des espaces urbains s'accompagne d'une perte d'espace. » Les multinationales envahissent bien « chaque théâtre, chaque cinéma, chaque
colonne d'affichage, chaque pancarte »... L'auteur de
No Logo ajoute : « Cette perte d'espace a lieu à l'intérieur de l'individu ; c'est une colonisation [...] de l'espace mental. » Effectivement, les firmes globalisées
mobilisent des batteries de psychologues et de spécialistes en marketing afin d'imprimer leur symbole...
« dans l'esprit du plus petit garçon ». Parlant de ses
clients, la détaillante d'un magasin de vêtements pour
adolescents confirme l'efficacité d'un tel conditionnement : « Ils courent en troupeaux. Si vous vendez
quelque chose à l'un d'eux, vous le vendez à tous les
étudiants de leur classe et de leur école. » Pour « per-

mettre à cette jeunesse de se développer, conformément à ses plans», les *world compagnies* passent désormais des contrats avec les établissements scolaires et mettent des programmes éducatifs à leur disposition. «Pendant l'année 1997-1998, les élèves de plus de 800 classes élémentaires américaines ont découvert que le cours de la journée consistait à confectionner une chaussure de sport d'une grande marque.» En Algérie, Latifah Ben Mansour[2] déplorait de son côté la pénétration de l'islamique jusque dans les classes : «Certains enseignants, au lieu de faire cours, apprenaient aux élèves comment faire leurs ablutions et comment faire la prière.» Les firmes transnationales semblent avoir retenu la leçon d'Hitler : «Si la jeunesse est gagnée, cela agit comme un levain.» Jean-Claude Michéa[3] rappelle que dans la terminologie de la Commission européenne, l'élève est désormais «un client» et le cours, «un produit». Le même auteur s'en prend au pédagogisme qui, dans les pays occidentaux, vise partout à «rompre radicalement avec toutes les obligations qu'implique un héritage linguistique, moral et culturel». Lorsque nos «directeurs d'inconscience» avouent nous abrutir chaque jour davantage, le zombisme ressemble alors vraiment à un authentique totalitarisme. Lors de leurs sommets, les élites mondialistes s'inquiètent de ce que «dans le siècle qui vient, deux dixièmes de la population active suffiront à maintenir l'activité de l'économie mondiale». Les dirigeants des zombies se posent donc la question de savoir comment occuper les huit dixièmes restants. L'un des anciens conseillers du président Jimmy Carter, Zbiniew Brzezinsky, propose de «leur faire téter un cocktail de divertissement abrutissant et d'alimen-

Mortel isolement

tation suffisante permettant de maintenir de bonne humeur la population frustrée de la planète ». Une réponse sociale que ce grand maître vaudou appelle le « *tittytainment* », *titt* en anglais signifiant « téter ». L'islamisme et la pensée unique procapitaliste partagent un même mépris pour les masses. Les chefs intégristes s'autorisent de la parole de Dieu pour mener à la mort les plus démunis. Nos spécialistes en fusions-acquisitions envoient sans hésiter les salariés au chômage et petits actionnaires à la banqueroute. Nos troupes de zombies ne sont-elles pas entraînées pour une guerre économique qui n'est fraîche et joyeuse que pour leurs généraux ? Persuadés par le management que le travail sert à « s'épanouir, à se réaliser, à vivre des expériences enrichissantes », bref à tout sauf à gagner sa vie, les cadres fanatisés d'Occident paraissent totalement aliénés. Et même s'ils n'adhèrent pas au discours officiel, ont-ils d'autre choix que de s'y soumettre et d'ânonner la novlangue du capitalisme managérial ? Le système commercialo-totalitaire qui sévit chez nous est si pervers qu'il sécrète des arguments moraux pour tenir ses troupes.

En opposant les *in* et les *out*, nos mondialistes culpabilisent les salariés. S'ils ne veulent pas priver les exclus de l'espoir de trouver un emploi, ceux-ci sont priés de ne pas demander d'augmentation. À l'image du fanatique, le zombie serait lui aussi victime de manipulateurs cyniques tentant par tous les moyens de l'endoctriner dès son plus jeune âge. Or, cette nouvelle religion libérale, si elle entraîne une corruption bien réelle de nos sociétés, ne fait que répondre à une demande. Ce « totalitarisme économique » n'est donc pas un mal exogène, il ne résulte pas d'un complot ni d'une agression.

Le marché ne fait jamais que rentabiliser les souhaits des zombies, au mieux les devancer. Si les marchands nous scrutent, c'est pour mieux nous plaire. Nous sommes tous les victimes consentantes du système « turbo capitaliste ». La télévision est l'un des instruments les plus puissants à la disposition de ce soi-disant fascisme néolibéral. Or, ce média décrit si justement par Pascal Bruckner[4] comme une « tisane des yeux », qui ne voit pas quel plaisir nous avons à la siroter ? « Qui n'a jamais connu l'atroce, l'irrésistible tentation qui consiste à zapper frénétiquement des nuits entières sans pouvoir se soustraire au ruban continu des images ne connaît rien au sortilège de la petite lucarne. » Si un complot existe, nous sommes tous impliqués ! Les zombies mollistes nous induisent deux fois en erreur lorsqu'ils tentent de nous persuader que nous sommes les jouets d'une machination. Ils nous désarment moralement face au fanatisme : qui aurait envie de mourir pour défendre une poignée d'actionnaires véreux ? Ils nous laissent surtout croire que nous sommes capables de sortir seuls de notre zombisme, que nous pouvons extirper le mal puisque nous l'avons localisé.

S'ils n'incitent pas le zombie à se détester, les défenseurs du système, les bonistes, l'aveuglent tout autant sur ses chances d'autoguérison. Par la voix de George Bush, le capitalisme tentait de se convaincre de ses capacités de changement. Mardi 10 juillet 2002, dans un discours à Wall Street[5], le Président américain affirmait : « Il n'y a pas de capitalisme sans conscience, il n'y a pas de prospérité sans force de caractère. Nous avons besoin d'hommes et de femmes qui connaissent la différence entre l'ambition et l'avidité destructrice. » Après chaque flambée de violence dans les banlieues, le

Mortel isolement

zombie essaie de se convaincre : «La société doit retrouver des valeurs à offrir à sa jeunesse!» Mais aucune société n'a jamais recouvré des valeurs qu'elle avait perdues! Lors de chaque scrutin, les Occidentaux se persuadent qu'«il faut combler le fossé entre le peuple et les élites» ou qu'il faut «faire de la politique autrement». L'offensive Ben Laden a permis, une fois de plus, au zombie de s'accorder un crédit illimité. Au lendemain des attentats, nous étions convaincus que les paradis fiscaux étaient des tumeurs cancéreuses. Un an après, ils sont toujours en place. Le 11 septembre nous a prouvé que la politique, à la fois brouillonne, naïve et cynique des États-Unis ne pouvait plus continuer. Un an après, l'Amérique campe sur ses ombrageuses certitudes. En fait, les bonistes sont conscients que les zombies sont incapables de s'amender. D'après eux, le système capitaliste se corrigerait tout seul. Nous serions tellement souples, ductiles, adaptables que nous pourrions tout absorber. Le zombie n'a pas besoin du fanatique, il s'autorégule, sécrète et recycle ses propres fanatiques : tel grand patron n'est-il pas un ancien maoïste? Tel partisan des drogues douces, un ex-militant d'extrême droite? L'extrême plasticité du néolibéralisme lui permet de récupérer le discours de haine tenu par une partie de sa jeunesse. En commercialisant des CD appelant au meurtre de policiers, le zombie ne fragilise pas sa société, il la renforce : le *gangstarap* fournit un exutoire aux désœuvrés des ghettos; les zombies fanatisés les plus violents qui en sont les auteurs s'intègrent économiquement au système et les maisons de disques engrangent de juteux profits. Le zombie se guérit de ses vices en rentabilisant ses défauts. Il se vaccine lui-même. *Le Monde*[6] signalait que l'on peut découvrir un jeu terrifiant sur Internet. Ce « divertissement » s'appelle *Death Row* et il permet de parier sur le sort des prisonniers dans le couloir de la mort. Ce quotidien expose les règles du jeu : « Les condamnés forment votre équipe, et, en fonction de l'évolution de leur situation, vous gagnez ou vous perdez des points. Ainsi, un pardon rapporte 50 points, la clémence, 25 points, un report d'exécution 5 points ou si le condamné implore la clémence de Dieu, un point. À l'inverse si l'un de vos équipiers est exécuté, vous perdez 10 points. »

Sans doute s'agit-il là d'une dérive du zombisme mais Ben Laden est-il autre chose qu'une dérive du fanatisme ? Cette dérive révèle la nature profonde de notre zombisme. Que gagne-t-on dans ce jeu ? Un billet pour assister à une exécution en direct. Grâce à sa provocation, l'auteur du site entend dénoncer la peine de mort. Une nouvelle fois, c'est par l'exploitation de ses travers que le zombie espère en venir à bout. « Le site propose une information de qualité sur les condamnés à mort et soulève de vrais problèmes comme celui de la discrimination raciale », souligne l'auteur de l'article dans un irrésistible élan de zombisme. Comme un chat, notre capitalisme retomberait toujours sur ses pattes. Nous sommes certains que la « main invisible » nous retiendra au dernier instant comme dans cette publicité où un zombie se laisse volontairement tomber en arrière et est miraculeusement rattrapé. Si le boniste a raison de souligner que nous ne vivons pas sous un régime totalitaire, en revanche, lui aussi sous-estime le mal qui nous ronge. Ce qui fascine le zombie avec la télévision, notait Pascal Bruckner[7], c'est qu'elle « constitue la forme la

Mortel isolement

plus simple de remplissage et qu'elle assouvit par procuration notre soif de péripétie, et de dérivatifs faciles». Désormais, le zombie dirige entièrement ses forces vers le contentement et le plein épanouissement de ses petites faiblesses. Notre raison n'est plus dirigée que vers la satisfaction de nos instincts. Ce que nous appelons «le marché», sans même savoir ce dont il s'agit, n'est rien d'autre que le déchaînement frénétique de notre société qui s'abandonne tout entière au principe de plaisir. Notre dernière volonté, ne plus en avoir.

Or, comme une mise en garde à l'attention des zombies, Thomas Mann s'interrogeait à propos de l'Allemagne nazie : «Qu'en est-il de la vocation d'un peuple à la puissance qui, pour gagner le monde, doit cultiver en lui ce qu'il y a de plus bas, de plus médiocre, de plus grossier, de plus étranger et de plus opposé à l'esprit, qui doit pouvoir lui donner un pouvoir absolu sur lui-même?» Ce pouvoir absolu sur lui-même, nous avons renoncé à le cultiver. Le zombie est désormais devenu son propre esclave.

Le capitalisme autiste semble bien dériver vers une sorte de Canada Dry totalitaire qui ressemble à du totalitarisme et qui est précisément son contraire. En fait, les formes seules sont totalitaires mais le fond ne l'est pas. Et pour cause, il n'y a plus de fond! Ce qui nous menace, c'est un néantisme qui est l'exact opposé du totalitarisme. Le totalitarisme veut noyer l'individu dans la masse, l'écraser, le broyer. Notre néantisme l'isole, l'aliène, lui enjoint de se soumettre *hic et nunc* à la règle de l'abbaye de Thélème : «Fais ce que voudra»! Le totalitarisme contraint à tout, nous n'obligeons à rien. Le totalitarisme a réponse à tout, nous doutons de tout. Le totalitarisme abuse de la violence, nous abusons de la douceur, même avec les violents ! Les effets de ce système ne sont pas moins redoutables que ceux du totalitarisme. Le capitalisme fou ne brutalise pas directement les individus mais cela ne diminue en rien sa capacité de nuisance et son aptitude à corroder les ressorts de nos sociétés. Platon[8] a parfaitement décrit ce que sont devenues nos démocraties marchandes, et l'on a sans doute tort d'incriminer le capitalisme seul. La véritable origine de ce fléau, c'est que l'esprit occidental a commencé à se nier lui-même. Depuis la fin de la guerre froide, la critique utopiste de nos sociétés tourne à vide. Privé d'extériorité (les Persans de Montesquieu), d'ouvrage réel (l'URSS) ou de plan idéal (le christianisme social) par rapport auxquels nous pouvions repérer nos défaillances, notre intellect emploie ses forces à se dénigrer. Ce Vatican II de l'Occident a, sans doute, démarré bien avant mai 1968 et n'a produit ses effets délétères que plus tard. Toutefois, l'année 1968 fournit un point de repère. Lorsque les philosophies qui justifiaient la critique des sociétés occidentales (le marxisme, le structuralisme, la sociologie, le freudisme, etc.) disparaissent elles-mêmes emportées par la critique, tel Chronos dévorant ses enfants, l'Esprit occidental devient anthropophage. Les zombies ont repris l'hypothèse de Descartes (rien n'est certain) et l'ont appliquée à l'ensemble de nos croyances collectives. Nous n'avons pas cessé d'être intelligents, rationnels, curieux, ouverts. Simplement, nous avons retourné toutes ces facultés contre nous, devenant ainsi nos pires ennemis intimes. Notre liberté est à présent intégralement mobilisée contre elle-même. Dans un effort titanesque de volonté, le zombie s'applique à saper ses propres fondements. Civisme, patriotisme, héroïsme, désintéressement, dévouement, esprit critique, tout doit disparaître. Notre concentration, notre énergie, notre labeur favorisent désormais le relâchement, l'oubli, l'endormissement. Après avoir miné la culture classique, fait exploser la famille, laminé les syndicats, vidé les églises, clairsemé les rangs des partis politiques, le zombisme ne s'arrêtera pas en si bon chemin. Notre entendement détruit nos croyances sans les remplacer. Levant tous les voiles d'ignorance, nous dénudons notre monde. Le zombie recherche moins la vérité que la destruction de ses anciennes certitudes. Lors de la dernière présidentielle en France, un grand quotidien[9] donnait la parole à deux modèles achevés de zombies qui sont peut-être des Occidentaux terminaux : « Je suis fière de n'avoir jamais voté car ce comportement est encore avant-gardiste, même s'il commence à se répandre. Je me sens insaisissable, très contemporaine, plus libre que ceux qui restent accrochés à tous ces trucs hérités du passé. » Le compagnon de cette îlote précise : « La société de l'avenir est déjà en gestation sur le Net. Les jeux en réseau et les mondes virtuels rassemblent des dizaines de millions de joueurs, et toutes les nationalités se mélangent. Les jeunes s'organisent à l'échelle mondiale, et se regroupent par affinités, pour former des tribus et des clans autonomes, à forte identité culturelle, bientôt ces comportements vont se répandre dans le monde réel. Le vieux système court sur son erre, il n'a plus de vapeur... » Le système « Occident » a-t-il encore assez de vapeur ? Le zombie se menace donc de l'intérieur. Non seulement il ne peut se guérir seul mais il n'a pas même besoin de fanatique pour se détruire. Hélas, notre zombie ne se doute pas jusqu'à quel point l'avenir pourrait lui donner raison. Les « tribus à forte identité culturelle » qui « vont bientôt se répandre dans le monde réel » n'ont pas prévu qu'il y reste. Les maîtres que nous croyons être doivent désormais faire face au courroux de leurs esclaves.

Le fanatique menaçant

Le fanatique paraît en tout cas mieux armé pour survivre. Notre aliénation ne le libère-t-elle pas d'un modèle écrasant ? Il veut nous supprimer, c'est donc qu'il peut se passer de nous. Cette fronde anti-occidentale n'est peut-être pas de si mauvais augure. Elle produit des Ben Laden, mais la Révolution française a elle-même connu ses débordements. Kant ne se moquait-il pas de ceux qui pensent « que ce qui est bon en théorie peut ne pas l'être en pratique » ? À présent, les fanatiques cherchent à s'approprier les moyens de l'Occident en rejetant ses fins. En Chine, dans le monde arabo-musulman, en Inde, les fanatiques tâtonnent, cherchant une synthèse entre capitalisme et autoritarisme, entre démocratie et sectarisme religieux, entre tradition et technologie. Le fanatique semble ainsi s'être affranchi du zombie. Il n'est pas certain qu'il doive traverser sa « crise d'adolescence historique ». Rien n'indique que l'adaptation de la modernité à des sociétés non occidentales produise nécessairement les mêmes effets qu'en Occident. La Chine, avec le maoïsme, n'a-t-elle d'ailleurs pas déjà expérimenté et dépassé la tentation totalitaire ?

Incontestablement, la question se pose, pour ces deux civilisations que sont l'Inde et la Chine, de savoir si elles ont déjà encaissé le choc de la modernité. En effet, la distance culturelle qui sépare l'Occident de ces deux États rend *a priori* leur modernisation excessivement dangereuse. Le modèle à adopter, les modes de pensée, même la science, et peut-être surtout la science, ont déjà heurté de front les croyances des Chinois. Comme l'écrit le sinologue Simon Leys, la Chine est la religion des Chinois. Laurent Murawiec[10] relève que « l'ancienne représentation du monde que se fait la Chine ressemble quelque peu à celle du système solaire [...] par Ptolémée : chaque astre se tient sur l'orbite divinement prescrite dans l'emboîtement concentrique des sphères. » À cette seule différence près : la Chine remplace le soleil. L'idéogramme de Chinois, en mandarin, signifie « l'homme du pays du Milieu ». En décentrant la Chine, l'Occident a donc infligé à ce peuple une blessure narcissique autrement profonde que celle infligée à l'Allemagne par la France imposant sa modernité à coups d'invasions napoléoniennes et d'adaptations du Code civil. Or, cet argument de la distance se renverse : les visions du monde immanentes, horizontales, centrales des Indiens et des Chinois ont, autrefois, permis à ces cultures de digérer facilement invasions et systèmes de pensée. Leur estomac philosophique serait plus solide que le nôtre. Paradoxalement, le complexe de supériorité de ces deux civilisations – l'une se conçoit au centre du monde (Chine) et l'autre nationalise les dieux de ses envahisseurs (Inde) – pourrait leur éviter de nourrir un ressentiment fanatique contre les Occidentaux. En effet, l'adoption des sciences et des techniques occidentales peut ne pas avoir remis en cause la religiosité nationale de l'Hindou ou du Chinois.

Le zombie et le fanatique

Reste à empêcher Chinois et Indiens de se jeter les uns contre les autres pour s'assurer d'une domination exclusive dans le bassin de l'Asie Pacifique. Car si Pékin et New Delhi développent des versions intégralement autochtones de la puissance moderne (technologique et économique), c'est-à-dire ne refroidissant pas leur croyance, les perspectives de conflits n'en seraient pas pour autant diminuées. Que signifierait, en effet, une Inde équipée de fusées nucléaires et dirigée par des généraux qui semblent faire peu de cas de la vie humaine ? Un mépris de l'humanisme occidental nous met peut-être à l'abri du ressentiment de l'Inde, il n'épargnera pas leur voisin pakistanais. Une première frappe coûterait, au bas mot, un million de morts. Quant à la destruction du Pakistan, même partielle, elle aboutirait à la plus effroyable apocalypse guerrière de l'Histoire. Le zombie se rassurera : il ne s'agit que de rotomondates électorales ou de gesticulations dissuasives. L'Occidental ferait mieux d'arpenter ses cimetières militaires. Cette rationalité pure et parfaite que le zombie prête si volontiers à de potentiels fanatiques, il n'en a lui-même guère donné de preuves lors des deux guerres mondiales. Qu'est-ce qui a empêché la montée aux extrêmes à Verdun ? Le zombie paraît aujourd'hui bien seul à connaître le prix exorbitant de la vie humaine. Quant à la possibilité pour l'empire du Milieu de devenir, à l'horizon de 2015-2020, la première puissance économique mondiale sans que cela entraîne son acculturation à la modernité politique, on conçoit mal que tant de zombies l'envisagent sereinement. Le très modernisateur Jian Zemin, réuni avec les caciques du Parti communiste chinois dans la station thermale de Beihade, à l'est de Pékin, traçait, en juin 2002, de bien curieuses lignes d'horizon pour son pays. Depuis l'époque de Mao, les conclaves de Beihade décident de l'avenir du pays. Or, le Président chinois y développa cette année sa théorie des « trois représentativités ». Cette nouvelle ligne idéologique prévoit que le parti ne représentera plus l'avant-garde du prolétariat, ni celle de la paysannerie mais les intérêts des couches sociales les plus avancées. En somme, la Chine s'apprête à passer de la dictature du prolétariat à celle des requins d'affaires. Rapport de force oblige, si la Chine devient la première puissance mondiale, c'est ce modèle qui incarnera l'avenir. Chinois et Indiens semblent avoir bien peu de chances de conserver leurs croyances consolantes en continuant d'accroître leur PNB. En se modernisant, Japonais et Turcs n'ont pu éviter de s'occidentaliser et en s'occidentalisant, ils sont devenus agressifs. L'Internet et l'individualisme, la conquête spatiale et le progrès, la physique nucléaire et le libre examen forment un tout. C'est cette idée qu'exprimait l'historien anglais Arnold Toynbee[11] : « La vérité, c'est que toute civilisation historique forme un ensemble organique dont toutes les parties sont interdépendantes. De sorte que si l'une des parties est détachée de son cadre d'origine, l'ensemble détruit tend à se reconstituer dans ce nouveau milieu où l'un de ces éléments a déjà pris racine. » Ce qui tend à démontrer que la modernisation frénétique de certaines parties de l'Inde et de la Chine les occidentalisera en profondeur. Tôt ou tard, ce mouvement conduira à leur instabilité politique. On le voit, soit la Chine et l'Inde ont développé des versions indigènes mais dangereuses de la modernité, soit ces deux sociétés entreront en ébullition. Si la question se pose à l'Inde et à la Chine de savoir si elles ont encaissé le choc de notre civilisation, elle ne se pose pas au monde arabe qui ne partage ni nos préjugés, ni notre savoir-faire technologique.

Aucun pays arabo-musulman[12] n'a atteint, jusqu'à présent, par son travail, notre niveau de vie et n'a choisi d'adopter nos raisons de vivre. L'argument de la distance culturelle ne saurait s'appliquer au monde musulman. Sur le plan spirituel, l'islam partage avec nous l'essentiel : monothéisme et transcendance. Descendants d'Abraham, les Arabes sont aussi partiellement ceux des Grecs. Autrement dit, ils devront également renoncer aux croyances consolantes autrefois pratiquées par l'Occident. Leur Temple doit être livré aux marchands pour que les rayons de leurs supermarchés débordent. Or, le prix à payer en terre d'islam pour cet *aggiornamento* paraît considérablement plus élevé que celui déboursé jadis par juifs et chrétiens. Ces derniers n'eurent à abandonner que l'espérance dans le retour d'un Messie. Le musulman doit renoncer à bâtir cette Cité juste dont l'Ange Gabriel livra les plans à Mahomet. Le Grand Architecte avait expressément indiqué qu'il n'y aurait pas d'amélioration possible. La révélation musulmane constitue en effet le sceau de la prophétie. L'islam, religion législative comme le judaïsme, est, de ce fait, beaucoup plus enclin au fanatisme. L'étymologie du mot *fanum*, signifiant Temple, rappelle ses origines hébraïques. Pour être à ce point enragé par le comportement des hérétiques, pour montrer autant de zèle dans l'application de la Loi, il faut être soumis à un règlement divin extrêmement tâtillon. Le plus fanatique des chrétiens, Luther, était aussi le plus mosaïque. Ce qui préserve judaïsme et christianisme du fanatisme c'est que ces deux religions attendent une révélation.

Mortel isolement

Pour une part, notre modernité résulte de la laïcisation de cette espérance. L'islam n'y accèdera qu'à condition de renoncer à sa conviction que le Bon, le Juste et le Vrai ne sont plus à portée de main. La conscience malheureuse de l'Occident chrétien devient une conscience désespérée pour l'Orient musulman. Deuil douloureux en tant que tel mais deuil cruel car imposé de l'extérieur, deuil insupportable si l'on se rappelle que c'est un *dimmi*, c'est-à-dire un vaincu, qui le lui impose. Le judaïsme et le christianisme en terre d'islam ne sont pas considérés comme des ennemis, au contraire, ils sont protégés comme de vieux parents un peu stériles. Des cultes périmés, incapables de s'adapter aux temps nouveaux, reviennent donc sous une forme laïcisée et mettent en demeure les musulmans de choisir entre ce qu'ils croient et ce qu'ils peuvent. Jésus a dit : «quiconque veut me suivre doit abandonner son père et sa mère». Or, quiconque croit politiquement à une révélation n'a guère de chance d'accroître son PIB. Aucun peuple ne peut espérer entrer au G7 s'il n'a pas refoulé l'Éternel au fond de lui. On comprend le déferlement de haine du musulman, obligé de désacraliser sa société au nom d'une croyance dépassée et vidée de sa substance. Nous ne lui demandons pas seulement de croire que la perfection n'est pas de ce monde, nous exigeons de lui qu'il se convertisse à une morale impie.

L'islamologue Bruno Étienne[13] rappelle que la version la plus pure du fanatisme dans l'Occident prémoderne est celle du prophète Élie (Mt. 4,5-7) «qui se croit seul à défendre les droits de Dieu en massacrant des prêtres étrangers». C'est la version des zélotes qui défendirent pied à pied les abords du Temple (*fanum*) et que Flavius Josèphe décrit comme des *fanatici*.

L'islam pourrait ainsi être tenté de se considérer comme le « dernier des Mohicans » du monothéisme. L'islamisme semble vouloir sauver les religions du Livre de cet autodafé qu'est la modernité. La « crise d'adolescence » de l'islam, en particulier arabe et sunnite, s'annonce donc redoutable. Ce complexe de supériorité de l'islam explique qu'une civilisation relativement proche de la nôtre et presque aussi développée que la nôtre – au moment de la Renaissance – ait offert une résistance aussi acharnée à la modernité. Francis Fukuyama[14] a raison : « L'islam est le seul système culturel à produire régulièrement des gens comme Ben Laden ou les Talibans qui rejettent la modernité en bloc. » Le théoricien de la fin de l'Histoire omet de préciser que ce n'est pas le fait du hasard. Si la greffe occidentale n'a jamais pris, notamment au plan des mœurs, c'est que l'islam n'a jamais cessé de nous mépriser. C'est ce mépris, à présent armé, qui nous revient aujourd'hui en plein visage. Soufflant sur les braises du fol espoir de l'unité arabe, la politique étrangère de la Grande-Bretagne a avivé cette plaie. La diplomatie américaine, en encourageant partout l'islam le plus rétrograde, a laissé le monde islamique s'enfoncer dans une effroyable impasse. En découvrant que le berceau historique de l'islam était aussi le lieu de la terre où dormait plus de la moitié des réserves mondiales de brut, les membres de la secte wahabite, on s'en doute, n'ont guère imaginé que cette heureuse coïncidence était le fruit du hasard. L'Occident irresponsable ayant maintenu les Arabes dans un état d'enfance historique, ceux-ci restent persuadés qu'Allah – et non l'industrie des peuples politiquement déchristianisés – leur a donné les hydrocarbures. L'orientaliste Georges Corm parle de «malédiction pétrolière». L'islam fut longtemps, trop longtemps, protégé des blessures narcissiques de l'Occident. En laissant une poignée de Bédouins figer leur société, en dissimulant à celle-ci son image aussi arriérée que pathétique, nous les avons installés dans le mensonge et enfoncés dans l'erreur. Laisser croire aux Saoudiens que les musulmans pouvaient dépasser notre niveau de vie sans remettre en cause leur mode de vie fut une tragique erreur. Parce qu'ils avaient le pétrole, ils n'avaient pas besoin de nos idées. La schizophrénie qui s'ensuivit a conduit tout droit à Ben Laden. Pour une large mesure, la colère des Arabes est celle d'un peuple ayant découvert le pot-aux-roses.

LE CHOC DES HISTOIRES

Le marxiste converti à l'islam Roger (*alias* Raja) Garaudy affirmait que l'Occident avait inoculé à l'islam son propre intégrisme[15]. Or, qui ne voit que le fanatisme se déchaîne, au moment même où l'Occident brise ses idoles, fait son *mea culpa* et clame le dégoût de ses idéaux. Ce n'est qu'après avoir posé un genou à terre que nous réveillons des pulsions de meurtre. C'est un enseignement dialectique banal que de constater que l'adversaire jaloux se mue en ennemi sitôt qu'on lui tend la main. Aux États-Unis, au moment même où les Blancs les méprisaient le plus, les Noirs ne demandaient qu'à bénéficier d'une considération garantie par les droits civiques. Les Black Panthers sauteront au visage de l'Amérique après que le dernier État de l'Union a renoncé à toute discrimination (légale). L'intransigeance n'est peut-être pas le meilleur moyen de convertir les fanatiques, elle offre en tout cas la meilleure des assurances-vie. Nous ne survivrons aux assauts du fanatisme qu'en sortant de notre léthargie mais il est impossible au zombie d'en sortir seul. Le défi du fanatique est d'autant plus redoutable qu'il attaque notre civilisation à sa racine : son absence de contenu, son néantisme. Il suffit de relire les recommandations [16] faites aux kamikazes par les initiateurs du 11 septembre pour mesurer la gravité du danger. Cette ultime exhortation exprime une terrifiante volonté de puissance : « Persévère à demander à Dieu de te donner la victoire, le contrôle et la conquête. » Ces ennemis ne doutent pas : « Si on place tous les mondes et tous les univers d'un côté de la balance » et « il n'y a de dieu que Dieu » de l'autre, « il n'y a de dieu que Dieu » pèsera plus lourd. » Leur détermination est sans faille : « Tous leurs équipements, leurs portiques et leur technologie n'empêcheront rien. » Le degré de maîtrise qui fut exigé des *djihadistes* contraste avec notre bonisme et notre mollisme ignorant la peur de l'échec. Ils nous craignent mais cette crainte n'est rien en comparaison de celle qu'ils éprouvent face à Dieu : « Seul le Diable craint ses alliés qui sont fascinés par la civilisation occidentale, et qui ont bu l'amour de l'Occident [...] ainsi ne les craignez pas, et craignez-moi si vous êtes des croyants. La peur est une immense adoration. » Le narcisse doit combattre un paranoïaque, un obsessionnel qui ne laisse rien au hasard et qui ne laisse aucune chance à son adversaire : « Si tu massacres, ne cause pas de souffrance à celui que tu tues ». « Ne croyez pas que ceux qui sont tués pour l'amour de Dieu sont morts ; ils sont vivants » : les fanatiques semblent accorder aussi peu de prix à leur passage sur terre que nous sacralisons le nôtre. En montrant que l'on peut encore mourir et tuer pour une croyance aussi dure que notre scepticisme est mou, Ben Laden s'est attaqué à notre talon d'Achille. Êtes-vous encore capables de mourir pour ce que vous croyez juste ? L'Occidental ne sera certain de survivre qu'en répondant à son tour à cette question. Hélas, notre intelligence a vidé de leur substance tous nos idéaux. Si, menacés de mort à présent, nous comprenons la nécessité d'adhérer à des valeurs plus importantes que nos vies, si nous éprouvons le besoin de nous forger de nouveaux mythes, nous nous leurrons sur notre capacité à y parvenir seul. Tant que le zombie ne sort pas de son autisme, tant qu'il refuse la dialectique, il ne peut se défendre. Ayant renversé ses tabernacles (et même les utopies au nom desquelles il avait commis ses sacrilèges), le zombie pour se défendre du fanatique éprouve encore le besoin de croire, mais à quoi ? Dessine-moi une mythologie, un grand dessein, demande-t-il à ses prêtres. Il se retourne donc vers les scientifiques et les économistes. Seulement voilà, la plus belle fille du monde... Les sciences, on le sait, ne procurent aucune fin dernière. Pointant les contradictions de l'esprit stoïcien, Hegel[17] nous éclaire encore sur notre désarroi : « Le stoïcisme était donc mis dans l'embarras quand on l'interrogeait [...]. Sur le critérium de la vérité, en général, c'est-à-dire proprement sur un contenu de la pensée même. À la question : Quelle chose est bonne et vraie ? il donnait encore une fois en réponse la pensée elle-même sans contenu : c'est dans la rationalité que doivent consister le vrai et le bien. » Nos formes peuvent désormais avoir un fond.

Notre doute peut se transformer en certitude s'il est confronté à l'arrogance de l'ennemi. La seule chose que l'Occident sache, c'est qu'il ne sait rien. C'est qu'aucune certitude ne vaut les cheveux d'une femme musulmane, c'est que rien ne distingue l'intouchable du Brahmane, c'est que les Chinois ne sont pas nés pour obéir. Nous ne pouvons triompher du fanatique sans qu'il nous subvertisse en partie. Nous ne pouvons vaincre Ben Laden qu'en nous laissant gagner par certains de ses arguments. On ne vaincra le fanatisme qu'en croyant fanatiquement à notre humanisme, à notre tolérance, à notre démocratie. Soit nous déclarons l'islamisme impie, indigne de notre religion de la liberté, mécréant au regard de l'orgueil humain, soit nous mourons. Autrement dit, nous avons besoin de la psychose du fanatique pour sortir de notre névrose. Face au fait accompli, le 11 septembre, le zombie n'a d'autre choix que d'accepter un duel avec le fanatique. Après avoir douté de tout, Descartes s'était résolu à croire qu'il fallait encore exister pour douter. Comme le fit l'auteur des *Méditations métaphysiques*, après avoir douté de tout, nous aurions intérêt à redécouvrir le sol en dur d'une morale par provision. L'Occident gagnerait sans doute à imiter ce maître du soupçon qui s'était retourné vers la morale et la religion de ses pères. «Dans notre France moderne, l'idéal de notre éducation est de faire des hommes ce qu'ils furent à la fois à Athènes et à Spartes. À Athènes l'homme fut surtout un citoyen épris de liberté politique, d'activité commerciale, d'art et de littérature. À Sparte, il fut uniquement un soldat, exercé chaque jour aux vertus militaires et prêt chaque jour à donner sa vie pour sa patrie.»

Chapitre IX

Décalogue

Survivre au siècle prochain

> « Les Blancs ont la responsabilité
> d'avoir fait le monde et, de l'avoir
> partiellement manqué. »
> CHEIKH HAMIDOU KANE

« Trop dur dans ce qu'il a de mou et trop mou dans ce qu'il a de dur. » Ce que l'historien Jacques Bainville disait du traité de Versailles s'applique au comportement du zombie à l'égard de ses ennemis. Implacable avec les fanatiques les moins menaçants, l'Occident tend à se montrer naïf avec les plus dangereux. Et s'il entre une part de veulerie dans cette attitude, celle-ci s'explique surtout par le fait que nous ayons du mal à admettre que le fanatique nous rejette en connaissance de cause. Un auteur comme Huntington, par exemple, ignorant cette crise d'adolescence de la modernité, ne voit pas que les fanatiques revivent en partie ce que nous avons vécu. À l'inverse, Fukuyama refuse de considérer que ne se réduisant pas à notre passé, fatalement, ils modifieront notre avenir. La principale source de perplexité pour le zombie réside ainsi dans le fait que l'histoire qu'il vit est totalement nouvelle et qu'en même temps, elle emprunte au passé certains traits. Nous sommes face à un totalitarisme qui nous rappelle de mauvais souvenirs mais nous devons aussi affronter une nouvelle espèce de «bête immonde». Nous revivons les années trente mais en plein XXIe siècle. Le zombie désemparé conçoit mal que le fanatique puisse à la fois lui ressembler tout en étant radicalement différent. Cette difficulté explique que les sociétés occidentales fassent souvent preuve d'une incroyable légèreté à l'égard du fanatique. Tirant des leçons erronées du passé, le zombie creuse parfois sa tombe. Terrassant de simples adversaires (Saddam Hussein, Mossadegh), il n'hésite pas à renforcer des ennemis potentiels (Jian Zemin, le prince Abdallah). Vis-à-vis du fanatique, nos marges de manœuvre sont assurément limitées. Ne pouvant plus ni les séduire ni les supprimer, reste à nous accommoder de leur altérité. Or, le meilleur moyen de freiner la propagation du fanatisme, c'est encore de chercher à s'en protéger.

Il ne s'agit pas seulement de rectifier notre image (il est frappant de constater à quel point, en Occident, toute politique se concentre dans ce concept hautement narcissique) mais de prendre conscience du réel qui nous résiste afin de sortir de notre accablement ou d'en finir avec notre euphorie. Seul, le fanatisme peut nous guérir de notre zombisme. Et celui-ci, guéri, doit nous pousser à guider indirectement les peuples vers

Décalogue

une modernité autrement attirante que celle aujourd'hui offerte. Nous ne pouvons plus évangéliser la planète. La meilleure et la dernière chose que nous puissions faire pour le fanatique, c'est de redevenir nous-mêmes. Nous pourrions résumer ce programme en dix commandements. C'est le décalogue de la survie au XXIe siècle. Chacun de ces points concerne directement l'Occident et, indirectement, le reste du monde.

1) TES IDOLES, TU BRISERAS !

Science et capitalisme sont devenus nos veaux d'or. En renouant avec notre morale démocratique par provision, nous retournons alors à notre seule divinité moderne : la liberté. Experts et spécialistes ne devraient plus intimider la *vox populi* ni, *a fortiori*, s'y substituer, Débarrassées des croyances qui brident les volontés collectives, nos économies pourront être, à nouveau, régulées, nos richesses redistribuées, de forts niveaux de protection sociale réinstallés. La démocratie des actionnaires, fausse idole s'il en est, sera alors soumise à la vraie. Les paradis fiscaux pourront être démantelés, au besoin par la force. Ce rejet de notre suicide démocratique, ce renversement du despotisme « éclairé » ne sera pas l'effet d'un populisme aveugle. Au contraire, c'est sur le terrain scientifique que ce combat se déroulera. Car cette globalisation financière, qui n'est qu'une chimère, ne nous apparaîtra comme telle que lorsque nous aurons changé de paradigme économique. Ce n'est que lorsque la négation de la synthèse keynésienne aura elle-même été dépassée que nous cesserons de trembler de manière infantile devant « les marchés ». Quinze minutes de réunion au G7 suffiront alors à délivrer l'univers de leur pathétique tyrannie.

2) Tes ennemis, tu cesseras d'enrichir !

Si nous cessons de fétichiser l'économie, nous réaliserons alors que commercer avec des États politiquement instables et potentiellement agressifs est rarement une bonne affaire. Les détenteurs de bons d'emprunt russes et les banquiers américains qui se précipitèrent au chevet de l'Allemagne des années trente s'en souviennent. Or, ce qui est frappant, c'est que le zombie parvient à s'autopersuader qu'il est en situation de demandeur à l'égard de ces pays, alors que l'inverse saute aux yeux : privées de nos marchés, ni la Chine, ni les monarchies pétrolières ne tiendraient bien longtemps. Nous pouvons plus facilement nous passer d'eux qu'eux peuvent se passer de nous. Laisser les Saoudiens intoxiquer notre jeunesse avec notre argent est absurde. Investir en Chine et lui donner ainsi les moyens de s'armer contre nous ne l'est pas moins. Dans tous les cas, nous créons chez ces peuples l'illusion que l'enrichissement n'est pas lié à l'occidentalisation. Conditionner nos échanges commerciaux à leur démocratisation peut donc s'avérer tentant. Or, ce serait également contre-productif. On peut être plus royaliste que le roi, jamais plus démocrate que les peuples. Par contre, que la politique étrangère de ces pays menace la stabilité internationale, qu'elle viole leurs engagements en matière de non-prolifération et nous avons l'impérieux devoir de leur couper les vivres.

Décalogue

3) TES PROPRES RÈGLES TU RESPECTERAS !

Autant il devient imprudent d'imposer aux fanatiques nos principes, autant il reste à notre portée de les respecter. L'Occident dénonce les usines-prisons en Chine mais ne se prive guère de fabriquer biens et services dans son propre système carcéral. L'acharnement de l'Amérique à lutter contre le tabagisme n'a d'égal que les efforts déployés par le ministère américain de l'Agriculture à ouvrir de nouveaux débouchés à ses fabricants de tabac. Parfois, notre avidité tourne à l'odieux : ainsi, lorsque des firmes pharmaceutiques occidentales intentent des procès à l'État sud-africain pour l'empêcher de produire des trithérapies génériques. Dans le seul but d'accroître les dividendes d'une poignée d'actionnaires, le «modèle occidental» condamne à mort des millions d'êtres humains. Au lendemain du 11 septembre, le gouvernement fédéral américain pensionna les familles des victimes au prorata du revenu de leurs parents décédés. Le message envoyé au reste du monde était le suivant : les larmes des enfants d'une femme de ménage n'ont pas le même prix que celles des enfants d'un banquier d'affaires. Il ne s'agit pas uniquement de morale. Dans un monde où des Ben Laden peuvent enflammer les foules, pour le zombie, pouvoir se regarder dans une glace n'est pas seulement affaire de conscience, c'est une règle de survie. Dorénavant, nous sommes observés. Et les regards qui se posent sur nous ne sont plus admiratifs. Ce qui est vrai des petits accommodements que nous nous autorisons n'est rien en comparaison des mauvais traitements que nous infligeons aux principes de la souveraineté étatique, laquelle demeure pourtant la pierre de touche de l'ordre international.

4) Une ligne rouge, tu traceras !

Respecter la souveraineté de son propre peuple et respecter celle des autres : cette ligne de conduite ne doit connaître qu'une seule exception : en cas de violations des dispositions concernant la non-prolifération des armes de production massive. Aucune opération militaire ne nous protégera d'une attaque émanant d'un acteur non étatique. Mais qu'un État fanatique produise de telles armes et notre réaction doit être comparable à celle de l'État hébreu, qui, en 1984, bombarda le réacteur d'Osirak.

5) Au pire, tu prépareras tes populations !

Les terroristes les mieux armés et les plus déterminés ne peuvent espérer nous détruire directement. Par contre, ils peuvent semer la panique à une échelle jusqu'alors inconnue.

Croire que nos services, que notre technologie empêcheront nécessairement la répétition d'un autre « 11 septembre », c'est s'enfoncer dans le zombisme. Cette éventualité, nous devons d'ores et déjà la considérer comme une certitude et y préparer nos populations. La seule parade efficace contre l'hyperterrorisme réside dans l'hypercivisme. Les États occidentaux visés par les fusées soviétiques, jusqu'à la fin des années quatre-vingt, nous en donnent l'exemple.

6) Le sacrifice, tu accepteras !

Le réalisateur Ridley Scott, dans *La Chute du Faucon noir*, a parfaitement montré que chercher à protéger à tout prix la vie de nos soldats, c'était se préparer à perdre tous les conflits futurs. Le soldat doit redevenir ce qu'il n'aurait jamais dû cesser d'être, à toutes les époques, dans toutes les civilisations : celui qui risque de mourir pour défendre sa patrie. Les récentes campagnes de recrutement du ministère français de la Défense (« L'armée répare votre quotidien ») indiquent que nous sommes, moins que jamais, préparés. Cette réserve de courage, on ne peut la mobiliser qu'en continuant à célébrer l'héroïsme et la gloire éternelle de ceux qui sont morts pour nous.

7) Seul, tu te défendras !

La réaction de l'Occident après l'attaque subie par les États-Unis montre qu'Européens et Japonais se considèrent désormais comme sujets de l'Empire américain. De Tokyo à Milan, d'Ottawa à Berlin, après le 11 septembre, nous n'avons jamais rencontré de Japonais, d'Italiens, d'Allemands, ni de Canadiens, nous n'avons rencontré que des patriotes américains. Au moment où il apparut que l'Amérique devenait incapable de se défendre elle-même, au moment où ses contradictions diplomatiques devinrent intenables et au moment où elle dut, elle-même, se rendre compte qu'elle avait fait fausse route, aucun de ses alliés n'a songé à accroître ses dépenses militaires, ni à protéger son propre peuple des errements du département d'État. Pourtant, dernière Nation d'Occident, l'Amérique ne risquera la vie de ses soldats que pour se protéger elle-même.

8) TES VRAIS ALLIÉS, TU PROTÉGERAS !

L'Occident ne peut plus compter sur la solidité d'alliés corrompus et détestés par leurs peuples. Sur quels États les pays développés peuvent-ils réellement s'appuyer ? Ces pays ne sont pas nombreux, ce sont tous des démocraties. Leur politique extérieure nous choque parfois. Cependant, nous n'avons pas d'autre choix. C'est le cas d'Israël qui malmène le peuple palestinien. C'est celui de la Turquie qui brime les Kurdes. Le Japon, sous réserve qu'il ne se liquéfie pas face à la montée de la Chine, offre un môle de résistance en Asie. Taiwan, à condition que nous reconnaissions cette île comme un État souverain et que nous lui fournissions les moyens de se défendre, nous offrira mieux qu'un simple moyen de contenir l'impérialisme chinois. La démocratie, bien vivante à Taipeh, nous donne la possibilité d'envisager un *roll-back* de la dictature sur le continent. L'Inde, à condition qu'on la préfère au Pakistan, pourrait offrir à la démocratie occidentale une alliance de revers.

9) LES CONFLITS, TU DÉSAMORCERAS !

Ces alliances nous imposent d'aider nos partenaires à se désembourber de conflits menaçant, à tout instant, de dégénérer. Seule une posture volontariste, rompant radicalement avec l'attentisme actuel, pourrait éteindre ces foyers. À échelle humaine, aucun État binational, confédération pluriconfessionnelle ou machin à base économique ne verra le jour en Palestine. La densité démographique, l'absence d'eau potable, la totale dépendance économique à l'égard de Jérusalem, la division en deux étendues séparées et non contiguës : les confettis que l'on propose aux Palestiniens ne forment pas un État. Même en cas de retrait complet des juifs de Palestine, il faut aujourd'hui un *homeland* aux Arabes spoliés. Cette terre existe, elle est déjà peuplée de 80 % de Palestiniens, cette future Palestine, c'est le royaume hachémite. Les Occidentaux refuseront-ils à Amman ce qu'ils ont accepté à Pristina ? En sacrifiant une fiction juridique désuète comme la Jordanie, nous offrons un État viable aux Palestiniens. Nous serions alors en droit d'exiger d'Israël un retrait de ses implantations. Au Cachemire, la situation paraît encore plus figée, de par la présence d'armes nucléaires. L'Inde truque les élections dans cette province, et ignore les résolutions des Nations Unies qui exigent une consultation de la population. Son occupation militaire l'a fait détester par une majorité de Cachemiris pourtant pratiquant un islam apaisé. Le seul moyen d'obliger l'Union à lâcher prise, c'est de lui proposer d'échanger la rétrocession du Cachemire indien et son rattachement à l'*Azad Khasmir*[1] contre un siège de membre permanent au Conseil de sécurité, et pourquoi pas, un désarmement du Pakistan. Quant à ce dernier État, soutenu artificiellement par la manne financière occidentale, la seule possibilité pour lui de récupérer le Cachemire ou de se maintenir économiquement à flot serait conditionnée à son *renoncement*[2] à la bombe.

10) Des patries, tu recréeras !

Ces commandements ne peuvent être entendus que par des démocraties dignes de ce nom. Nous ne pouvons peser sur les destinées du monde qu'en cessant d'être des objets pour redevenir des sujets historiques. Une autre leçon de réalisme pour le zombie, corollaire de son aveuglement sur la toute-puissance de l'Amérique, c'est de constater qu'en Occident, le dépassement de l'État-nation est une fumisterie ! Comme plaisantait Kissinger, « personne n'a le numéro de téléphone de l'Europe ». Or, nos principes ne seront vivants que s'il s'incarnent et ils ne pourront s'incarner que d'une façon juridiquement raisonnable. Personne n'ira se faire trouer la peau pour la BCE. En revanche, tout le monde se préoccupe de savoir quelle sera la nationalité de son président. Tâchons donc de ne plus confondre la régulation de la masse monétaire et l'intérêt national et nous redeviendrons des démocraties chaudes, c'est-à-dire des patries ! Le zombie ne pourra enrayer la fanatisation d'une partie de sa jeunesse, sans réactiver les mythes qui sont à sa portée et qui ont l'avantage de correspondre à la réalité. Contrairement à l'Europe, Jeanne d'Arc est plus qu'une légende. C'est une héroïne de chair et de sang, « la seule figure de gloire qui soit aussi une figure de pitié », écrivait Malraux. Voilà le seul visage que l'Occident rectifié pourrait encore montrer au monde sans attiser sa haine.

Épilogue

Roma

« Au second siècle de l'ère chrétienne, l'Empire romain comprenait les plus belles contrées de la terre et la portion la plus civilisée du genre humain. »
Histoire du déclin et de la chute de l'Empire romain,
Edward GIBBON

Dans l'une des scènes de *Roma*, le chef-d'œuvre de Fellini, des ouvriers creusant une galerie sous la cité éternelle exhument une salle datant de l'Antiquité. Ses murs sont ornés de fresques semblant avoir été peintes la veille. Stupeur. Le gouvernement italien invite alors la fine fleur de l'archéologie mondiale à venir examiner la merveille. Resté intact pendant plus de mille ans, l'émouvant témoignage de l'empire se désintègre bientôt au contact de notre pollution. L'air du temps exhalé par la modernité annihile ce qui l'a précédé. Rien de ce qui est archaïque ne résiste. Tout doit disparaître, tout disparaîtra. Les indigènes s'étant mesurés à nous depuis la Renaissance connurent le sort des fresques du métro romain. Au premier contact, ce fut l'évaporation. Jusqu'à Ben Laden, l'Occident pouvait encore croire à la métaphore de Fellini.

Le 11 septembre, un chapitre inédit depuis le XVe siècle s'est ouvert. Le séisme sur la côte Est des États-Unis ne résulte pas seulement de crises régionales insolubles ou de l'irruption de la fatalité dans le cours paisible de l'*american way of life* mais de la remise en mouvement des grandes plaques tectoniques immobilisées depuis la fin de la guerre froide. Plus précisément, des forces révolutionnaires n'ayant jamais cru à l'histoire ont agressé un Occident ne croyant plus en l'Histoire. Conséquence paradoxale de ce choc : l'avenir reste ouvert. N'étant plus une fatalité, le progrès redevient possible. La grande horloge vient d'être remontée. En contre-attaquant, en cherchant à tuer son « maître », l'esclave islamiste a involontairement universalisé l'odyssée de l'Esprit. Avant le 11 septembre, les malheurs du monde n'étaient pas les nôtres, ils viennent de se rappeler à notre bon souvenir. Ben Laden a, de façon négative, complété le saut franchi par Neil Amstrong : pour le meilleur et désormais pour le pire, l'Histoire est véritablement devenue mondiale. D'universelle, elle devient planétaire.

De la destruction de Carthage à la prise de Constantinople, les contacts entre civilisations n'avaient jamais cessé ; de l'apparition des premières villes jusqu'à l'avènement de l'Occident moderne, idées et produits, lettres de change et ultimatums avaient continuellement circulé. Jusque-là, la grande épopée ne fut pour-

Épilogue

tant que celle de grands ensembles, se disputant un monde connu, ne coïncidant jamais avec le planisphère. Avec Vasco de Gama, l'Histoire devenait celle d'une région dominant l'univers. L'exploit du navigateur permit à une civilisation de se prendre pour le Centre, cartes à l'appui. Sa vision du monde ordonna l'univers en longitude et latitude et les forces politiques qui l'étayaient se partagèrent la planète, pour la première fois à Vallaloïd et, pour la dernière, à Yalta. Autrement dit, la terre ne fut soumise qu'à une seule ambition : la nôtre ! En perçant notre cuirasse, Ben Laden espère montrer que l'Occident n'est plus qu'un tigre de pixels. Que n'ayant plus de raisons de mourir, nos sociétés n'auraient plus la force de vivre.

Notre espoir, c'est que l'odieuse superproduction d'Al Qaeda, cet effarant *reality show*, n'efface pas Fellini. C'est que la haine vicieuse de nos assaillants produit sur nous l'effet inverse que celui de l'air vicié sur les vestiges antiques. C'est que la poussière de chair et d'acier retombée, nous redécouvrions ce que nous sommes, que cette agression agisse comme un révélateur de notre code barre civilisationnel. Que nous ne fassions pas l'effort de comprendre ce qui a motivé ces attaques, que nous refusions de voir celles qui, demain, ne manqueront pas de suivre et nous sommes perdus. Que le fil de notre destin nous réapparaisse et nous vaincrons. *Ground zero* peut être une table rase aussi bien qu'un point de départ. Ou bien le fanatique a frappé des hommes espérant le triomphe de leurs idéaux ou bien il a, comme il le croit, achevé des animaux absorbés par la satisfaction immédiate de leurs désirs et dans ce cas, nos gratte-ciel deviendront des vestiges pour les civilisations futures.

Notes

Introduction

1. Francis Fukuyama, *La Fin de l'Histoire*, Paris, Flammarion, 1990.
2. Samuel Huntington, *The Clash of Civilization*, New York, Simon & Schuster, 1996.

Chapitre I

1. Claire Ané, «Best-seller apocalyptique pour Américains en mal de sens», *Le Monde*, 2 juillet 2002
2. Cf. notamment la polémique autour de la tribune de Jean Baudrillard, «L'esprit du terrorisme», *Le Monde*, 3 novembre 2001.
3. Ces chiffres ont été compulsés par Alain Bauer, Xavier Rauffer, *La guerre ne fait que commencer*, Paris, J.-C. Lattès, 2002.
4. Alain Bauer, Xavier Rauffer, *op cit.*
5. Alain Bauer, Xavier Rauffer, *op cit.*
6. Alain Joxe, *L'Empire du Chaos*, Paris, La Découverte, 2002.
7. Tracfin : Traitement de renseignement et d'action contre les financements illicites, ce mécanisme impose aux institu-

tions financières d'alerter les autorités compétentes en cas de doute sur la provenance d'importants dépôts.

8. Estimation du FMI.

9. Cf. l'audition par la Commision d'enquête de l'Assemblée nationale, sur la lutte contre le blanchiment de capitaux en France, de Philippe Dorget, juge d'instruction au tribunal de grande instance de Nice.

10. Cité par François Devaucoux du Buysson, «Euro connection, la machine à blanchir», *Le Figaro*.

11. Alexis Masciarelli, «Terreau fertile pour Al Qaeda, la Somalie n'est plus une cible de choix pour les Américains», 24 juin 2002, *Le Temps*.

12. Robert Baer, *La Chute de la CIA*, Paris, J.-C. Lattès, 2001.

13. Richard Labérivière, *Les Dollars de la terreur*, Paris, Grasset, 2001.

14. Jean-Charles Brisart et Guillaume Dasquié, *Ben Laden, La Vérité interdite*, Denoël, 2002.

15. Régis Debray, *L'Édit de Caracalla*, Fayard, 2002.

16. J'emprunte cette expression à David Martin-Castelnau, *Les Francophobes*, Fayard, 2002.

17. Alessandro Baricco, *op. cit.*

18. Philippe Nassif, *Bienvenue dans un monde inutile*, Denoël, 2002.

19. Jean-Claude Brisville, *Le Souper*, Actes Sud, 1989.

20. Alain Minc, *Le Fracas du monde, Journal de l'année 2001*, Le Seuil, 2002.

Chapitre II

1. François Heisbourg, *Hyperterrorisme : la nouvelle guerre*, Paris, Odile Jacob, 2001. L'ouvrage qui pose sérieusement la question, le 11 septembre, guerre ou pas guerre?, n'a rien de manichéen, même si sa conclusion tend bien, selon nous, à minimiser le risque.

Notes

2. Pour décrire la politique économique de Reagan, ses détracteurs parlèrent de *vaudou economics*!
3. Alessandro Baricco, *Next*, Paris, Albin Michel, 2002.
4. Il s'agit de Joseph Padilla, citoyen américain, membre présumé d'Al Qaeda.
5. Salman Rushdie, «Ne nous trompons pas d'ennemi», *Libération*, 8 juillet 2002.
6. Par chance, une de ses anciennes étudiantes a reconnu, dans les missives qu'il envoyait régulièrement à la police, certaines de ses marottes.
7. André Glucksmann, *Dostoëvski à Manhattan*, Paris, Robert Laffont, 2002.
8. Depuis 1993, les États-Unis tentent de convaincre le comité juridique des Nations Unis que «l'argent est un droit d'expression» cf. Noam Chomsky, *Le Bouclier américain*, Paris, Le Serpent à Plumes, 1999.
9. Alain Bauer et Xavier Rauffer, *op cit*.
10. François Heisbourg, *op. cit.*
11. André Glucskmann, *op. cit.*
12. United States of America vs Mohammad A. Salamed & al., S593CR.180 (KTD) in Bauer et Rauffer, *op. cit.*
13. *Ibid.*
14. Antoine Sfeir, *Les Réseaux d'Allah*, Paris, Plon, 201.

Chapitre III

1. Conférence de presse du président George W. Bush le 11 octobre 2001.
2. Selon l'organisation Global Exchange, la campagne aérienne afghane aurait causé la mort de 812 civils.
3. Jean-Marie Colombani, *Tous Américains?*, Paris, Fayard, 2002
4. «À nos amis américains», *Le Monde*, 27 décembre 2001.
5. Crime consistant à changer de religion et puni de mort par l'islam.

6. Francis Fukuyama, « Nous sommes toujours à la fin de l'Histoire », *Le Monde*, 18 octobre 2001.

7. L'expression a été forgée par le général William E. Odom, directeur du Hudson Institute et pour la première fois employée à la fin de l'été 1997. Cf. Alain Joxe, *L'Empire du Chaos*, Paris, La Découverte, 2002.

8. Gilles Kepel relève dans *Jihad, Expansion et déclin de l'islamisme* qu'en 1988, Ben Laden constitua un fichier informatique, « al Qa'ida », la base de données des volontaires ayant transité par les camps qu'il contrôlait en Afghanistan et au Pakistan.

9. Patricia Tourancheau, « La France ne se polarise pas sur Al Qaeda », *Libération*, 25 juin 2002.

10. Après l'attentat de Karachi, Washington rapatriera sa mission au Pakistan.

11. Cf. Alain Frachon, « États-Unis, de la dissuasion à l'action préventive », *Le Monde*, 9 juillet 2002.

12. Il s'agit de Richard Haas, interrogé par le quotidien *Le Monde*.

13. Cf. Alain Frachon, *op. cit.*

14. Pascal Bruckner, *Misère de la prospérité*, Paris, Grasset, 2002.

15. Nicolas Baverez, « USA : La tentation de la démesure », *Le Monde*, 26 juin 2001.

16. Michel Houellebecq, *Plateforme*, Paris, Flammarion, 2001.

17. Thierry Meyssan, *L'Incroyable Imposture*, Paris, Le Rocher, 2001.

18. Jean-Charles Brisard, Guillaume Dasquié, *Ben Laden, la Vérité interdite*, Paris, Denoël, 2001.

19. Cf. La déclaration de « Djihad contre les juifs et les croisés » datant de 1998 *in* François Heisbourg, *Hyperterrorisme, la nouvelle guerre*, Paris, Odile Jacob, 2001.

20. Banny Sadr, « La duplicité de l'Ouest », *Le Monde*, 30 octobre 2001.

21. La réflexion de ces intellectuels ne se réduit évidemment pas à l'usage dévoyé qu'en font les mollistes.

22. Bruno Étienne, *Les Amants de l'Apocalypse*, Paris, L'Aube-Intervention, 2002.
23. Thierry Meyssan, *op cit*.
24. Guillaume Dasquié, Jean-Christophe Brisard, *op. cit.*
25. Alain Joxe, *L'Empire du chaos*, Paris, La Découverte, 2002.
26. Marc Édouard Nabe, *Une lueur d'espoir*, Paris, Le Rocher, 2001.
27. Philippe Muray, *Chers Jihadistes*, Paris, Mille et une Nuits, 2001.
28. Cioran, *De l'inconvénient d'être né*, Œuvres, Paris, Gallimard, 1987.
29. Gilles Châtelet, *Vivre et penser comme des porcs*, Paris, Gallimard, 1999.
30. Pascal Bruckner, *Misère de la prospérité*, Paris, Grasset, 2002.

Deuxième partie

Chapitre IV

1. Les Afghans ne sont pas d'invincibles guerriers comme se plurent à le répéter les médias. Sur les trois guerres afghanes livrées au XIXe siècle, les montagnards n'en gagnèrent qu'une seule. Par ailleurs, c'est Gorbatchev qui rappela le contingent. Les Afghans ne furent pas davantage victorieux que les maquisards du FLN.
2. Il ne s'agit peut-être même pas d'une théocratie, concept encore trop occidental (cf. Bruno Étienne, *Les Amants de l'Apocalypse*, Éditions de l'Aube, 2002).
3. Certains États ne furent jamais colonisés, d'autres furent rétablis dans leur indépendance avant 1945.
4. La fameuse troisième voie entre capitalisme et socialisme que l'on cherche encore et dont on aurait retrouvé la trace du côté de Porto Allegre.
5. La formule est de Bertrand Badie, chercheur à la FNSP.

6. Christophe Jaffrelot, « Le Pakistan, plaque tournante de l'islamisme », *Le Monde*, 2 juin 2002.
7. Alexandre Adler, *J'ai vu finir le monde ancien*, Grasset, 2002.
8. Il sera exécuté par Nasser.
9. Il s'agit de la secte des Turbans jaunes au IIe siècle. À propos de cette filiation voir Laurent Murawieck, dans *Esprit des Nations*, Odile Jacob, 2002.
10. Allusion à la théorie des 4 modernisations de Zhou Enlaï
11. Dans un poème, Victor Hugo narre cet épisode honteux de la présence occidentale en Chine.
12. Les volontaires envoyés par Mao affrontèrent des GI pendant la guerre de Corée.
13. Afin de protéger Taiwan, en mars 1996, la Maison Blanche dépêcha deux porte-avions sur zone.
14. Détournement abusif tant il est vrai que le philosophe chinois n'hésite jamais à critiquer la tradition et fait l'apologie d'un individualisme raisonné.
15. Certains économistes contestent la solidité de cette croissance sur le continent et font remarquer qu'elle est anormalement intensive en travail, et donc pauvre en capital. Cf. Gordon G. Chang, *The Coming Collapse of China*.
16. Nom que les Chinois du continent donnent à ceux de la diaspora.
17. Il prévoyait l'importation massive des films américains dans la France de l'après-guerre.
18. *l'homo consumans* capitaliste n'est pas moins « économiste » que l'*homo sociaticus* dont il a triomphé.
19. Le Japon est le pays qui détient les plus importants stocks de plutonium au monde.
20. Il devrait succéder à l'actuel dirigeant de la Chine, Jiang Zemin.
21. En 1996.
22. Sauf, en 1992, où la formation nationaliste enregistra un net recul.

23. En décembre 1993, le Président du BJP, actuel ministre de l'Intérieur, avait incité des fanatiques hindous à détruire la mosquée d'Ayodhia. Les émeutes qui suivirent firent des milliers de morts.
24. Nom des intouchables ou « sans caste ».
25. 25 % sont déjà réservés aux « sans caste ».
26. À cette date, le parti libéral et le parti démocrate fusionnent.
27. Les atrocités commises par les Japonais pendant la guerre sont passées sous silence.
28. Par exemple, la décapitation symbolique du Premier ministre français Édith Cresson.
29. On vit ainsi le père de l'actuel Président américain vomir en direct. Les Nippons appelèrent ça « bushuru », « faire son Bush ».
30. Le parti Refah (la prospérité) dissout en 1998 sera remplacé par le Fagilet (Parti de la vertu).
31. Il s'agit de Necmettin Erbakan.
32. Marc Ferro, *Le Choc de l'islam*, Paris, Odile Jacob, 2002.
33. Michel Foucault, « À quoi rêvent les Iraniens », *Le Nouvel Observateur*, 16 octobre 1978.

Chapitre V

1. Gilles Kepel, *Jihad, Expansion et déclin de l'islamisme dans le monde*, NRF, 2001.
2. L'ex-Premier ministre, N. Ebakan, convaincu de corruption, sera même emprisonné.
3. J'emprunte cette expression ironique à Bruno Étienne.
4. Les islamistes appelaient la capitale britannique le Londonistan.
5. Hassan al-Banna (1906-1949).
6. Gilles Kepel, *op. cit.*

7. Société civile est un euphémisme désignant la bourgeoisie, très prisée des zombies.
8. Marc Ferro, *Le Choc de l'islam*, Odile Jacob, 2002.
9. Bruno Étienne, *Les Amants de l'Apocalypse*, L'Aube-L'intervention.
10. La *sunna* (la «voie», le «chemin») codifie les enseignements du Prophète, ses paroles et ses gestes.
11. Les *hadiths* : les «dires» du Prophète.
12. Marc Ferro, *op. cit.*
13. Latifa Ben Mauson, *Frères musulmans, frères féroces*, Paris, Ramsay, 2002.
14. La mauvaise foi n'est pas toujours absente chez Gilles Kepel qui se réjouit, par exemple, que les Frères musulmans en Égypte aient «coopté» un chrétien dans leur directoire alors que la législation égyptienne les oblige à le faire!
15. Gilles Kepel, *op. cit.*
16. Par exemple le Hezbollah.
17. «La ceinture islamique» : son idée fut lancée par le général Ziz Ul Haq qui prend le pouvoir au Pakistan en 1977.
18. Poète italien, Gabriele D'Annunzio, ardent nationaliste, prépara le terrain du fascisme par des coups d'éclat politiques.

Chapitre VI

1. Chargé de recueillir les combattants destinés à lutter contre l'envahisseur soviétique pendant la guerre d'Afghanistan, c'est à cette époque qu'il constitue une base de données répertoriant les volontaires passés par ses camps. C'est ce fichier informatisé qui s'appelle la base «al Qaeda».
2. Cette charte sera approuvée par le docteur Ayman al Zawahiri, l'un des chefs de l'islamisme égyptien.
3. Gilles Kepel, *Jihad*, NRF, 2000.
4. Alexandre Adler, *J'ai vu finir le monde ancien*, Grasset, 2002.

Notes

5. Alexandre Adler, *op. cit.*
6. En Syrie c'est la secte chïte alaouïte qui contrôle le pouvoir. En Irak, c'est une tribu sunnite, les Takritis, qui tient l'État.
7. Au Maroc (Mohammed VI), en Jordanie (Abdallah II), et en Syrie (Bachir el Assad), ce sont des hommes inexpérimentés qui ont succédé à leur père.
8. Le roi Fahd d'Arabie Saoudite.
9. Les deux hommes ont fait leurs études ensemble.
10. Chaque année, des diplomates saoudiens sont la cible d'attentats partout dans le monde musulman.
11. Cité par Marc Ferro, *Le Choc de l'islam*, Paris, Odile Jacob, 2002.
12. Et pour cause, en 1917, l'arme nucléaire n'était pas encore inventée!
13. Les traités de westphalienisme garantissent aux États de demeurer maîtres chez eux.
14. François Heisbourg, *op. cit.*
15. Depuis 1998 (année des essais nucléaires indiens, pakistanais), les deux pays étaient victimes de sanctions par les États-Unis.
16. François Heisbourg, *op. cit.*
17. En Asie centrale, Staline s'est employé à diviser les nationalités par un découpage frontalier injuste et aberrant.
18. Dirigée par un Tadjik dont la langue maternelle est le persan.
19. En 1997 et 1998, des attentats à la bombe avaient ensanglanté Pékin. En janvier 2001, un terroriste musulman fut livré à la Chine par le Kazakhstan.
20. Seuls 17 millions de musulmans dont près de 50 % d'Ouïgours posent un réel problème irrédentiste.
21. En 1973, Henry Kissinger laissa volontairement planer le doute à ce sujet.
22. Thérèse Delpech, *Politique du chaos*, Paris, Seuil, 2002.

Troisième partie

Chapitre VII

1. Cet extrait de prêche ainsi que la plupart de ceux qui suivent sont tirés du remarquable essai consacré au discours des intégristes algériens intitulé *Frères musulmans, frères féroces*, Paris, Ramsay, 2002.
2. Pascal Bruckner, *La Tentation de l'Innocence*, Grasset, 1995
3. Emmanuel Lévinas, *Difficile liberté*.
4. Naomi Klein, *No Logo*, Actes Sud, 2001.
5. Francesco Siccardo, *Intégriste et Intégrisme*, Mots, n° 38, 1994.
6. Latifa Ben Mansour, *op. cit*.
7. Extrait de *Pour en finir avec la violence et autres incivilités à l'école*, Grégoire Kueny *in La Tyrannie des biens pensants* sous la direction de Jean-Marc Chardon, Economica, 2002.
8. Né en 1703, il s'agit du fondateur du wahabisme.
9. Hermann Rauschning, *Hitler m'a dit*, Paris, 1938.
10. Georges Steiner, *Dans le Château de Barbe Bleu*, Paris, Seuil, 1973.
11. Abou Soumeya, *L'Abandon de la salat ; Étude sur le statut du lâcheur de la Salat*, 1998.
12. Alexandre Adler, *J'ai vu finir le monde ancien*, Grasset, 2002.
13. Guillaume Bigot, du formalisme wwww.art.fr.
14. Naomi Klein, *No Logo, op. cit*.

Chapitre VIII

1. Naomi Klein, *No Logo*, Actes Sud, 2000.
2. Latifah Ben Mansour, *Frères musulmans, frères féroces, op. cit*.

3. Jean-Claude Michéa, *L'Enseignement de l'ignorance*, Micro-Climats, 1999.
4. Pascal Bruckner, *La Tentation de l'innocence*, Paris, Grasset, 1995.
5. *IHT*, 11 juillet 2002.
6. Youri Chartier, *Après le Loft, le jeu de la mort et du hasard*, Le Monde, 5 juin 2002.
7. Pascal Bruckner, *op. cit.*
8. Platon, *La République*, Garnier, 1966.
9. Yves Eudes, «Claude et Sébastien, branchés, abstentionnistes et fiers de l'être», *Le Monde*, 3 avril 1994.
10. Laurent Murawiec, *L'Esprit des Nations*, Paris, Odile Jacob, 2002.
11. Arnold Toynbee, *Le Monde et l'Occident*, Éditions Gonthier, 1964.
12. À l'exception notable du Liban chrétien.
13. Bruno Étienne, *Les Amants de l'Apocalypse*, L'Aube-l'intervention, 2002.
14. Francis Fukuyama, «Nous sommes toujours à la fin de l'Histoire», *The Wall Street Journal*.
15. Roger Garaudy, *Intégrismes*, Paris, Belfond, 1990.
16. «Le dernier soir» avant le 11 septembre, 10 janvier 2001.
17. F. Hegel, *Introduction à la Phénoménologie de l'Esprit*.

Chapitre IX

1. Le Cachemire pakistanais.
2. Il peut paraître invraisemblable pour un État de renoncer à l'arme nucléaire. Les cas se sont déjà produits : en Corée du Nord, en Ukraine et au Kazakhstan.

Table

INTRODUCTION
La fin de l'Occident   9

PREMIÈRE PARTIE
Le zombie   29

Chapitre I
Malaise dans la mondialisation   33
Le zombie hébété

Chapitre II
Guerre asymétrique   55
Le zombie consolé

Chapitre III
Délivrez-nous du Mal   79
Le zombie agité

DEUXIÈME PARTIE
Le fanatique   111

Chapitre IV
La grande catastrophe   115
Le risque historique

Chapitre V
Le Retour du spectre   147
Le risque idéologique

Chapitre VI
Maudites alliances   171
Le risque géopolitique

Troisième partie
Dialectique   201

Chapitre VII
Miroir, dis-moi   205
Retour au réel

Chapitre VIII
Mortel isolement   227

Chapitre IX
Décalogue   249
Survivre au siècle prochain

Épilogue
Roma   259

Notes   265

Cet ouvrage a été réalisé par

FIRMIN DIDOT
GROUPE CPI
Mesnil-sur-l'Estrée

pour le compte des Éditions Flammarion
en août 2002

Imprimé en France
Dépôt légal : septembre 2002
N° d'édition : FF 830801 - N° d'impression : 60837